Michael Wallner

SECRET MISSION

Einsatz in New York

Michael Wallner

SECRET MISSION

Einsatz in New York

cbt ist der Jugendbuchverlag
in der Verlagsgruppe Random House

Verlagsgruppe Random House FSC-DEU-0100
Das für dieses Buch verwendete
FSC®-zertifizierte Papier *München Super Extra*
liefert Arctic Paper Mochenwangen GmbH.

1. Auflage 2011

Umschlaggestaltung: bürosüd, München
st · Herstellung: AnG
Satz: Uhl + Massopust, Aalen
Druck: GGP Media GmbH, Pößneck
ISBN 978-3-570-16089-3
Printed in Germany

www.cbt-jugendbuch.de

1

Der Schmerz öffnet Rick die Augen. Kopfüber hängt er über der Straßenschlucht, die Stahlschlinge quetscht ihm die Fußgelenke. Rick spannt die Muskeln, schnellt hoch, erreicht mit einer Hand die Schlinge. Lockern kann er sie nicht. Roter Nebel in seinem Kopf, er sinkt zurück. Unten fahren Autos vorbei, oben baumelt Rick. Wieso kommt in Manhattan keiner auf die Idee, nach oben zu schauen? Die Straße gehört Kanter, denkt Rick, wer hochschaut, bestimmt er. Rick lässt sich hängen, in voller Länge, und streckt die Arme. Seine Hände sind blutig, die Adern treten hervor. Von Kanter hast du gelernt, wie man den Schmerz benutzt. Zeig ihm, dass du ein guter Schüler warst.

Rick sieht seine Eltern, John und Melissa, abends am Feuer sitzen; sie halten sich zärtlich im Arm. Das Bild stimmt schon lange nicht mehr, aber die Vorstellung gibt ihm Kraft. Er ist kein gefesselter Junge mehr, zu schwach, dem mächtigen Kanter gefährlich zu werden, er ist Rick Cullen, Agent zwischen den Fronten. Mit einem Schrei reißt er den Körper nach oben, packt das Seil, das sein Gewicht trägt, packt es über der Schlinge und entlastet es. Mit der andern Hand greift er in die Tasche und holt den Löffel heraus, den er von Kanters Tisch hat mitgehen lassen. Er schiebt den Löffel in die Schlinge und weitet sie um das winzige Stück, das er braucht, um einen Fuß herauszuziehen. Das Bein ist frei, das Blut zirkuliert. Der andere Fuß ist kein Problem. Lautlos sieht Rick den Löffel in die Tiefe entschwinden. Er hängt am Seil, hängt zwanzig Stockwerke über der Erde. Ausgerechnet an Kanters Fahnenmast haben sie ihn aufgeknüpft, weit ragt der Mast in die Straße hinaus. Rick zieht ein Knie an, pendelt ein winziges Stück, er streckt sich und pendelt in die Gegenrichtung. Drei-, viermal schwingt er hin und her, bis die Bewegung die ganze Länge des Seiles erfasst. Unter ihm rückt die Hauswand näher und entfernt sich, kommt wieder näher. Beim nächsten Mal lässt Rick los. Lässt in einer Höhe los, wo jeder andere sich verzweifelt festgekrallt hätte, bis die letzte Kraft aus seinen Armen gewichen und er abgestürzt wäre. Rick lässt los, sein Körper fliegt pfeilschnell durch die Luft. Er ist drahtig, er reißt die Arme nach vorn, die Richtung stimmt, doch Rick ist zu leicht. Sosehr er die Muskeln auch anspannt, er schafft es nicht, den rettenden Balkon zwei Stockwerke unter dem Fahnenmast zu erreichen. Rick prallt gegen das Geländer. Der Atem bleibt ihm weg, die Rippen knacken. Er umklammert die Metallstreben, die Kraft seiner Arme reicht nicht aus, sich hochzuziehen. Rick verkantet das Kinn, hievt sich an den Halsmuskeln höher, stöhnt vor Anstrengung, kann ein Bein nachziehen. Ein Schrei, seine Lungen drohen zu platzen, er ist obenauf, mit dem letzten Quäntchen Energie lässt er sich auf die Innenseite des Balkons fallen. Er ist so was von fertig, doch im nächsten Moment kommt er auf die Knie. Hier kann er nicht bleiben, er muss weiter, muss fort, nur fort aus Kanters Haus.

Ein leises Knarren, die Balkontür öffnet sich. Kanters Frau tritt ins Freie. Auf den Knien schaut Rick Oona an, die Frau, die er all die Wochen begleitet hat. Sie zuckt zusammen – seine blutigen Hände, das zerschundene Gesicht.

»Wenn er mich erwischt, stellt er noch schlimmere Sachen mit mir an«, keucht Rick.

Sie zieht die Lederjacke enger vor ihre Brust. »Ich kann dir nicht helfen, Rick. Ich darf nicht.«

»Oona, es stimmt nicht, was sie über mich sagen.«

»Tut mir leid.« Sie dreht sich um und gibt den Blick auf das Zimmer frei.

Theodore Kanter trägt einen schwarzen Bademantel, das Handtuch um seinen Nacken zeigt, er hat gerade geduscht. Kanter ist ein schwerer Mann, aber man täuscht sich, wenn man ihn für schwerfällig hält. Rick überlegt, ob er ihn beiseitestoßen und bis zur Tür gelangen kann. Seine Beine fühlen sich leblos an, sie werden ihn nicht tragen. Er kennt Kanters Leute, vor jeder Tür steht ein Mann, es sind starke, reaktionsschnelle Männer. Unter ihnen ist auch Semyoto, der Meister, dem Rick selbst nach hundert Trainingsstunden nicht gewachsen wäre. Statt loszurennen, statt weiterzukämpfen, sinkt er auf die Seite und lehnt die brennende Schulter gegen die Wand.

»Hat es dir auf dem Fahnenmast nicht gefallen?«, fragt Kanter mit Schlangenstimme. »Wie schnell du dich befreit hast, mein Kleiner. Das zeigt, wie gefährlich du bist.«

Ein Wink Kanters, Geräusche von drinnen, Rick sieht sie kommen. Er reibt die schmerzenden Handgelenke und blickt ihnen entschlossen entgegen.

*

Was ist das für eine Art, die Dinge zu erzählen? In der Mitte fängt nichts an. Anfangen kann ich nur am Anfang. Wenn ich ICH sage, meine ich mich, und wer ich bin, werdet ihr noch rauskriegen. Ich bin nicht Rick, so viel ist sicher, wäre ich Rick, ich wäre längst tot. Ich bin nicht einsachtzig groß, schwarzhaarig wie ein Italiener, mit blauen Augen wie ein Ire. Ich bin nicht zäh und trainiert und mache mir nichts draus, wenn man mir wehtut. Sie tun Rick weh, schrecklich weh. Verdammt oft werde ich von Schlägen erzählen, die er abkriegt, von Stürzen, die er übersteht. Und das ist nichts gegen die Schmerzen, die Rick innen drin verkraften muss.

Es gibt drei Frauen, und ich meine Frauen, die einem den Atem rauben, so schön und außergewöhnlich, dass man weit und breit nichts Vergleichbares findet. Die erste Frau ist Ricks Mutter Melissa. Das soll euch nicht auf die falsche Fährte bringen: Ich erzähle keine Mama-Bübchen-Geschichte, dazu ist Ricks Verhältnis zu Melissa zu sehr durch den Wind. Denn auch wenn Rick sich aufführt, als wäre er ein Mann, ist er nicht älter als fünfzehn Jahre.

Mit fünfzehn ist schon manches im Leben passiert, man guckt sich um, was die Welt so macht, und was man in der Welt machen will. Aber ohne Eltern ist das Leben mit fünfzehn schwer. Rick hat zwei tolle Eltern. Montgomery Cullen – das klingt cool, und genauso findet Rick seinen Vater. Ein kluger, witziger Mann mit wasserblauen Augen wie sein Junge. Ein Dad, der morgens im dunklen Anzug das Townhouse verlässt, in der teuersten Gegend Manhattans, der Upper Eastside. Wo andere davon träumen, bloß ein Mietapartment zu kriegen, haben die Cullens ein ganzes Haus. Das liegt daran, dass Montgomery weiß, wie die Börse funktioniert. Er kennt sich mit Swaps und Turboscheinen aus, mit FedFunds und Buxls. Nicht umsonst nennt man ihn den Cash-Flow-Cowboy der Wallstreet. Ich spreche von Kohle, und zwar von der ganz großen, die nicht bloß in Millionen gerechnet wird. Da muss man schon ein paar Nullen mehr dranhängen. Montgomery weiß, wie man Summen mit sehr vielen Nullen produziert. Er ist ein Börsenbroker, der seinen Anlegern exponentiell steigende Profite bringt, er ist der Zauberer auf dem Derivatenmarkt.

Mit den Derivaten ging was schief. Keiner von uns kapiert, was Derivate eigentlich genau sind, aber so viel versteht jeder, dass sie gestern noch viel wert waren, heute aber weniger als Mäusedreck. Heute stinken diese Papiere, jeder will sie loswerden, keiner will sie haben. Leute, die solche Hedgefonds besitzen, sind keine bewunderten Finanzcracks mehr, sondern verzweifelte Spekulanten in verschwitzten Anzügen. Sie werden gemieden, ihre Firmen krachen zusammen, ihre Konten werden gepfändet, ihre Häuser versteigert, und ihre Frauen verlassen sie.

Es wäre ungerecht zu behaupten, Melissa hätte Montgomery verlassen, weil er sein Vermögen verlor, aber am Ergebnis ändert das nichts. Gerade als es mit Montys Finanzen so richtig den Bach runtergeht, teilt Melissa ihm mit, dass sie eine Auszeit von der Ehe braucht. Sie sagt, sie hätten sich auseinandergelebt, sie hätte ihr eigenes Leben aus den Augen verloren. Sie sagt, die Krise hat vielleicht ihr Gutes, weil man noch mal von vorn anfangen kann. Montgomery sagt darauf, dass sie ihn nicht ausgerechnet am tiefsten Punkt seines Lebens verlassen soll. Er fleht sie an zu bleiben.

Rick sitzt währenddessen in seinem Zimmer und

hört jedes Wort mit. Noch nie hat er erlebt, dass sein Vater um etwas fleht. Jetzt aber bettelt Monty Melissa an, nicht zu gehen. Rick liebt beide, er liebte die ersten Jahre seiner Kindheit, die sie zu dritt verbrachten. Dann kam Charlene, seine Schwester, zur Welt, und die darauf folgende Zeit war genauso toll. Er hat tausend Erinnerungen an wunderbare Dinge, die sie zusammen erlebten. Wenn man reich ist, erlebt man mehr. Man muss nicht um sieben Uhr am Fließband stehen, muss keine Mülleimer leeren oder sich bei den Behörden anstellen. Wenn man reich ist, nehmen einen die Eltern in herrliche Städte mit, an weiße Strände und in schicke Restaurants. Das ist das Leben, das Rick gewöhnt ist; er sieht keinen Grund, warum es sich ändern soll. Nur weil irgendwelche Papiere nichts mehr wert sind, müssen sie aus dem Haus ausziehen, wo man auf Marmorböden mit dem Skateboard flitzen kann? Deshalb sollen sie ihre Limousine verkaufen und den Geländewagen, mit dem es am Weekend ins Landhaus geht? Aber Marmor und BMW machen Rick weniger Sorgen als die Vorstellung, dass Monty und Melissa in verschiedenen Wohnungen leben werden. Das scheint beschlossene Sache zu sein. Eines Abends kommen beide in Ricks Zimmer und haben diese Miene drauf, die nichts Gutes verheißt.

»Ricky«, beginnt Melissa. Wenn sie ihn so nennt, weiß er, dass was faul ist. »Wir brauchen deine Hilfe.« Sie setzt sich auf sein Bett und klopft auf die Decke, er soll sich neben sie setzen. Rick bleibt am Computer.

»Deine Mutter und ich sind der Meinung …« Rick spürt, wie schwer es dem Vater fällt, sich locker zu geben. Er steckt die Hände in die Hosentaschen und ballt die Fäuste darin. »Wir glauben, dass es gut wäre, wenn jeder mal eine Weile für sich ist.« Montgomery lächelt angestrengt. »Aus dem Haus müssen wir sowieso raus. Wäre das nicht die Gelegenheit, in unterschiedliche Wohnungen zu ziehen?« Er räuspert sich.

Melissa hebt die Augenbrauen, wie sie es tut, wenn sie ungeduldig wird. »Du bist fünfzehn, darum glauben wir, du sollst selbst entscheiden, bei wem du von nun an wohnen willst.«

»Fünfzehn«, wiederholt Rick und staunt, wie hohl seine Stimme klingt. Er ist noch nicht einmal fünfzehn. Im Juli wollen sie zusammen in den Grand Canyon paddeln fahren, das soll Ricks Geburtstagsgeschenk sein. Jetzt ist Juni, ein schöner Juni, aber alles, was im Juli passieren wird, ist, dass seine Eltern sich trennen. Rick pfeift auf den Grand Canyon, wenn er nur das hier verhindern kann.

»Und Charlene?«, fragt er, weil er sich unmöglich sofort entscheiden kann.

»Charlene kommt zu mir«, antwortet Melissa rasch. »Sie ist noch zu jung, sie braucht die Mutter.«

»Dann bleib ich bei Dad.« Das ist so schnell heraus, dass Rick darüber erschrickt. Wer hat jetzt gesprochen, er selbst oder sein Trotz? Er ist sauer, nein, todtraurig ist er, dass Melissa alles hinschmeißt und weggeht und die Familie im Stich lässt. Melissa ist schuld, sagt der Trotz in Rick. Ich will nicht zu Melissa, ich halte zu Dad.

»Dann wäre das schon mal geklärt«, antwortet Melissa. Wie schön sie ist, wenn sie lächelt, und wie sehr Rick sie in diesem Moment hasst. Das lange schwarze Haar umrahmt ihr breites Gesicht. Rick weiß, dass sie seit einiger Zeit Farbe reinkleistert, damit das Haar schwarz bleibt. Er weiß, dass ihr der Zahnarzt die strahlend weißen Zähne verpasst hat und dass sie schon mal an ihrer Nase rumoperieren ließ. Aber auch wenn nicht alles an ihrer Schönheit echt ist, findet er sie wunderschön. Warum lächelt sie bloß? Ist sie etwa erleichtert, dass Rick sich nicht für sie entschied? Froh, ihn an Monty abzuschieben? Rick ist so verwirrt, dass er sich wegdreht und das Mousepad des Computers bearbeitet.

»Okay, junger Mann.« Sein Vater tritt hinter ihn und fährt ihm durchs Haar. »Dann sind wir zwei ab jetzt ein Team.«

Rick hasst es, wenn man ihm durchs Haar fährt, Monty weiß das. Es zeigt, wie unsicher und unglücklich der Vater ist.

»Dann fang schon mal an zu packen«, sagt er. »In ein paar Tagen ziehen wir nach New Jersey.«

Rick hebt den Kopf und sieht Montgomery an. Er hat noch nie Tränen in den Augen seines Vaters gesehen.

2

New Jersey ist der Albtraum, der besagt, dass man sich Manhattan nicht mehr leisten kann. Wer es auf die Insel geschafft hat, den Big Apple, den Ort der Träume, der will nie wieder von dort weg. Wenn man nach Singapur ziehen müsste oder Australien, wäre es nicht so schlimm wie der lächerliche Hüpfer über den Hudson River – ans andere Ende der Welt. New York ist laut, chaotisch und großartig, New Jersey ist spießig. Dort gibt es Orte, die heißen *New Brunswick* oder *Elizabeth*, und ein Junge wie Rick möchte dort nicht begraben sein. Ein paar Hundert Meter braunes Wasser trennen den fantastischsten Platz der Welt von einer Gegend, wo alles stinknormal ist.

Rick hasst es, normal zu sein, Spießigkeit ist für ihn die achte Todsünde. Der Umzug nach New Jersey bedeutet die Fahrt in die Hölle. Die Hölle eines Dreizimmerapartments mit Blick ins Grüne. Wenn du in Manhattan aus dem Fenster schaust und siehst einen Lichtschacht, bist du glücklich, denn es ist ein Lichtschacht im Nabel der Welt. Guckst du in New Jersey ins Grüne, kannst du genauso gut tot sein. Nichts für ungut, ihr Leute von New Jersey! Rick kommt in sein neues Zimmer und möchte am liebsten heulen. Er tut es nicht und sagt stattdessen »Oh ja, prima, das wird gehen«, weil er spürt, dass sein Vater ein wenig Aufmunterung brauchen kann. Sein Dad, der den Insolvenzverwalter an der Backe hat, der ihnen alles, einfach alles wegnehmen will. Und die Steuerfahnder, die sich wie die Geier auf Montgomery stürzen. Und die Kredithaie, die trotz des Verkaufs des Townhauses und des Sommerhauses und der Autos immer noch nicht genug aus ihm herausgesaugt haben. So steht es um Monty, darum wagt Rick nicht, seinem Vater zu sagen, dass er sein Zimmer am liebsten in Brand setzen würde, und die ganze Wohnung, und am besten ganz New Jersey.

Das Leben geht weiter, lautet der gute alte Spruch. Er ist vielleicht alt, gut ist er nicht. In den Wochen, in denen sich das abspielt, denkt Rick oft, wozu soll ich leben, wenn ich nicht tun kann, was mir gefällt? Das ist die Sicht eines verwöhnten Bengels. Man könnte ihm darauf antworten: Gut, dass du mal eine in die Fresse kriegst, Rick. Das Leben ist kein Zuckerschlecken, es ist kein Hollywoodfilm, es ist träge und zäh, und man lernt nie die Frauen kennen, die einem am besten gefallen. Manchmal glaubt man, man fährt auf der Überholspur, dabei ist es der Pannenstreifen.

Mal glaubt man sich im Fahrstuhl auf dem Weg nach oben, dann hängt einer das Schild raus: *Fahrstuhl außer Betrieb.*

Solche Sprüche prallen an einem wie Rick ab. Einer, der sich in den Kopf gesetzt hat, dass die Welt dazu da ist, um ihn glücklich zu machen. Einer, der meint, das Leben gibt es überhaupt nur, weil es Rick gibt. Ein Rickleben sozusagen.

Rick stiehlt sich aus seinem neuen Zimmer davon, und zwar gleich am ersten Abend. Er muss nach Manhattan. Es ist wie eine Droge, die braucht er, wenn er im Mief von New Jersey nicht ersticken will. Also besteigt Rick die Fähre in die einzig richtige Richtung – Battery Park. So heißt die Südspitze Manhattans, wo die Fähren ankommen. Kaum hat er den Fuß wieder auf das geliebte Eiland gesetzt, geht es Rick besser.

Bisher streifte er durch Manhattan wie ein Indianer durch sein Jagdrevier. Die Stadt gehörte ihm, Rick bewegte sich als Eingeborener darin. Jetzt, und das schmerzt ihn, kommt er sich wie einer der verdammten Touristen vor, die sich von ihrem Ersparten einen Trip nach Manhattan leisten, mit ihren dämlichen Straßenkarten losziehen und zu den Wolkenkratzern hochglotzen. Deshalb will Rick nicht dorthin, wo alle hinlatschen – Soho, Greenwich Village oder Midtown. Er sucht eine Route, die nur ein Einheimischer kennt. Rick zieht es nach Alphabet City. Hätte man ihm gesagt, dass sich sein ganzes Leben dadurch ändert, Rick wäre trotzdem gegangen. Vielleicht hätte er es nachdenklicher getan, scheuer, vielleicht hätte er besser aufgepasst, wer ihm über den Weg läuft.

Alphabet City hört sich nach einer ganzen Stadt an, dabei ist es nur ein Viertel im Osten der Insel. Man kann es in zehn Minuten durchqueren und braucht sich nicht mal zu beeilen. Früher galt die Gegend als unfein, dort wohnten die Ärmsten Manhattans; vor langer Zeit waren es deutsche Einwanderer, später Juden, Iren und Italiener. Überall wo Manhattan früher arm war, ist es heute *trendy.* Aber es gibt Ecken in Alphabet City, die keiner kennt und die man besser nicht kennenlernt. Dort zieht es Rick hin.

Da er nichts Besonderes vorhat, steigt er nicht in die Subway, sondern läuft zu Fuß den F. D. Roosevelt Drive hoch, vorbei an den alten Hafenanlagen, vorbei an der Brooklyn Bridge, wenig später biegt er in die Avenue D, die äußerste der vier Alphabet-Straßen. Er fühlt sich erheblich besser. Das Gehen hat ihn warm gemacht, die schlechte Luft ist die beste Luft, der Mief aus den Gullis und Abzugsrohren der Imbissbuden vermischt sich zu etwas, das Rick Glück nennen würde. Er hat Hunger und beschäftigt sich mit der Frage: Wo, was und welches Dressing nehm ich dazu?

Er will keinen Coffee Shop und keinen Schnellimbiss, in ein Restaurant will er auch nicht. Vor der Pastramibude, die ihn anmacht, balgen sich die Leute um einen Platz. Rick geht und geht, sein Magen knurrt lauter als die Hunde, die von einem professionellen

Hundegassigeher ausgeführt werden. Hechelnd zerren sie an ihren Leinen und den schlaksigen Studenten hinter sich her. Rick entdeckt ein Deli an der Ecke 6th Street und Avenue B und weiß, das ist es. Hier wird er sich etwas zusammenstellen, am Stehtisch beim Fenster will er futtern. Das Wasser läuft ihm im Mund zusammen. Er geht hinein und wundert sich, dass es so still ist. Er kennt die Delicatessen Stores sonst erfüllt vom Geschrei der Bestellungen, dem Geplapper der Leute mit ihren Mobiltelefonen, dem Geschwätz quatschender Kellnerinnen, die eigentlich alle verkappte Schauspielerinnen sind.

In diesem Deli ist es mucksmäuschenstill. Der Laden wird überfallen. Noch könnte Rick umdrehen und ungesehen verschwinden. Noch wäre Zeit, in sein altes Leben zurückzukehren und den Mann nicht zu treffen, der sein neues Leben formen wird. Rick geht hinein, sieht sich um und sieht einen älteren Mann am Boden neben der Kühlvitrine liegen. Ist der Typ hingefallen, wurde er angeschossen, von wem? Rick sieht einen Asiaten an der Kasse. Er hat schrillrot gefärbtes Haar, trägt ein Lederoutfit und ist dabei, die Geldlade leer zu machen. Darum bemerkt er nicht, dass Rick in die Hocke geht und zu dem am Boden liegenden Mann kriecht.

Intensive Augen sehen ihn an, gefährliche Augen, böse Augen. Der Mann ist beleibt, sein Gesicht hässlich, das Haar ungepflegt. Den Bart trägt er wohl, weil er keine Lust zum Rasieren hat. Alt ist er nicht, nur verbraucht, verlebt und unsagbar zornig. Dieser Mann, das sieht Rick sofort, ist es nicht gewohnt, auf dem Boden eines Deli zu liegen, nicht gewohnt, sich zu verstecken. Dieser Mann würde am liebsten aufstehen und den Asiaten abknallen, aber er ist auch ein gerissener Mann. Man kann einen Menschen nicht abknallen, der eine Knarre hat, wenn man selbst keine hat, das weiß dieser Mann. Darum macht er Rick ein Zeichen, ganz nahe zu kommen. Rick kriecht hin.

»Hier«, flüstert der Mann und schiebt ihm ein Messer zu.

Rick ist ein Upper-Eastside-Kid, er kämpft nicht mit Messern. Er hat ein wenig Boxen gelernt, ein paar Karatestunden genommen und einen Fechtkurs gemacht. Sport nennt man das auf der Upper Eastside. Jetzt hat er ein Springmesser in der Hand, ein kurzer Druck, und wirklich, die Klinge springt heraus. Scharf und spitz und irgendwie niedlich. Das Ganze kommt ihm unwirklich vor, vielleicht steht irgendwo eine Kamera, gleich ruft jemand *Cut!* Doch die Augen dieses Mannes sprechen von Hass, Vergeltung, sie sagen: Schnapp ihn dir. Schlitz ihn auf. Mach das Schwein kalt.

Das Sonderbare daran: Rick ist nicht abgestoßen, er ist angeturnt. Er kommt aus dem verschlafenen New Jersey auf seine Heimatinsel zurück und findet, genau das muss hier passieren. Das ist New York City, hier liegen Männer mit Messern, und Asiaten räumen die Kasse leer. Darum zögert Rick nur einen Moment, dann packt er das Messer, wie er es in den Italokrimis gesehen hat, und schleicht um das Süßigkeitenregal herum. Er begegnet einer Hausfrau mit Sprayfrisur, die der Anweisung des Gangsters folgt und das Gesicht auf den dreckigen Boden presst. Er begegnet einem Angestellten, der aussieht, als bekäme er gleich einen Herzinfarkt. Als Rick keinem mehr begegnet, weiß er, die Kasse ist nicht mehr weit. Und jetzt? Aufspringen, zustechen und riskieren, eine Kugel abzukriegen? Rick handelt nicht smart, er tut, was ihm der Augenblick eingibt. Er richtet sich auf, greift in ein Regal und wischt den Inhalt zu Boden. Das macht Lärm. Das bringt den nervösen Gangster dazu, sich umzusehen. Die Waffe im Anschlag, springt der Asiate vor das Regal, zielt dorthin, wo nichts ist und sieht den Jungen nicht, der hinter ihm auftaucht und ihm das Messer in den Arm rammt. Der Mann schreit, aber die Waffe lässt er nicht fallen. Er dreht sich um, mit dem Messer im Arm, Blut sickert aus seiner Wunde. Rick schaut in die Mündung der Pistole. Er hat eine Chipstüte aus dem Regal noch in der Hand und hält sie vor die Brust, als könnte sie ihn vor einer Kugel schützen. Der Gangster ist bereit zu schießen, er hat den Finger am Abzug und schießt.

Der Schuss knallt nicht in die Chipstüte, er knallt nicht in Ricks Brust, denn der Mann mit den bösen Augen war nicht untätig. Während Rick rechtsrum gekrochen ist, hat er sich nach links aufgemacht. Vom Eingang her nähert er sich dem Rothaarigen und springt ihn an. Der Mann ist schwer, der Asiate ein

Federgewicht. Der Mann bringt ihn zu Fall. Vom Boden schießt der Gangster noch zweimal, die Kugeln gehen in die Essensboxen. Der Mann tritt ihm die Waffe aus der Hand.

»Schlitzauge«, sagt er. Der Kampf ist zu Ende.

Aber der Mann beendet den Kampf nicht. Er tritt weiter. Er fängt überhaupt erst zu treten an. Er tritt den Asiaten überallhin, wo es wehtut. Er kennt die Stellen, er trifft präzise. Er lässt Rick dabei zuschauen. Der Mann schreit beim Treten, das gibt ihm mehr Kraft. Seine Augen leuchten, er legt sein ganzes Gewicht in die Tritte, nichts als Tritte, die Hände macht er sich an dem Schlitzauge nicht schmutzig. Als er aufhört, ist der Asiate mehr tot als lebendig. Er blutet aus vielen Wunden. Sein Mund ist ein breiiges Loch, die Nase gebrochen, beide Augen sind blind von Blut. Der Mann richtet sich auf und streicht das fettige Haar nach hinten. Er scheint noch nicht zufrieden zu sein, nimmt sein Telefon, wählt und sagt:

»Kommt in *Frenchie's Deli*. Hier ist was abzuholen.« Er klappt das Handy zu und hat den Asiaten im selben Augenblick vergessen. Er mustert Rick.

»Nicht schlecht.« Er packt Ricks Backe und kneift fest hinein. »Wie heißt du?«

Rick sagt es ihm.

3

Rick sitzt in einem Schuppen, der wie ein altes deutsches Restaurant aussieht. Die Wände sind holzgetäfelt. Ein Künstler hat eine Alpenlandschaft darauf gemalt und an die Decke Motive mit Edelweiß.

»Scheißgeschmack, findest du«, sagt der Mann, der ihn hierher eingeladen hat.

Rick kennt so ziemlich jede Art von Lokal in Manhattan, eine Kitschbude wie diese ist ihm noch nicht untergekommen.

»Du hast recht«, nickt der Mann. »Ich hab den Laden geerbt. Wollte all die Jahre etwas anderes daraus machen, aber mittlerweile ist mir der Mist ans Herz gewachsen. Was trinkst du?«

Rick ist vernünftig erzogen worden. Seine Eltern haben ihm Alkohol nicht verboten, sondern ihn einsehen lassen, dass Alkohol ein Gehirn, das noch am Wachsen ist, schädigt. Darum verzichtet Rick sonst auf Alkohol. Er weiß nicht, wieso er die Einladung des Mannes, der selbst hinterm Tresen steht, annimmt. Dieser Mann gießt klebriges grünes Zeug aus einer Flasche mit russischer Aufschrift.

»Wohl bekomm's«, sagt er. »Ich bin Theodore Kanter.«

Man sollte glauben, bei dem Namen macht es bei Rick *Klick*, ein Groschen fällt, sagt ihm, mit wem er es zu tun hat. Doch der Name klingt für Rick nur irgendwie deutsch. In keiner amerikanischen Stadt gibt es so viele Namen, die nicht amerikanisch klingen wie in New York. Rick stößt mit Kanter an.

»Wo sind die Gäste?« Ein Restaurant, das um diese Uhrzeit leer ist, ist ungewöhnlich für Manhattan.

»Ich habe eine Marotte«, sagt Kanter, »ich suche mir meine Gäste selbst aus.«

»Ein Privatclub?« Schon wirkt der Alpenzauber auf Rick nicht mehr so kitschig. Das hier könnte ein Designer-Schuppen sein, wo die Leute viel Geld hinlegen, um reinzukommen.

»Privatclub trifft es ziemlich genau.« Kanter wendet sich zu einem Muskelberg, der die ganze Zeit im Halbdunkel gestanden hat. Jetzt hält er seinem Boss ein Handy hin.

»Semyoto ist dran«, sagt der Muskelberg. Er trägt einen maßgeschneiderten Anzug. Die Rolex sieht echt aus.

»Ja, Semyoto?«, sagt Kanter ins Telefon.

Erst jetzt fällt Rick auf, dass der Mann, mit dem er auf dem Boden des Deli gelegen hat, ziemlich nachlässig gekleidet ist. Anzughose und Hemd, darüber ein Sweatshirt mit V-Ausschnitt und eine Krawatte, die so viele Flecken hat, dass man sie für ein Muster halten könnte. Dazu ein abgetragener Mantel, und das im Juli.

»Haltet das Schwein kühl, damit es noch eine Weile durchhält«, sagt Kanter. »Ich mache das selbst.« Er gibt dem Muskelberg das Telefon zurück. »Danke, Howard.«

»Sie haben Schweine?«, fragt Rick.

Seltsamerweise amüsiert das Mr Kanter. »Ja, mein Junge, es gibt jede Menge Schweine in Manhattan. Und ich kenne die meisten.« Er legt ihm den Arm um die Schulter. »Und was kann ich tun, um deine Träume wahr zu machen?«

Unter anderen Umständen hätte Rick die Frage für eine Floskel gehalten. *Träume wahr machen* könnte als Beipackzettel für diese Stadt gelten. Jeder kommt nach New York, um sich seine Träume zu erfüllen, und die Stadt tut alles, diesen Trugschluss zu nähren. Mit andern Worten, sie zieht den Träumern das Geld aus der Tasche. Rick ist nicht so naiv, den Schwindel um den Big Apple zu glauben. Er weiß, New Yorks Hymne – *If you can make it there, you'll make it everywhere* – ist nur eine Zeile aus einem Lied. Aber Rick steht nicht mehr so fest auf zwei Beinen wie früher. Seine alten Träume sind zerplatzt. Plötzlich ist er anfällig für Sätze wie diesen. Er kann seinen neuen Traum noch nicht in Worte fassen, aber er brennt bereits in ihm. Es ist kein hübscher Traum mit niedlichen Hunden, Sonnenschein und einer Party. Es ist ein quälender Traum, Rache kommt darin vor, Abrechnung und Vergeltung. Denn Rick nimmt die Schläge, die auf seine Familie niederprasseln, nicht als Strafe eines unanfechtbaren Schicksals. Er ist wütend, ist voll Zorn, der an die Oberfläche drängt. Rick will auf die Leute einschlagen, die seinem Dad das angetan haben, auf die Börsenaufsicht, die Kredithaie, den Insolvenzverwalter. Er ist nicht auf Melissa sauer, die seinen Vater verlassen hat, sondern auf die Welt, die Montgomery so weit gedemütigt hat, dass Melissa auf die Idee kam, ihn sitzenzulassen.

Rick weiß, dass es nicht genügt, jemanden zu vermöbeln, und der Fall ist erledigt. Man muss an das herankommen, was allgemein *Macht* genannt wird. Man muss den Spieß umdrehen, die Fäden ziehen; das klingt simpel und ist schwer zu verwirklichen. Wie soll ein Fünfzehnjähriger an Macht herankommen, wie soll er stark genug werden, den Mächtigen in die Fresse zu hauen? Wie soll er seinen Vater rehabilitieren und seiner Mutter die Augen öffnen, damit sie zu Monty zurückkehrt und eben doch alles mit einer glücklichen Party endet?

Auf düstere und wundersame Weise passt Ricks Traum zu einem Mann wie Kanter, der ihm den nächsten Schnaps eingießt. Ein Gefühl sagt Rick, hier steht der Typ, den er braucht. Der sich mit Macht auskennt und nicht zögert, krasse Dinge zu tun. Der nicht vor der Börsenaufsicht kuscht und der Kredithaie kaltmacht, bevor sie ihn kaltmachen. Rick erscheint es natürlich, Kanter folgende Antwort zu geben: »Ich will, dass mein Dad wieder glücklich ist. Ich will es den Dreckskerlen heimzahlen.«

»So.« Kanter nimmt die Hand nicht von seiner Schulter. »Und warum ist dein Dad nicht mehr glücklich?«

Rick erzählt von seinem Unglück. Erzählt es dem Mann, dem er gerade einen Gefallen getan hat. Dem Mann, der Gefälligkeiten nie vergisst, weder im Guten noch im Schlechten. Ein Mann, dessen Geschäftsprinzip auf Gefälligkeiten aufgebaut ist. Dieser Mann hört sich Ricks Geschichte in aller Ruhe an. Er weiß, wann man zuhören und wann man zuschlagen muss. Er weiß, wie man andere zum Zuschlagen bringt, wenn man ihnen lange genug zugehört hat. Dieser Mann ist ein Teufel, weil er das Gute und das Böse nicht trennt, sondern weil für ihn beides zusammengehört. Weil er weiß, dass eines das andere nährt. Dieser Mann liebt einen Jungen wie Rick. Bei entsprechender Erziehung kann man aus so einem wütenden Jungen alles machen, buchstäblich alles. Darum beschließt Kanter, Ricks Erziehung zu übernehmen.

4

Als Rick an diesem Abend heimkommt, sieht er etwas so Trauriges, dass er gleich auf sein Zimmer will. Aber Montgomery stoppt ihn. Montgomery hat Melissas Bild auf den wackeligen Couchtisch gestellt, daneben eine Flasche Schnaps. Wenn Ricks Vater früher ein Schlückchen trank, war es Cognac mit französischem Namen oder Grappa, der nur für ihn in Süditalien hergestellt wurde. Die Flasche auf dem Tisch heißt genauso wie die Supermarktkette, wo Monty den Fusel gekauft hat.

»Komm her, mein Sohn.« Der Vater bettelt um Gesellschaft. Früher war Rick froh, wenn ihm sein vielbeschäftigter Vater eine halbe Stunde Zeit schenkte und ihm zuhörte, statt ihn mit Geschenken abzuwimmeln. Jetzt sucht er Ricks Gesellschaft, weil er nicht länger grübeln und nachdenken mag, weil er seinem Elend einen Tritt geben will. Was der Schnaps nicht schafft, soll der Schulterschluss mit Rick schaffen.

»Ich hab noch Hausaufgaben«, lügt Rick.

»Scheiß drauf«, antwortet der Vater. Er hebt das Glas. »Auf alle Pflichten geschissen.«

Normalerweise würde Rick ihm zustimmen und gern ein Wir-zwei-gegen-die-Welt-Männergespräch führen, aber nicht so. Nicht mit einem Vater, dem der Lebensnerv gezogen wurde, der sich nicht mehr auskennt mit der Welt. Dass das Business zusammenkracht, würde er wegstecken, so was passiert nun mal, heute Wolkenkratzer, morgen Schuhputzer. Aber nicht die Sache mit Melissa. Ohne sie zu sein, ist wie ein Sommer, der dahingeht ohne Sonne. Es bricht Rick das Herz, seinen Dad unglücklich zu sehen. Besonders nach dem Abend mit Kanter. Bei ihm spürte er das bärige Vergnügen, am Leben zu sein. Ein fieser Knochen, ein zynischer Alter, ein brutaler Mann, aber ein Mann allemal. Rick hasst es, seinen Vater mit Kanter zu vergleichen. Aber an diesem Abend hat er zwei Männer erlebt: einen mit Eiern zwischen den Beinen und einen, der unter den Teppich kriecht und seiner Frau hinterherheult.

»Hast du Charlene beim Heimkommen nicht getroffen?«, fragt Montgomery.

»War sie da?« Rick wittert, dass er dem tristen Abhängen auf der Wohnzimmercouch noch entkommen kann.

»Kurzbesuch bei ihrem verarmten Vater«, versucht Monty einen Witz, der nicht witzig ist, weil er stimmt. »Sie ist vor einer Minute gegangen.«

»Ich will ihr rasch Guten Abend sagen.« Die Jacke, die Schlüssel genommen, Rick ist an der Tür. »Bis gleich.«

Im Treppenhaus schnauft er durch. Er hat es nicht eilig, Charlene zu treffen, bloß eilig, aus dem Haus zu kommen. Er läuft zwischen den Wohnblocks entlang und holt Charlene an der Bushaltestelle ein. Er hat sich gewundert, dass die kleine Schwester allein nach New Jersey durfte. Aber sie ist nicht allein.

»Das ist Storm, meine neue Geigenlehrerin«, sagt Charlene.

»Du spielst Geige?« Wie dumm kann man fragen, aber Rick ist nicht darauf vorbereitet, jemanden wie Storm zu treffen. Sie hat ein unglaubliches Lächeln.

»Hat Dad dir gesagt, dass ich ihn besucht habe?« Charlene stellt sich zwischen Rick und das Lächeln.

»Ja.«

»Eure Wohnung ist nicht schlecht. Auch dein Zimmer.«

»Geht so.«

»Wo warst du heute Abend?«

Sonst, wenn Rick und seine Schwester zusammen sind, haben sie sich wenig zu sagen. Nach den unbeschwerten Jahren ihrer Kindheit kriegten beide bald raus, dass sie nur miteinander Kontakt haben, weil sie verwandt sind. Wenn Rick Wasser wäre, wäre Charlene Öl, wäre er eckig, wäre sie rund. Menschen passen oder passen nicht zusammen, das gilt auch für Geschwister.

»Du hast keine Geige dabei«, sagt Rick.

»Gut beobachtet«, sagt Storm. Da ist es wieder, das Lächeln.

Rick macht eine Bewegung im Stil von: War nett, dich kennenzulernen. Dann erinnert er sich, dass er um keinen Preis zurück ins Apartment will. »Ich begleite euch ein Stück.« Dort kommt der Bus, er springt aufs Trittbrett.

»Musst du nicht heim?« Charlene zeigt dem Fahrer ihren Metro-Pass.

»Ist noch nicht spät. Wohin fährst du, Storm?«

»Brooklyn.«

»Willst du sie nach Hause begleiten?« Sarkasmus liegt Charlene nicht. Sie hat die schlechten Seiten ihrer Mutter geerbt: uncoole Sprüche zum falschen Zeitpunkt.

»Moment, das ist gar nicht der Bus zur Fähre.« Rick schaut aus dem Fenster, sie fahren in die falsche Richtung.

»Wir nehmen den Flughafen-Shuttle und von der Penn-Station die Subway. Geht schneller.«

»Geht schneller.« Rick ärgert sich, dass er nicht selbst draufgekommen ist. Storm sieht aus, als wäre sie achtzehn, er hofft, dass sie erst sechzehn ist. »Du hast meine kleine Schwester also aufs *Festland* begleitet?«, versucht er seinerseits einen lässigen Spruch.

»Eure Mutter hat mich darum gebeten.«

Sieht Storm eigentlich gut aus? Rick ist nicht sicher. Warum muss er sie trotzdem dauernd anschauen? Ihr

Mund ist ein bisschen zu groß, ihre Nase guckt himmelwärts, die Stirn ist flach, als wäre sie gegen einen Schrank gelaufen.

»Wie geht's Mom?« Er fragt Charlene, aber er schaut Storm an.

»Sie kriegt die Lizenz für ihren Laden«, plaudert Charlene los. »Sie ist schon dabei, ihn einzurichten, dabei beginnt der Mietvertrag erst nächsten Monat. Der Besitzer hat eine Schwäche für Mom, er hat ihr unheimlich günstige Konditionen gemacht.«

Der Bus legt sich hart in die Kurve, Rick wird gegen Storm geworfen. Sie riecht nach – was ist das?

»Wie alt bist du?«, fragt er, weil es die einfachste Art ist, es rauszukriegen.

»Und du?« Sie hat es nicht eilig, sich von ihm zu lösen.

»Fünfzehn.«

»Ich hätte dich für vierzehn gehalten.«

Sie soll es mal nicht übertreiben mit den flotten Sprüchen. Rick ärgert sich und will an der nächsten Haltestelle aussteigen. Der Abend hat nichts mehr zu bieten.

»Ich bin sechzehn«, sagt Storm. »Wollen wir an der Penn noch was trinken?« Sie fragt Charlene, aber sie sieht Rick an.

Der Abend hat doch noch etwas zu bieten. Storms Lächeln ist ansteckend. »Warum eigentlich nicht?«

»Du warst doch gerade erst drüben.« Charlene spürt ihre Felle davonschwimmen.

»Sei friedlich, ich spendier dir ein Eis.« Rick nimmt die Schwester um die Schulter. Ob das Storms Duschgel ist, was so gut riecht?

*

Rick, Storm und Charlene sind in Manhattan auf der 34th Street unterwegs, als sein Telefon vibriert. Um diese Zeit ruft sonst niemand an. Er lässt die Mädchen vorgehen und nimmt ab.

»Howard hier«, sagt einer.

Rick kennt keinen Howard.

»Mister Kanter will dich sprechen«, sagt die Stimme.

Ach, dieser Howard. Rick erinnert sich an den Muskelberg im Anzug.

»Jetzt?«

»Morgen.«

»Worum geht's?«

»Um zwei«, sagt Howard.

»Da hab ich Schule.«

»Morgen nicht. Um zwei. Im Edelweiß.«

»Ist das der Laden ...« Howard hat ihn schon weggedrückt.

Rick beschäftigt der Anruf so sehr, dass er übersieht, dass die Mädels an der 7th Avenue abgebogen sind.

»Hey!«, ruft es von der anderen Straßenseite. Storm winkt.

Rick rennt bei Rot, ein Taxi hupt. Er sieht sich um: Hier ist nichts, wo man was trinken kann, zumindest nichts, wo man mit einer Zwölfjährigen reingelassen wird.

»Und jetzt?«, fragt er.

»Charlene will heim.« Storm zeigt auf den Abgang zur Subway.

Spielverderberin. Rick kennt seine Schwester. Wenn sie nicht der Star ist, gönnt sie es auch keiner anderen. »Dann eben ein andermal«, nickt er gutmütig.

»Genau, ein andermal.«

»Wenn du deine Geige dabeihast.«

»Gut möglich.«

»Quasi als Erkennungszeichen.«

Er weiß nicht, warum er immer noch stehen bleibt, während Charlene schon die Treppe hinunterläuft. Aber Storm bleibt ja auch stehen.

»Na dann.« Sie folgt Charlene, er bleibt oben.

»Wie wär's morgen?«, ruft Rick ihr nach.

»Was?« Sie schaut hoch.

»Morgen Nachmittag bin ich wieder in der Stadt.«

»Da bin ich im Krankenhaus.«

»Was machst du im Krankenhaus?«

Storm ist schon verschwunden. Am Luftzug aus dem Straßenschacht spürt Rick, dass die Subway kommt.

5

Morgens fährt Rick in die Summer School, die er seinem Vater zuliebe besucht. Montgomery ist es wichtig, dass Rick trotz der familiären Misere die bestmögliche Ausbildung bekommt. Und weil an Urlaub diesen Sommer nicht zu denken ist, hat Rick zugestimmt. Nun lässt er sich fünf Stunden lang anöden und schwänzt die sechste. Wer braucht schon Geschichtsunterricht? Das Leben spielt heute. Heute spielt das Leben in Alphabet City. Was Kanter von Rick will, ist ihm ein Rätsel. Dass er überhaupt etwas will, ist für Rick Grund genug, sich von der Fähre aus ein Taxi zu nehmen. Zehn Minuten zu früh erreicht er das Edelweiß. Tagsüber sieht das Lokal noch erbärmlicher aus. Von den Leuchtbuchstaben sind zwei runtergebrochen – E EL EISS – steht da. Die Fenster sind dreckig, die Vorhänge verstaubt, kein Wunder, dass Kanters Restaurant keine Gäste hat. Man will sich die Küche da drin lieber nicht vorstellen. Sein typisches Rick-Schmunzeln auf den Lippen, das aus Zuversicht und einem Schuss Herablassung besteht, betritt er das Edelweiß.

Der Schlag trifft ihn in die Seite. Es knackt so fürchterlich, dass er sicher ist, die Rippen sind gebrochen. Bevor er einknickt, trifft ihn eine Handkante am Hals. Ein Tritt in die Hoden vollendet die Begrüßung. Rick fehlt die Luft, um zu stöhnen, er versucht, die nächsten Sekunden irgendwie zu überstehen. Denn das hört nicht auf, das wechselt vom Schlagen zum Treten. Als Rick eine Menge in den Bauch abgekriegt hat, reißen zwei Arme ihn auf die Beine und schlagen weiter.

Rick hatte eine Kindheit ohne Schläge. Jemand anderem in die Fresse zu hauen, hat nur Stil, wenn man die Regeln einhält – mit Boxhandschuhen und Mundschutz. Der, der sich Rick vornimmt, verteilt praktisch nur unerlaubte Hiebe.

»Wurde Preis akzeptiert?« Endlich redet er mit ihm, statt nur zu dreschen.

»Der Preis? Welcher Preis?«

»Will erfahren von dir.« Eine links, eine rechts, eine aufs Auge.

»Ich weiß nicht, von welchem Preis …?« Er kriegt den Satz nicht zu Ende, die Handkante erwischt ihn am Solarplexus. Rick kommt das Frühstück hoch.

»Jetzt mir der auf Schuhe kotzt.«

Als Ergebnis hageln die Prügel noch dichter. Rick wird gegen den Tresen geknallt und von zwei Kerlen festgehalten.

»Wo ist Mister Kanter?«, keucht er. Sehen kann er nicht viel, weil sie vergessen haben, das Licht anzumachen und weil etwas Warmes über Ricks Auge läuft.

»Glaubst, nichts Besseres zu tun hat, als mit Ratten sich abgeben?«, antwortet die Silhouette vor Rick. »Ich frage ein Mal. Falsche Antwort, und du Bekanntschaft mit Kneifzange mach. Wurde Preis akzeptiert?«

Rick möchte das ausspucken, was er im Mund hat, Blut wahrscheinlich. Er konzentriert sich. »Ja, der Preis wurde akzeptiert.« Er zieht die Nase hoch.

»*Wurde* Preis akzeptiert?« Rick blinzelt. Der Kopf, der das fragt, scheint keine Haare zu haben.

»Sicher. Da besteht gar kein Zweifel. Der Preis …«

»Falsch Antwort«, bellt es ihn an. Mit der flachen Hand kriegt er es diesmal. Ricks Kopf pendelt hin und her.

»Selbstverständlich wurde der Preis *nicht* akzeptiert«, sagt Rick, nachdem das Klingeln in seinen Ohren nachgelassen hat.

»Woher ich weiß, dass stimmt?«

»Keine Ahnung!« Rick ist sauer, weil das wehtut, was die mit ihm machen. »Ich kann Ihnen nicht sagen, ob der Preis akzeptiert wird, solange ich nicht weiß, welchen Preis Sie meinen!«

»Machst du Witze, du Hund, du mieses Schwein?«, fragt diesmal der, der Ricks rechten Arm festhält.

So groß seine Angst ist, so schmerzhaft es über seinem Auge pocht, so sicher er ist, dass er keine intakte

Rippe mehr im Leib hat, Rick kann die Klappe nicht halten. »Hund, Schwein oder Ratte, nun entscheidet euch mal.«

Seltsamerweise hagelt es diesmal keine Schläge. Verschwommen nimmt Rick einen Gegenstand wahr, nicht groß oder Furcht einflößend. Wenn ihn nicht alles täuscht, ist das eine Kneifzange.

»Ich damit Fingernägel abziehe, eine nach andern. Für falsche Antwort jede Fingernagel eine. Wenn du dann nicht sag, landet Rest von dir im East River.«

»Da hab ich ja zehn falsche Antworten frei.« Rick versucht, sich loszumachen. Mit dem rechten Arm hat er keine Chance, aber der Typ, der seine linke Hand festhält, gibt sich weniger Mühe.

»Wurde Preis akzeptiert?«, fragt die kahle Silhouette.

Ricks linke Hand ertastet etwas Schweres. Ein Metallfuß ist das, ein Sockel. Langsam wendet er den Blick. Der Mann, der ihn festhält, hat die Größe einer Schrankwand. Hinter ihm auf dem Tresen, gleich neben Ricks Hand, steht ein geschmackloser Kerzenständer. Die Goldfarbe ist abgeblättert, der Ständer ist aus Blei.

»Ich hab's mir überlegt«, sagt Rick. »Du wirst die Kneifzange nicht brauchen.«

»Abwarte.« Auf ein Zeichen wird Ricks Hand nach vorne gehalten, die Zange packt seinen Mittelfinger.

»Halt, stop, stop. Der Preis wurde verhandelt«, sagt er hastig. »Lange verhandelt, ein verdammt hoher Preis, das wisst ihr. Bei dieser Höhe konnte der Preis nicht gleich akzeptiert werden, also haben sie die ganze Nacht palavert. Mal ging es rauf, mal ging es runter, zähe Verhandlungen.« Ricks Finger ziehen heimlich den Kerzenständer heran. »Aber wie das mit Preisen nun mal ist, irgendwann verlieren die Zahlen und Ziffern ihre wahre Bedeutung. Und irgendwann ist es so spät, dass keiner mehr weiß, ob der Preis eigentlich zu hoch oder zu niedrig ist.« Ricks Hand umschließt den Metallfuß. »Das ist der Moment, wenn es zu einer Einigung kommt.« Rick prüft, ob er ihn heben kann. »So war es auch bei diesem Preis. Deshalb lautet die Antwort auf die Frage, ob der Preis akzeptiert wurde oder nicht: Du kannst dir mal eine neue Nase besorgen!«

Weil die männliche Schrankwand nicht aufpasst, hat Rick die Hand frei, die linke Hand, seine bessere Hand. Er greift nach dem Kerzenständer, zieht ihn der Schrankwand über die Rübe, dass die Kerzen in alle Richtungen fliegen. Er rammt den Ständer nach vorn. Weil die Kerzen auf drei Stifte gespießt wurden, piekst er die Spieße dem Kahlkopf in den Hals. Und weil Rick gerade so in Schwung ist, rauscht der Ständer nach rechts und trifft den dritten Schläger an der Schulter. Dass sie kein Licht gemacht haben, ist jetzt von Vorteil. Rick taucht ab, schlüpft zwischen den Männern hindurch, wundert sich, dass er nach der Tracht Prügel überhaupt noch einen Fuß vor den andern kriegt und erreicht die Tür. Nur raus aus dem Edelweiß, raus auf die Avenue B.

Das Licht geht an. Er hat den Türgriff in der Hand. Er hat keine Ahnung, warum sie lachen. Da steht der, der Howard heißt, und hält sich ein Taschentuch an die Schläfe, Howard, die Schrankwand. Da steht der Kahlkopf, teils Schwarzer, teils Inder, teils Asiate. Daneben ein dünner Kerl mit der Ausstrahlung eines Stahlrohrs. Zwischen ihnen liegt der Kerzenständer, Beweis dafür, dass sie auf Rick sauer sein müssten. Aber sie lachen. Das macht keinen Sinn.

»Wenn du den Kerzenständer nicht genommen hättest, hätte ich dir einen freien Nachmittag spendiert«, sagt einer, den Rick noch nicht bemerkt hat.

»Freier Nachmittag – Ständer?« Er dreht sich um.

»Ich sage immer, wenn einer Eier hat, kann er sich sogar mit einer Heftklammer befreien.«

»Mr Kanter …« Rick traut seinen Augen nicht. Da sitzt der Besitzer des Edelweiß auf dem Sofa, ein Glas Rotwein in der Hand.

»Aber da du den Kerzenständer ergriffen hast, kann ich dich leider nicht gehen lassen. Du hast mich beeindruckt. Das hat Konsequenzen.«

Rick weiß immer noch nicht, wie er zwei und zwei zusammenzählen soll.

»Du bist fünfzehn«, sagt Kanter. »Fünfzehnjährige Jungs, die nicht wissen, wie man mit einer Situation umgeht, kann ich nicht brauchen. Ich brauche Männer. Bist du ein Mann, Ricky Cullen?«

»Mir wärs lieber, wenn Sie mich Rick nennen.«

»Bist du ein Mann?«

»Um das rauszukriegen, lassen Sie mir sämtliche Rippen brechen?« Rick fasst an seine Seite.

»Hätte Semyoto ernst gemacht, hätte ein einziger Schlag genügt, und es gäbe dich nicht mehr.«

»Semyoto?« Rick wendet den Blick zu dem kahlen Mann, der mehrere Rassen in sich vereint. Blut quillt aus seinem Hals, er fasst nicht einmal hin.

»Wurde Preis akzeptiert?« Semyoto lacht nicht so laut wie die Übrigen. Sein Lächeln ist in sich gekehrt, seine hellgrauen Augen sind voll Licht.

»Der Preis … der Preis …?« Rick schaut in die Runde. »Es gibt keinen Preis, nicht wahr?«

»Du bist der Preis«, antwortet Kanter. »Du wurdest akzeptiert.«

»Wofür?«

»Ich hab dir gesagt, ich mache deine Träume wahr. Ich habe schon damit begonnen.«

So verquer der Satz klingt, er bringt bei Rick etwas zum Schwingen. Etwas Sehnsuchtsvolles, Brennendes. Es erinnert ihn an das Bild seines Vaters, der flennend neben der Schnapsbuddel sitzt und akzeptiert, dass ihm die Felle davonschwimmen. Vielleicht ist es so weit gekommen, weil Montgomery alles zu einfach gemacht wurde. Die folgende Weisheit mag simpel sein, Rick denkt sie trotzdem: Je größer der Widerstand, desto ausdauernder wird der Kämpfer.

»Was wollen Sie von mir, Mr Kanter?«

»Ich will, dass du hierbleibst, und wir besprechen deine Zukunft. Möchtest du das?«

»Das möchte ich, Mr Kanter.«

»Was willst du trinken?«

»Alles, bloß nicht den grünen Schnaps.«

»Howard, schenk ihm was ein.« Kanter zeigt zum Tresen, wo Howard eine Cola aus dem Kühlschrank holt.

6

Geplant ist, dass Rick weiter die Highschool besucht, seinen Abschluss macht, danach soll er auf die Universität. Die beste natürlich: *Columbia*, wenn es nach Montgomery geht, *Berkeley*, wenn man Melissa fragt. Um sich darauf vorzubereiten, besucht er die Summer School. Von nun an geht Rick aber immer seltener dorthin; er kann sich nicht zweiteilen. Was Kanter ihm bietet, wiegt zwei Highschools auf, die Ausbildung, die er von Kanter kriegt, ist eine fürs Leben. Kein trendiges Luxusleben, wie es ihm bisher vorschwebte, sondern ein knochenharter Trip voller Prellungen, gebrochener Finger und Albträume. Aber ein starkes Leben, das dem, der die erste Zeit durchsteht, manches beibringt und noch mehr bietet. Frechheit zum Beispiel und das Fehlen von Angst. Die Wut im Bauch, um sich seinen Weg freizuhauen. Die Gelassenheit, erst zuzuschlagen, wenn die Wut verraucht ist.

Die meisten Menschen, das lernt Rick von Kanter,

haben Schiss. Sie hassen Schläge, und wenn sie merken, dass es nutzlos ist, nach der Polizei zu schreien, geben sie klein bei. Hast du einem erst mal so lange in die Fresse geschlagen, dass er sich im Spiegel nicht wiedererkennt, will er nicht mehr diskutieren. Er will nur noch gehorchen. Das ist eine überraschende Erkenntnis für Rick, aber sie stimmt leider fast immer.

Rick wird keiner von Kanters Schlägern, dazu fehlt ihm das Kampfgewicht. Aber es gibt nur wenig, was Kanter ihm verschweigt. Er nimmt ihn zum Beispiel mit, wenn er Leute fertigmacht. Er macht nicht alle auf die gleiche Art fertig, aber das Ergebnis ist immer das gleiche: Kanter gewinnt. Manche schüchtert er ein, manchen schmeichelt er. Einige lässt er vermöbeln. Rick hat auch die Kneifzange im Einsatz gesehen, das war kein schöner Anblick. Ihr müsst den nächsten Abschnitt nicht lesen, aber ich kann nichts beschönigen. Rick kommt in die Hände von Semyoto. Das ist eine kreative, unerbittliche Hölle, in der Rick kämpfen lernt.

Das Edelweiß ist ein ungewöhnliches Restaurant in einem ungewöhnlichen Haus, wo sich unterschiedliche Geschäftsräume verbergen. Ein Raum zum Beispiel, in dem nur Geld gezählt wird. Ein anderer, wo Dinge verpackt werden, die losgeschickt werden, damit Geld hereinkommt, das gezählt werden kann. Das Haus hat auch einen Trainingsraum. Dort verbringt Rick die meiste Zeit. Semyoto sagt, dass ein Junge, der noch mit der Pubertät ringt und weder die Ausdauer noch die Kampfkraft eines Mannes mitbringt, unmöglich gegen einen ausgewachsenen Gegner bestehen kann. Darum stärkt Semyoto nicht die Kraft von Ricks Fäusten, er trainiert die Geschicklichkeit und Wachheit seines Geistes. Ein schneller, geschmeidiger Kämpfer ist einem Haudrauf-Typen überlegen.

»Dass Weiches Hartes besiegt, du versenkst es in dir.«

Das ist so einer der Sätze, die Rick zu hören kriegt. Hat das Kauderwelsch damit zu tun, dass Semyoto aus Borneo stammt oder damit, dass er sein halbes Leben als daoistischer Mönch lebte? Semyoto redet, wie er kämpft: unvorhersehbar. In Klamotten, die wie schlecht geschnittene Unterwäsche aussehen, steht der Meister Rick gegenüber.

»Die Bewegung fließend, bewusst, entspannt.«

»Wie soll meine Bewegung entspannt sein, während ich zuschlage? Da muss ich meine Muskeln doch anspannen.«

»Du musst?« Semyoto streckt den Arm, so genüsslich, als würde er sich rekeln, aber Rick kriegt dabei eine gescheuert, dass es ihn fünf Meter durch den Raum schleudert. Keinen Moment ist das Lächeln aus Semyotos Gesicht verschwunden. »Du musst?«, wiederholt er.

»Na ja, zugegeben …« Rick reibt sich den schmerzenden Steiß.

»Wahrnehmen das Gefäß bei jeder Regung, stets aufmerksam der Geist durchdringt den Körper. Nicht kämpferisch denkst du, nur weil du kämpfst. Denkst wie ein Schläfer, weich und gelassen, versteife nicht, natürlich dein Körper auf Angriff reagiert. Wenn du bist weich, du bezwingst Hartes.«

Was sich simpel anhört und irgendwie wie die Weisheit von einer Esoterik-CD, erfordert unsagbar hartes Training. Rick ist fünfzehn, er birst vor jugendlicher Kraft, seine Hormone, die Säfte und Triebe veranstalten in ihm ein stürmisches Durcheinander. Für ein Geschöpf an der Schwelle zum Mann ist es das Schwerste, weich und gelassen, überlegen und abwartend zu agieren. Also trainiert Semyoto diese Technik zu Beginn in Zeitlupe. Rick bricht schon der Schweiß aus, bevor er den ersten Schritt getan hat. Er soll den Energiefluss in seinem Körper kontrollieren; das macht ihn so hibbelig, dass er jedes Haar auf seinem Kopf spürt. Er darf keinen Finger rühren. Er steht still, ein Bein vorn, eins zurück, mit nach außen gedrehten Füßen. Dann erhält er den Befehl *»Quo quao zia!«*. Jetzt soll er die Energie in seinem Zeigefinger bündeln, den Zeigefinger langsam an den Mittelfinger heranführen und mit leichtem Schwung ein Brett von der Stärke eines Bücherregals durchhauen. Er glaubt nicht, dass so etwas geht, also geht es auch nicht. Auf Ricks Bitte weigert sich Semyoto, es ihm vorzumachen. Rick holt sich Prellungen und einen gesplitterten Fingernagel, bevor das Brett zum ersten Mal knackt. Durchbrechen wird es erst Tage später, wenn er so fertig sein wird, dass es ihm egal ist, ob das Brett bricht oder sein Finger. Das ist der Zustand, auf den Semyoto hinarbeitet.

Während sein Schüler die nächste Stufe, die Haltung des *Zoa qua ze,* übt, geht Semyoto im Kreis und erzählt vom unsterblichen Meister Zhang Sanfeng, der auf dem Berg Wudang die Schule des Inneren Kampfes begründete, nachdem er einen Kranich und eine Schlange beobachtet hatte. Die wendige Schlange wich dem attackierenden Kranich so lange aus, bis er erschöpft war und aufgeben musste, worauf die Schlange ihn mit einem einzigen Biss niederrang.

»Wer willst sein, Schlange du, oder Kranich du?« Semyoto geht im Kreis.

»Na, das ist eine Frage.«

»Sag es.«

»Die Schlange natürlich.«

»Meine es.«

»Die Schlange, Himmel Herrgott!«

»Sei es.«

»Die Schlange«, antwortet Rick und versenkt seine Power in die rechte Ferse. »Wann war das auf dem Berg Wudang, wann ist das passiert?«

»Vor vier Jahrhundert. – Zoaa!«, schreit Semyoto.

Ricks Ferse schnellt vor und zermanscht einen steinharten Kürbis zu Brei.

Nach solchen Stunden duscht er und tut auf Befehl des Meisters nichts. Einfach gar nichts. Er soll dem Energiefluss in sich die Chance geben, das Erlebte zu versenken. Beim nächsten Mal wird Ricks Ferse ohne das ganze Vorgeplänkel wissen, wie sie den Kürbis zertrümmert. Zum Nichtstun geht Rick gern in den Geldzählraum. Er legt sich in eine Mauernische, nimmt einen Packen von dem gezählten, in Plastik verschweißten Geld und benutzt ihn als Kopfkissen. Die Leute im Geldzählraum kennen ihn. Kanter hat ihn rumgeführt, hat Rick als den Neuen vorgestellt und ihm den Arm auf die Schulter gelegt. Mehr Zeichen des Vertrauens braucht es nicht. Rick ist dabei, er gehört zum Kreis, zur Organisation.

Natürlich macht Rick sich Gedanken über das Verbrechen. Er ist weder dumm noch blind. Wo so viel Geld hereinkommt, ist Verbrechen im Spiel. Bloß, und das gibt Rick zu denken, stimmt das leider in jeder Branche. Zu viel Geld bedeutet, dass etwas faul ist. Faul war im Business von Ricks Vater so ziemlich alles. Da wurde mit Werten jongliert, die es gar nicht gibt. Da wurden den Leuten Papiere verkauft, die keinen reellen Gegenwert hatten. Als die Sache aufflog, nannte man das Finanzkrise. Verbrechen träfe es besser, denkt Rick, Raub träfe es besser. Nur dass die Börsenräuber so pervers waren, für ihr missglücktes Verbrechen auch noch Hilfe vom Staat zu verlangen. Zuerst beschissen sie die kleinen Leute, deren Papiere plötzlich nichts mehr wert waren, dann beschissen sie den Staat und zogen ihm Hunderte Milliarden aus der Tasche. Ist einer wie Kanter da nicht ehrlicher?

Eine gewagte Hypothese, das ist Rick klar, aber für ihn macht sie Sinn. Kanter ist, wenn man das so simpel ausdrücken mag, ein Hehler im großen Stil. Er kauft kriminellen Gangs gestohlene Ware ab und verkauft sie weiter. Daneben verleiht er Geld zu einem handelsüblichen Zinssatz. Zahlt jemand nicht pünktlich, geht Kanter nur ein wenig härter vor als eine Bank. Die Bank pfändet das Haus des Zahlungsunfähigen, Kanter verpfändet dessen Frau. Oder seine Tochter. Oder der Schuldner muss Kanter so lange gefällig sein, bis die Schuld abgetragen ist. Daher gibt es in Alphabet City viele Leute, die Mr Kanter Gefälligkeiten erweisen. Das ist der Grund, warum niemand damit rausrückt, was Kanter in Wirklichkeit tut. Jeder weiß es, trotzdem kann man ihn nicht verhaften, denn keiner würde es bezeugen. Alphabet City grenzt an den East River. Jeder ahnt, sollte er eines Tages auspacken, würde er mit großer Wahrscheinlichkeit auf dem Grund des East River landen.

Rick gefällt, und das muss erwähnt werden, dass da einer ist, der sich einen Dreck um Regeln schert. Auch um Gesetze nicht, und schon gar nicht um so etwas Schwammiges wie Moral. Einer, der sich nicht anpissen lässt, dem niemand dumm kommen darf, einer mit Eiern, wie Kanter selbst sagen würde. Rick ist ein beschädigter Junge. Sein Vater, den er sein Leben lang verehrte, musste klein beigeben, nach New Jersey ziehen, musste zu Kreuze kriechen. Er musste Ricks Mutter gehen lassen. Auf der einen Seite sieht Rick seinen ruinierten Vater in New Jersey, auf der andern Theodore Kanter in Alphabet City. Wenn man Rick in diesen Wochen fragen würde, wäre seine ehrliche Antwort, dass Kanter derzeit mehr Vater für ihn ist als Montgomery.

Deshalb ist Rick so glücklich, dass es jemanden gibt, der weder mit dem einen noch mit dem anderen Vater zu tun hat, weder mit schmutzigem Geld noch mit dem schmutzigen Geschirr, das sich bei ihnen daheim türmt. Deshalb freut Rick sich so auf das Treffen mit Storm, auch wenn es an einem unerfreulichen Ort stattfindet.

»In welchem Krankenhaus?«, hat er gefragt, als sie sich verabredeten; das ist noch keine Stunde her. Zu ihrem ersten Date konnte er leider nicht kommen. Semyoto hatte eine Trainingsstunde angesetzt. Das zweite verpasste er, weil Kanter ihn überraschend brauchte. Diesmal scheint es zu klappen. Er kommt direkt vom Training, hat nicht geduscht, sich nicht umgezogen, er will seine Verabredung nicht schon wieder verpassen. Er hofft, dass es Storm nichts ausmacht, weiß, dass es ihr nichts ausmacht. Sie ist anders als seine schnöselige Schwester Charlene, die Menschen nach Äußerlichkeiten beurteilt.

Das New York Methodist Hospital in Brooklyn ist keine feine Adresse, eher eine Krankenverwahranstalt, ein hässlicher Bunker mit hässlichen Korridoren und hässlichem Personal. Rick versteht nicht, warum Storm hier sein muss. Er braucht lange, um die Abteilung für Immunologie zu finden. Während er durch die Korridore eilt, denkt er, dass man den ätzenden

Kunststoffboden herausreißen und vernichten müsste. Rick hasst Dinge, die sauber und zugleich billig aussehen.

Immunologie. Was an dem Wort abschreckend ist, begreift Rick erst, als er Storm findet. Man hat so ziemlich jeden Teil von ihr festgeschnallt, sie starrt an die Decke, aus ihrer Nase kommt ein Schlauch.

»Na du, was ist mit dir?« Kann man etwas Passendes sagen, wenn man so einen Schreck kriegt wie Rick?

Langsam dreht sie den Kopf. »Selber schuld«, murmelt sie, als sie seinen Gesichtsausdruck sieht. »Du wolltest ja unbedingt herkommen.«

»Klar wollte ich.« Danach schweigt Rick.

»Da ist ein Typ in meinem Blut.« Sie hebt die Hand, die Schläuche zittern. »Der ist ziemlich aggressiv.«

Rick senkt den Blick auf das Krankenblatt am Fußende. Die Kurven und Zahlen machen ihn nicht schlauer.

»Aplastische Anämie«, sagt Storm.

»Was heißt das?« Rick will, dass es nichts Ernstes ist, und spürt, dass es ernster kaum sein könnte.

»Der Typ in meinem Blut verhindert, dass ich genügend rote Blutkörperchen bilde.« Sie macht eine Bewegung, die Schwamm drüber heißen soll. »Schön, dass du da bist.« Sie lächelt.

Rick vergisst die Schläuche und Pumpen und fühlt sich in Storms Lächeln geborgen. Bei einem normalen Date hätte er Stunden gebraucht, sich zu trauen, ihre

Hand zu nehmen. Am hässlichsten Ort von Brooklyn greift Rick nach dieser kleinen, entschlossenen Hand und drückt sie. Plötzlich hebt er die Hand an seinen Mund und küsst sie, nur einmal, aber das sagt alles. Storms Mittelfinger richtet sich auf und klopft auf Ricks Nase und das sagt genauso viel. Sie bleiben beisammen, reden wenig und nichts, was den Zauber dieses Besuchs kaputt machen könnte. Sie verabreden sich für in drei Tagen, das ist Sonntag. Der Sonntag ist Kanter heilig; noch nie hat er Rick an einem Sonntag gebraucht.

»Sonntag geht's mir gut«, lächelt Storm.

»Weil du nicht im Krankenhaus bist?«

»Weil wir uns wiedersehen.«

Das ist, so viel ist sicher, das Schönste, das Rick seit Langem gesagt bekam. Er freut sich auf Sonntag wie andere auf Weihnachten. So fröhlich ist er auf dem Heimweg, dass es ihm nicht mal was ausmacht, die Fähre nach New Jersey zu besteigen.

7

Kurz vor acht Uhr abends erreicht Rick den Tompkins Square Park. An der Temperance Fountain machen sie Kunst. Rick steckt die Hände in die Hosentaschen und guckt zu, wie vier Frauen zwischen den Säulen des Trinkbrunnens ein riesiges rotes Tuch spannen. Sie beulen das elastische Tuch mit ihren Körpern aus. Die Touristen knipsen wie wild. Rick begreift nicht, was es bei einem ausgebeulten Tuch zu knipsen gibt, und verlässt den Park in Richtung Drachentempel.

Kanter hat ihm erzählt, der Drachentempel war in den Dreißigerjahren des letzten Jahrhunderts ein Kino, später ein Versammlungssaal, und noch später haben sie ins Foyer einen Waschsalon reingebaut. Es heißt, als Nächstes soll dort ein Parkhaus entstehen. Rick weiß, solange Kanter in den oberen Geschossen wohnt, wird das nichts mit dem Parkhaus. Er schaut zu den runden und halbrunden Fenstern hoch. Das Eisengestänge einer alten Leuchtreklame steht noch da, ein paar Neonröhren hängen herab. Er wundert sich, warum der Boss in dem schäbigen Tempel wohnt. Eine Bruchbude mit Stil, trotzdem eine Bruchbude.

Warum besucht Rick Kanter daheim und wieso trägt er einen mitternachtsblauen Anzug? Heute Nachmittag hatte Rick *Bereitschaftsdienst.* So nennt Kanter das, wenn seine Leute im Edelweiß rumhängen, mit ihren Handys spielen, einander begrüßen und sich verabschieden. Die meiste Zeit tun sie nichts. Läuft das Geschäft nämlich, wie es soll, gibt es nichts zu tun. Kommt Sand ins Getriebe, muss einer von denen los. Manchmal nimmt er eine Brechstange mit, manchmal die Kneifzange. Manchmal fahren alle auf einmal, dann ist etwas Größeres passiert – oder ein Fest wird gefeiert.

Kommenden Sonntag wird ein Fest gefeiert.

»Es ist das Fest von St. Liberty.«

Kanter war gut angezogen, trug einen grauen Dreiteiler mit dunkelblauer Krawatte, hatte seinen Bart gestutzt und sich das Haar schneiden lassen. »Du wirst bei dem Fest etwas für mich tun«, sagte er zu Rick. Er hielt den Zigarrenknipser an die Havanna, aber er knipste die Spitze nicht ab.

Rick fragte nicht: »Was?« Er sagte nicht: »Gern, Mr Kanter.« Er saß bloß da, die Hände zwischen den Knien, und dachte: ausgerechnet Sonntag. »Sonntag, Mr Kanter?«

»Habe ich dir eigentlich Oona vorgestellt?« Der schwere Mann musterte seinen Schützling und rollte die Zigarre zwischen den Fingern hin und her, hin und her.

Rick richtete sich auf, weil er spürte, mit diesem Auftrag hat es eine besondere Bewandtnis. »Nein, Sir, Sie haben mir Oona noch nicht vorgestellt.«

Oona ist ein Gerücht, ein Phantom. Jeder in der Organisation weiß von Oona, aber Kanter hat sie noch nie in seine Geschäftsräume mitgebracht. Es heißt, Oona stammt aus Tahiti, es heißt, Oona hat zwei Doktortitel, es heißt, Oona ist Schwimmweltmeisterin. Man erzählt sich so manches über sie, trotzdem ist Oona Kanters bestgehütetes Geheimnis.

Kanter legte die Zigarre in die Schatulle zurück und sagte: »Komm heute um acht in meine Wohnung.« Er stand auf und verließ das Edelweiß. Wie sein Schatten hängte sich Howard an ihn dran. Rick blieb in dem düsteren Lokal mit den Kuckucksuhren zurück und überlegte, ob er Storm anrufen sollte.

Seit jenem Nachmittag im Krankenhaus denkt er oft an Storm. Rick will wissen, was man gegen ihre Krankheit tun kann. Eine Krankheit, von der er noch nie gehört hat, kann nicht so schlimm sein. Niemand ist unbesiegbar, denkt Rick, auch der Feind in Storms Blut nicht. Er muss Storm am Sonntag wiedersehen, koste es, was es wolle. Daher wollte er nicht glauben, dass ihre Verabredung geplatzt ist, und rief sie nicht an. Bis Sonntag konnte sich noch manches ändern. Rick ging sich umziehen. Er brauchte nicht heimzufahren, um die Klamotten zu wechseln. Genau genommen fährt Rick immer seltener heim. Eines Tages hatte Kanter nämlich zu ihm gesagt: »Wie läufst du eigentlich rum?« Als Rick verständnislos an sich runterschaute – T-Shirt, Jeans, bequeme Turnschuhe –, hatte der Alte ihm eine Adresse genannt. »Sag ihm, du kommst von mir.«

Im Süden, wo sich Chinatown an Alphabet City heranschiebt, liegt der Laden des Chinesen. Der Chinese hat Rick neu eingekleidet und die Anzüge ins Edelweiß geschickt. Seitdem besitzt Rick dort einen Spind.

*

Am Eingang erinnert nichts mehr an ein Kino, auch nicht an den Waschsalon. Rick nimmt die Hände aus den Anzugtaschen und geht in den Drachenpalast. Der Aufzug ist dreckig und verbeult. Rick fährt bis zum 16. Stock, von dort geht er zu Fuß. Im 18. sitzt Howard und liest in der Sportzeitung. Er sagt nichts, er lässt Rick durch. Wer an Howard vorbeikommt, hat die letzte Barriere zu Kanter genommen. Wenn Howard nicht will, dass man zu Kanter gelangt, sollte man es erst gar nicht versuchen.

Rick tastet umsonst nach einer Klingel, es ist nicht abgeschlossen. Als er eintritt, glaubt er, in der falschen Wohnung zu sein. Die runden Lampen sind aus tausend Kristallen. An der Decke schlängeln sich Goldornamente. Die Möbel sind aus Silber und Seide, aus

Silber und Leder, die Treppe aus Marmor, die Geländer aus schwarzem Granit. Die runden Fenster werden von Draperien umwuchert. Wer Kanter nicht kennt, denkt, hier wohnt ein New Yorker Spinner. Rick kennt Kanter als nüchternen Mann und ahnt, die Einrichtung stammt von Oona.

Kanter kommt ins Zimmer und legt ihm den Arm um die Schulter. »Hunger?«, fragt er, als ob es darauf ankäme.

Rick lässt sich zu dem Monster von Tisch führen. Roter Marmor, die Platte so dick, dass ein Auto drüberfahren könnte, getragen von goldenen Löwenbeinen.

»Ich wollte eigentlich was kommen lassen.« Kanter lächelt. »Aber sie lässt sich's nicht nehmen. Sie kocht selbst.«

»Aha.« Rick ist nicht sicher, ob er sich darüber freuen soll.

Zu Beginn habe ich angekündigt, dass es drei Frauen geben wird: Frauen, die einem den Atem rauben, schön und außergewöhnlich. Zwei habt ihr bereits kennengelernt. Oona ist die Dritte.

Sie trägt eine Schürze, ist größer als Kanter, ihr Haar ist natürlich gelockt und hat den Ton von dunklem Chili. Ihr Gesicht erzählt, dass sie von einer verzauberten Insel stammt, Südsee vielleicht, vielleicht noch weiter weg. Ihre Augen sind samtig, als wäre sie gerade aus sanftem Schlaf erwacht. Die Lippen schimmern feucht, weil sie in diesem Moment etwas abschmeckt. Sie hält den Kochlöffel so, dass nichts zu Boden tropft.

»Magst du Französisch?« Sie lächelt ein bisschen. Rick ist geblendet von ihren wunderbaren Zähnen.

Kanter mustert den Jungen, der auf der Kippe zum Mann steht. Er gönnt ihm den Anblick, gönnt ihm die Sensation, Oona zu begegnen. Zugleich hat Kanter gehofft, dass Rick nicht denselben dämlichen Gesichtsausdruck kriegt wie alle Männer, die Oona zum ersten Mal sehen.

»Das riecht nach Bouillabaisse«, sagt der Junge.

Rick stammt von der Upper Eastside und ist kein Ignorant, was Essen betrifft. »Und zwar nicht die Bouillabaisse Marseillaise…«, er schnuppert, »…sondern die aus dem Norden, mit Hummerkrabben und Muscheln.«

»Excellent«, sagt Oona auf Französisch und sieht Kanter an. »Keiner von deinen Gewichthebern hätte das erraten.«

Da sie die Hand ausstreckt, schüttelt Rick Oonas schmale Hand und sieht den Ehering. Er hat gehört, dass Oona auf der Heirat bestanden hat. Sie wollte nicht nur Kanters Verhältnis sein.

»Zu Tisch«, sagt sie und verschwindet in der Küche.

Sie setzen sich. Kanter fragt seinen Schützling nicht, ob er Wein möchte, er gießt ihm einfach ein.

»Sag bloß, du verstehst auch was von Wein?«, knurrt er, als Rick das Etikett betrachtet.

»Mein Vater…«

»Ich weiß, dein Vater war ein reicher Schnösel, der sich mit überflüssigen Dingen beschäftigt hat.«

Warum ist Kanter sauer? Weil Rick sich die Weinflasche angeguckt hat? Weil er so gut aussieht in seinem mitternachtsblauen Anzug? Weil Oona ihn *excellent* fand? Ist Kanter sauer, weil er selbst nicht in der Lage ist, eine Bouillabaisse zu erschnuppern?

»Danke für die Einladung«, sagt Rick. Sie stoßen an.

»Ich brauche jemanden, der nicht auffällt.« Kanter nimmt einen kräftigen Schluck. »Einen, den sie akzeptiert.«

Rick versteht nicht, darum hält er die Klappe.

»Sie hat eine Abneigung gegen meine Jungs.« Missmutig schüttelt er den Kopf Richtung Ausgang. »Nicht mal Howard darf in die Wohnung, seit sie hier ist. Er nimmt es gelassen.« Kanter seufzt. »Aber sie kann … Ich darf sie draußen nicht allein rumlaufen lassen.«

Rick hat nicht mal den Hauch einer Ahnung, worauf Kanter hinauswill.

»Bis jetzt konnte ich sie mit der Dekoration des Apartments beschäftigen.« Er zeigt auf den überladenen Irrsinn rundum. »Damit ist es vorbei, sie hat alle Läden leergekauft.«

Kanter zieht die Brauen hoch, seine Augen sind blutunterlaufen. Er nimmt die Zigarre vom Tischrand, sie ist erkaltet. Ein böses Lächeln stiehlt sich auf sein Gesicht. »Wenn ein Bürschchen wie du sie begleitet, fällt das nicht auf. Und ich bin sicher, dass sie einen akzeptiert, der mit Messer und Gabel isst und das *Parlevousfrangsais* draufhat.«

Rick geht ein Licht auf. »Aber ich bin doch kein Bodyguard«, sagt er.

Kanter wirft einen Blick Richtung Küche. »Du bist das, wozu ich dich mache. Natürlich bist du kein Bodyguard. Aber du hast ein Handy. Wenn's ernst wird, rufst du Howard an.«

Rick nickt betrübt. Allmählich ahnt er, dass er die Verabredung mit Storm wird absagen müssen.

»Sonntag«, sagt Kanter, als hätte er Ricks Gedanken gelesen. »Sonntag wirst du sie zum ersten Mal begleiten. Auf dem Fest von St. Liberty.«

»Ja, Mr Kanter.«

»Ich hoffe, du bist hungrig.« Der Alte senkt die Stimme. »Ich steh nämlich nicht auf den französischen Fraß. Schmeckt alles irgendwie, als ob einer reingespuckt hätte.« Kanter hebt den Blick.

»Aaaah«, macht er, als Oona mit der Suppenterrine kommt.

Rick öffnet die Serviette und legt sie über seine Knie.

8

Wenn der Himmel anderswo blau ist, ist er in Manhattan blauer. Der aufgesprungene Asphalt ist ein Kunstwerk, die vom Smog verkrüppelten Bäume sind dicht belaubt. Bei diesem Wetter wird das Fest von St. Liberty bestimmt ein voller Erfolg. Rick hat mit Storm telefoniert, er hofft, dass die Feier nicht den ganzen Tag dauert, dann könnte er abends zu ihr. Sie hat das akzeptiert, unter einer Bedingung: Er soll ihr sagen, was er eigentlich macht und warum er jeden Tag nach Alphabet City muss. Rick hat sich vorgenommen, Storm nicht zu belügen.

Um zehn Uhr morgens kommt er ins Edelweiß, nimmt einen Anzug aus dem Spind und zieht sich um. Wegen der Sonne setzt er eine dunkle Brille auf, vielleicht aber auch, weil er heute Bodyguard sein wird. Am Sonntag sind alle ausgeflogen, keiner ist im Hauptquartier. Daher ist Rick überrascht, als er Kanters Limousine auf dem Hinterhof entdeckt.

Kein Howard, auch keine Spur von Kanter, vielleicht nimmt der Boss heute einen anderen Wagen.

Rick soll Oona abholen und ist schon im Begriff zu gehen, als ein Truck rückwärts in die Einfahrt rollt. Eine Lieferung am Sonntag, am Tag von St. Liberty? Sonst, wenn es etwas abzuladen gibt, stehen die starken Jungs auf dem Hof bereit, diesmal nicht. Stattdessen steigt der Truckfahrer aus, angezogen wie ein Astronaut. Er trägt einen Anzug aus weißem Kunststoff und einen Helm. Mit der Fernbedienung öffnet er die Heckklappe und lässt einen Gabelstapler heraus. Er steuert ihn per Tastatur, sonst macht der Stapler alles allein. Fährt die Laderampe hinauf und holt fünf Kisten. Normale Holzkisten mit der Aufschrift *137*. Sie sind nicht besonders groß, wirken nicht besonders schwer; sie könnten Baseballkappen enthalten oder japanische Sonnenschirmchen. So wie sich der Truckfahrer verkleidet hat, ist nichts davon in den Kisten. Er bleibt in sicherem Abstand, hantiert konzentriert und so schnell er kann.

Eine Tür öffnet sich. Howard trägt einen schwarzen Anzug, auch er hat sich für St. Liberty fein gemacht. Der Truckfahrer gibt ihm ein Zeichen, er soll nicht zu nahe kommen. Howard geht auf sicheren Abstand. Der Stapler transportiert die Kisten in Kanters Haus, eine nach der anderen. Er fährt hinein, bleibt eine Weile drin, kommt ohne Kiste wieder heraus. Rick überlegt, wohin er sie bringt; die Rampe führt in den Keller. Er schaut auf die Uhr. Höchste Zeit, Oona abzuholen.

In diesem Moment steigt Kanter aus dem Wagen. Die Scheiben sind getönt, Rick hat ihn nicht bemerkt. Wieso schlägt sein Herz so wild, warum zuckt er zurück? Weil er etwas zu sehen bekam, was keiner sehen sollte, niemand aus Kanters Organisation. Deshalb hat der Boss alle weggeschickt. Wieso ist Rick überhaupt noch hier? Er muss seinen Job antreten, sein Job heißt Oona. Rick nimmt die Beine in die Hand. Er kennt das Haus und seine Schlupflöcher, klettert über die Feuerleiter ins nächste Treppenhaus, von dort ins Erdgeschoss und raus auf die Straße. Er hetzt die Avenue hinunter, zum Drachenpalast, währenddessen denkt er sich eine Ausrede für Oona aus.

Hinter dem Tompkins Square Park glänzt das ehemalige Kino in der Sonntagssonne. Rick sprintet über den Rasen, will zum Eingang, da öffnet sich das Rollgitter der Tiefgarage. Ein ziemlich schneller, lauter Wagen kommt da hochgeschossen. Oona fährt ihn und bringt den Schlitten so punktgenau zum Stehen, dass der Kühler sanft gegen Ricks Knie stößt. Ein niedriger Kühler in Rot, vorne ein springendes Pferd auf gelbem Grund.

»Ich dachte, du lässt mich hängen.« Oona fährt mit offenem Verdeck, ihr Rock ist grün, der Stoff über die Knie hochgerutscht. Der Motor knurrt. Der Motor ist so aggressiv, dass die Tauben im Park hochfliegen.

»Steigst du ein oder willst du neben mir herlaufen?«

Rick öffnet die Tür und lässt sich in den Schalensitz sinken. »Sorry, dass ich so spät bin, aber …«

Sie gibt Gas, dass es ihm fast den Kopf vom Genick reißt. Sie nimmt die East 7th, rast die 1st Avenue in nördliche Richtung, und wäre die Ampel nicht auf Rot gesprungen, hätten sie ihr Ziel bereits Sekunden später erreicht.

»Die *Croquette Lounge* ist doch gleich um die Ecke«, sagt Rick. »Wozu nehmen wir da den Wagen?«

Oona mustert ihn über den Rand der Sonnenbrille. »Eins sag ich dir gleich: Ich hasse es, beschattet zu werden.« Sie schießt über die Ampel und hält vor dem Lokal. Oona wirft Rick den Autoschlüssel zu. »Parken. Ein Kratzer und ich beiß dir den Kopf ab.« Sie geht in die *Croquette Lounge.*

Es heißt, Oona stammt aus Tahiti, Oona hat zwei Doktortitel, Oona ist Schwimmweltmeisterin. Es hat nicht geheißen, dass sie arrogant und zickig ist und dass die Zeit mit ihr ein einziges Erdbeben zu werden droht. Rick denkt sehnsüchtig daran, dass er jetzt mit Storm im Park sitzen könnte; vielleicht wären sie runter nach Brighton Beach gefahren und hätten den Tag am Strand verbracht.

Oona hat nicht bedacht, dass Rick keinen Führerschein hat. Sie weiß allerdings auch nicht, dass ihm sein Vater bereits mit elf Jahren Autofahren beibrachte, an einem europäischen Wagen mit Gangschaltung. Rick startet, würgt den Motor zweimal ab, beim dritten Mal rollt der Ferrari los. Mit quietschenden Reifen setzt er auf die Straße. Um die Ecke findet er einen bewachten Parkplatz und bezahlt für zwei Stunden. Als er in die *Croquette Lounge* kommt, wartet der nächste Anschiss auf ihn.

Kanter trinkt Martini und sieht ihn gallig an. »Wenn sie sagt, du sollst weggehen und irgendwas für sie tun, antwortest du, du darfst sie nicht allein lassen. Sonst bist du als Bewacher eine Niete.«

Rick sucht in Kanters Augen. Hat er ihn vorhin im Hauptquartier bemerkt, weiß er, verbirgt er etwas? »Sie hat mir den Ferrari überlassen«, antwortet er. »Ich musste parken.«

»Glaubst du, irgendwer in der Gegend kommt auf die Idee, diesen Wagen zu klauen? – Hol dir einen *Quiet Sunday*. Danach will ich deinen Mund am Strohhalm sehen und deine Augen bei meiner Frau.« Kanter geht zur nächsten Gruppe.

Rick fragt an der Bar, was im *Quiet Sunday* drin ist. Der Barkeeper fängt die Aufzählung mit Amaretto an und hört mit Wodka auf. »In deinem Alter würde ich's langsamer angehen lassen. Wie wärs mit einem *Quiet Passion*?« Rick sieht zu, wie Grapefruitsaft, Trauben und Maracujas gemixt werden. Er schließt die Lippen um den Strohhalm und hält Ausschau nach Oona.

Kanters Clan versammelt sich, um einen Drink zu nehmen, bevor sie gemeinsam zum Festzug aufbrechen. Seine Jungs haben ihre Familien dabei. Sie lachen viel, vom Business wird nicht gesprochen. Oona wird den Jungs vorgestellt. Während Rick an seinem

Quiet Passion nuckelt, kriegt er mit, was wirklich läuft. Kanters Männer huldigen der Königin. Die Schlitzohren, die Geldzähler, diejenigen, die die Juwelen taxieren, und die, die das weiße Pulver prüfen, nähern sich ehrerbietig und verbeugen sich vor Oona. Kanter tut, als wäre nichts dabei, aber seine kleinen Augen bemerken alles. Er will Bewunderung für den Paradiesvogel, den er sich ins Nest geholt hat. Nicht nur weil die Frau schön ist, sondern weil sie ihm gehört. Er forscht in den Gesichtern seiner Leute nach dem geringsten Zeichen von Respektlosigkeit. Rick ahnt, warum. Als er den Boss und Oona im hellen Sonntagslicht beisammen sieht, wird es deutlich: Der Mann könnte ihr Großvater sein. Kanter ist welk, Gesicht und Hände weisen Flecken auf, gebeugt sitzt sein Kopf zwischen den Schultern. Wenn es ums Geschäft geht, ist Kanter der Leitwolf; Erfahrung, Taktik und Gewalt hat er im kleinen Finger. Bei Oona zählt das nicht, die Macht der Jugend besiegt den alten Mann. Kanter spürt das. Rick hat guten Grund, den Job zu fürchten, den er zugedacht bekommt. Der Auftrag, eine Zeitbombe zu bewachen, wäre gemütlicher.

Oona lässt die Show gelassen über sich ergehen. Wie viel weiß sie von dem, was Kanter tut? Wie viel weiß jede dieser Frauen von dem, was ihre Männer tun? Hübsch sind sie alle, kostbar sind ihre Ringe und Halsketten, die Handtaschen stammen nicht vom Wühltisch aus dem Kaufhaus. Einer von Kanters Schlägern legt seinen Arm besitzergreifend um eine

Platinblonde. Sie sieht nicht dumm aus; was findet sie an diesem Neandertaler? In der Firma nennen ihn alle das Stahlrohr, weil er eigentlich nichts tut, als zuzuschlagen.

Nicht zum ersten Mal melden sich Zweifel bei Rick. Ist das der Stall, in den er gehört? Diese Gesellschaft soll ihn von nun an umgeben? Es sind nicht nur die schrillen Krawatten und die protzigen Feuerzeuge. Es sind das laute Lachen und diese Blicke: Uns kann keiner was, wir scheißen auf alles, sagen die Blicke. Kanter hat Rick geholfen, als er orientierungslos war und davonlief. Jetzt ist Rick mittendrin in Kanters Welt und trotzdem ein Außenseiter. Deutlicher hat er es noch nie gespürt. Sie stoßen an, sie wollen zu den Wagen, wollen den Festzug nicht verpassen. Rick hat ein ungutes Gefühl im Bauch. Er möchte zu Storm. Mit ihr könnte er den Irrsinn besprechen, den er zurzeit sein Leben nennt. Sie würde zuhören, sie wüsste Rat.

Aber der Tag geht weiter und immer weiter. Selten sind Rick ein paar Stunden so endlos erschienen. Sie sitzen an langen Tischen, essen, lachen und quatschen. Rick kriegt von allem zu viel. Er verträgt keinen Alkohol mehr, doch irgendwer schenkt ihm immer nach. Rick beobachtet, wie die Frisuren der Gattinnen sich allmählich lösen, wie der Lippenstift verwischt. Er sieht einen der Jungs heimlich in den Blumenkübel pinkeln. Rick erkennt, wie Kanter wird, wenn er zu viel getrunken hat, ein teigiger Leopard, der laut brüllt und doch zerfließt. Oona lacht und trinkt wie ein Kerl. Kanter beobachtet sie, wenn sie mit Männern spricht. Dann wird der Leopard zur Viper.

Die Runde zieht in ein Pastramilokal weiter, wo der Besitzer der Ehre Ausdruck gibt, dass Kanter ihn besucht. Als der mächtige Mann sich umdreht, zerfällt das Grinsen des Imbissbesitzers zur hasserfüllten Grimasse. Hassen sie Kanter so sehr? Sind sie von ihm so abhängig, dass sie kuschen, auch wenn sie ihm am liebsten das Pastramimesser in den Rücken rammen würden?

Die Dämmerung schwemmt die Männer in eine Bar, die Frauen werden heimgeschickt. Oona hat einen Sonderstatus, sie ist das Maskottchen, die Madonna, die der Prozession vorangetragen wird. Sie wirkt immer noch nüchtern und sieht sich von Zeit zu Zeit nach ihrem jungen Aufpasser um. Sie schmunzelt, weil Rick so trübe in der Ecke steht, an diesem Tag, der dem Vergnügen dient. Rick träumt mit offenen Augen von Storm.

Endlich will Kanter heim. Rick atmet auf, hofft, dass sein Dienst damit endet. Im Geist sieht er sich schon in den Expresstrain springen und nach Brooklyn sausen.

»Ich bin nicht müde«, sagt Oona zu Kanter. »Ich will noch Freunde treffen. Geh schon vor, ich komme nach.«

Rick ist sicher, dass der Alte ihr das verbieten wird, aber er lächelt nur. Rick sieht ihm an, wie viel Mühe es ihn kostet.

»Wie du willst.« Kanter lässt sich von Howard heimfahren. Bevor er ins Auto steigt, nimmt er Rick ins Visier: »Du weichst ihr nicht von der Seite.«

Rick nickt. Jetzt beginnt sein Auftrag wirklich.

»Ich will tanzen«, sagt Oona. »Hol den Wagen.« Sie sieht so frisch aus, als käme sie gerade aus der Dusche.

Die Nacht ist warm, Oonas Kleid bewegt sich im Wind, der durch die Straßenschluchten geistert. Sie steigen ein. Diesmal fährt sie sanfter, Rick genießt es. Auch Oona ist sanfter bei Nacht. Sie steuert Richtung Soho, eine Gegend, wo auch Rick gern ist. Nach Mitternacht sind die Straßen nicht mehr so vollgestopft. Sie fahren durch die Broome Street und biegen in die Hudson. Ein Ferrari unter freiem Himmel, die Bäume in frischem Grün, auf den Feuerleitern sitzen New Yorker, die die eisernen Plattformen als Terrassen benutzen. Neben Rick die schöne Frau, die sich ohne den Kanter-Clan mehr und mehr entspannt. Wäre da nicht Storm, an die Rick denken muss, er könnte sich keine bessere Art vorstellen, einen Abend zu verbringen.

Rick kennt den Club nicht, vor dem Oona hält, sie übergibt den Wagenschlüssel einem Burschen, der den Ferrari anfasst wie ein rohes Ei. Rick lässt Oona vorgehen. Ein smoother Club, lässig, nicht aufgedreht, die Umgebung passt zu ihr. Es scheint, man kennt sie hier. Sie schüttelt Hände und stellt Rick vor, nicht wie den Kleinen, nicht als Klotz am Bein, sie präsentiert ihn wie einen Freund, den man zufällig traf. Endlich beginnt Rick, den Abend zu genießen. Er ist Downtown, hört gute Musik, er trinkt Wasser und lässt die Eiswürfel klickern. Er lümmelt an der Bar, der Anblick, wie Oona im grünen Licht das Haar zurückwirft, gefällt ihm. Ihre Freunde sind woanders, plötzlich stehen nur Oona und Rick am Tresen.

»Was hat er dir über mich erzählt?« Sie hebt die Sonnenbrille, ihre Augen durchbohren Rick auf die samtigste Weise.

»Stammen Sie wirklich aus Tahiti?«

Sie lächelt. »Ein paar Tausend Kilometer daneben. Ich bin aus Nanaimo.«

»Wo ist das – Südsee?«

»Kanadisches Grenzgebiet.«

»Kanada?«

»Dort wo es am hässlichsten ist.« Auf Ricks beredtes Schweigen sagt sie: »Kanter hat mich in einer Table Dance Bar namens *Tahiti* aufgegabelt. Was noch?«

Rick traut sich kaum, die Liste fortzusetzen. »Es heißt … Sie haben zwei Doktortitel.«

»Stimmt.« Sie trinkt. »Ich bin das Doc Sunshine Girl.«

»Das Doc … was?«

»Hast du die Werbung nie gesehen? Abführmittel – lief bundesweit.«

Rick sucht in seiner Erinnerung.

»Kanter sagte, er kann mich zum Fernsehen bringen. Also hab ich den Job im *Tahiti* aufgegeben. Er hat mir tatsächlich ein paar Castings besorgt.« Sie lacht.

»Gott, war ich schlecht! Als ich überall abgelehnt wurde, hat er sich meine Casting-Videos kommen lassen. Er war süß. Hat sich den Mist bis zum Schluss angeguckt, mich in den Arm genommen und gesagt: Der Scheiß ist unter deiner Würde.« Sie schaut ins Licht. »In solchen Momenten ist er schon eine Klasse für sich.«

»Und was war mit dem *Doc Sunshine Girl*?«

Gut gelaunt legt sie Rick die Hand auf die Brust. »Schließlich kam doch noch ein Angebot: Ich als Ärztin. Mein Text ging so …« Sie setzt ihre Sonnenbrille wie eine Lesebrille auf und macht ein ernstes Gesicht. *»Doc Sunshine hilft Ihrer Darmflora auf natürliche Weise.«* Sie lacht so schallend, dass der Barkeeper zusammenfährt. »So war das: *Doc Sunshine* und *Doc Sunshine forte*, zu mehr Doktortiteln hat es bei mir nicht gereicht.« Sie nippt. »Als die Kampagne vorbei war, musste ich mir überlegen, womit ich nun meine Brötchen verdiene. Kanter sagte, warum ziehst du nicht zu mir, sparst du die Miete. Kanter sagte, heirate mich, dann spar ich Steuern.«

Rick findet Oona sympathisch, weil sie sich freiwillig entzaubert.

»Und was ist deine Geschichte, mein kleiner Schatten?«

Rick sieht keinen Grund, warum er nicht genauso ehrlich sein soll, und erzählt frei von der Leber weg.

»Pass auf dich auf«, sagt sie, nachdem er fertig ist.

»Wieso?«

»Kanter hat einen Riecher für zornige junge Männer. Er züchtet sie, er benutzt sie.«

»Worauf soll ich aufpassen?«

»Dass du keiner von denen wirst, die ihren sechzehnten Geburtstag im Leichenschauhaus feiern.«

Rick nimmt sich vor, Oonas Warnung zu beherzigen. Erst als sie aufbrechen, wird ihm klar, dass es viel zu spät ist, um Storm noch einen Besuch abzustatten.

9

Rick weiß, dass seine Mutter einen Laden eröffnen will. Sie hat sich in den Kopf gesetzt, ein Geschäft für künstlerische Blumengestecke aufzumachen. Wer braucht so was, denkt Rick, aber wenn es Melissa Spaß macht, soll sie mit ihrer Blumenkunst selig werden. Was er bis gestern nicht wusste, Melissa hat nicht nur einen Laden, sie hat auch ein Verhältnis mit dem Ladenbesitzer. Rick hätte nicht gedacht, dass er auf die eigene Mutter je so wütend sein könnte.

»Früher oder später musste das kommen«, sagt Storm.

Tage sind vergangen, bevor sie sich wiedersehen, Rick ist im Auftrag Oonas ordentlich eingespannt. Heute ist es endlich so weit. Zwei riesige Eisbecher, ein Plätzchen auf der Wiese im Park, die lang ersehnte Verabredung. Und worüber reden sie? Über den Seitensprung seiner Mutter.

»Vielleicht ist es nicht bloß ein Seitensprung.« Storm taucht den Plastiklöffel tief ein, sie will ans Mangoeis kommen. »Kannst du dir nicht vorstellen, dass es wirklich aus ist zwischen deinem Dad und deiner Mom? So was kommt vor.«

»Nein.« Rick hat sein Eis in der Tüte genommen, überall läuft es runter. »So was kommt vielleicht bei anderen vor. Nicht bei Monty und Melissa.« Er schleckt. »Die beiden sind das Liebespaar des Jahrhunderts.«

Storm mustert ihn von der Seite. »Hab ich's mir doch gedacht.«

»Hm?«

»Dass du ein verkappter Romantiker bist.« Sie legt die Hand auf seinen nackten Fuß. »Leute trennen sich. Dagegen kann man nichts machen.«

»Dieser Ladenbesitzer ist ein Betrüger!«, ruft Rick.

»Woher weißt du das?«

Wie soll er Storm das erklären? »Weil ich ihn … gesehen habe.«

Die Wahrheit ist, Rick fuhr gestern nach Brooklyn, wo Melissa und Charlene mittlerweile wohnen. Nachdem er von seiner geschwätzigen Schwester die ganze Sache erfahren hatte, lief er zu dem Geschäft, wo Melissa ihre *FLOWER ART* eröffnen wird. Als er ankam, wurde gerade das Ladenschild über den Eingang gehängt. Melissa stand auf der Straße und rief: »Höher! Rechts höher, nein, rechts, Darling.«

Als Rick das hörte, gab es ihm einen Hieb in die Magengrube. Der *Darling* stand auf der Leiter, das genaue Gegenteil von Ricks Vater. Montgomery ist groß, schlank, sportlich, keiner sieht im dunklen Flanell so gut aus wie er. Der Kerl auf der Leiter war bullig, mit Bart und langem Haar, wie ein Holzfäller sah er aus. Irgendwann hing das Schild richtig, der Holzfäller stieg von der Leiter und holte sich einen Kuss zur Belohnung. Rick musste zusehen, wie ein Fremder seine Mutter küsste, er zerquetschte seinen leeren Kaffeebecher. Die beiden gingen ins Geschäft, wo noch die Malersachen standen. Der Holzfäller deutete mit großen Gesten auf die Wände, schließlich verabschiedeten sie sich. Melissa ging nach Hause, der Holzfäller warf sein Haar zurück und bummelte los – gefolgt von Rick. Man kannte den Ladenbesitzer in der Gegend, er grüßte in den Obstladen, in den Handyshop, in die Sushi-Bar. Er hatte offenbar nichts Wichtiges vor, genoss einfach den warmen Abend. Rick war drauf und dran, die Verfolgung abzubrechen, aber ein kleiner Teufel riet ihm: Bleib dran, du wirst es nicht bereuen. Er hielt sich dicht an Hauswänden, guckte in Auslagen, wenn der Ladenbesitzer sich umdrehte, sprang hinter eine Mail Box, als der Typ sich einen Milkshake kaufte. Ricks Aufmerksamkeit wurde geschärft, als der Holzfäller nicht einen, sondern zwei Milkshakes über den Tresen gereicht bekam. Für wen war der zweite Shake?

Der Weg des Holzfällers endete vor einer Sprachschule, der Unterricht war gerade vorbei. Die Schüler kamen heraus, junge Leute, exotisch aussehende Leute. Eine besonders Hübsche trat auf ihn zu und küsste ihn. Er gab ihr den Milkshake.

»Wahrscheinlich seine Tochter«, sagt Storm im Park.

»Dachte ich auch zuerst.« Rick knabbert den letzten Zipfel der Eistüte. »Aber welcher Vater geht mit seiner Tochter die Straße lang und steckt dabei seine Hand in die Jeanstasche an ihrem Hintern?«

»Wie alt, sagst du, war sie?« Storm wirft ihren Eisbecher in den Müll.

»Zwanzig, höchstens.«

»Und er ist …?«

»Mindestens vierzig.«

»Merkwürdig.« An der Wegkreuzung bleibt Storm stehen und zeigt auf das Plakat. »Wollen wir ins Freilichtkino?«

»Wann fängt das an?«

»Wenn es dunkel wird.«

Rick schaut auf die Uhr. Kann sein, dass Oona ihn später noch braucht.

Storm schlägt schon den Weg zum Open-Air-Kino ein. »Wenn das Mädchen aus der Sprachschule nicht seine Tochter war, dann vielleicht eine andere Verwandte.«

»Die sahen sich überhaupt nicht ähnlich.«

»Worauf willst du hinaus?«

»Ist das nicht sonnenklar? Zuerst knutscht dieser Typ meine Mutter und kurz darauf mit einer anderen.«

»Wo sind sie hingegangen?«

»In seine Wohnung.«

»Woher weißt du das?«

»Weil sein Name dranstand.«

»Woher kennst du seinen Namen?«

»Von Charlene.«

»Und er hat das Mädchen zu sich mitgenommen?«

»Definitiv.«

»Und sie ist nicht wieder rausgekommen?«

»Definitiv nicht.«

Vor der Kinokasse steht eine lange Schlange. Storm hakt sich bei Rick unter. Bevor er weiß, wie ihm geschieht, schiebt sie ihre Hand in seine hintere Jeanstasche.

»So.« Sie grinst. »Jetzt steckt meine Hand da drin. Haben wir deshalb schon ein Verhältnis? Sind wir ein Liebespaar? Knutschen wir miteinander?«

»Nein … natürlich nicht.« Er starrt sie an.

»Siehst du. Das kann ganz harmlos sein.«

Rick ist verwirrt. Hat er Storm enttäuscht? Hat sie sich mehr von dem Treffen erwartet? Sie stehen nebeneinander in der Schlange, aber Rick kommt es vor, als lägen Kilometer zwischen ihnen. Was ist er für ein Idiot! Redet und redet von der Affäre seiner Mutter, statt das Mädchen, in das er verliebt ist, in den Arm zu nehmen.

»Vielleicht wäre es das Beste, wenn dein Vater auch eine andere Frau kennenlernt.« Storm verschränkt die Arme.

»Monty ist kein Fähnchen im Wind. Wenn der einmal Ja gesagt hat, heißt das für immer *Ja*.«

»Deine Mutter scheint sein *Ja* aber nicht mehr hören zu wollen.«

Gleichzeitig machen sie einen Schritt nach vorn. »Das wird sie wieder. Dafür sorge ich.«

»Willst du Privatdetektiv spielen und deiner Mutter *aussagekräftige* Fotos von ihrem Lover zeigen?«

»Wenn es hilft, ihr die Augen zu öffnen.«

Ein Staunen überzieht Storms Gesicht. »Das ist so unglaublich unsympathisch.«

»Wieso?«

»Spitzeln, spionieren, sich in anderer Leute Angelegenheiten mischen. Das ist das Widerlichste, das ich mir vorstellen kann. Könntest du so was echt bringen?«

Rick denkt, dass er genau das in zwei Stunden wieder tun wird. Offiziell soll er auf Oona aufpassen, inoffiziell bespitzelt er sie für Kanter. Der Boss will auf dem Laufenden sein, was sein Paradiesvogel anstellt. Rick macht genau den Job, den Storm für den unsympathischsten hält.

»Findest du das etwa nicht widerlich?«, fragt sie, als sein Schweigen zu lang wird.

Er antwortet nicht, Storm würde es doch nicht verstehen. Rick begreift, dass er in etwas ziemlich Übles hineingeraten ist. Ein einziger Satz von Storm hat es ihm klargemacht – *widerlich* hat sie gesagt. Ist es widerlich, mit einer schönen Frau im Ferrari durch die City zu brausen und ihrem Mann zu berichten, wo man war? Rick kennt die richtige Antwort, er weiß ziemlich gut, dass er etwas Falsches tut. Darum flüchtet er zu dem Menschen, der so etwas nie tun würde. Er möchte sich am liebsten in diesem Menschen verkriechen, sich irgendwo wegsperren mit Storm und die ganze Welt vergessen. Weil das nicht geht, nimmt er Storm inmitten der Kinoschlange in seine Arme und küsst sie, denn ein Kuss sagt mehr als tausend Worte.

»Wow, womit hab ich das denn verdient?«, flüstert sie, als sie aus dem Kuss wieder auftaucht.

»Damit, dass du du bist.« Er sieht sie zärtlich an.

»Ich sag's ja – ein verkappter Romantiker.«

»Wieso verkappt?«, antwortet er und küsst sie noch einmal.

»Nicht hier.« Sie windet sich aus seinem Arm. »Wir können Eintritt nehmen für das, was wir bieten.«

Tatsächlich, die Leute in der Schlange haben ihr stilles Vergnügen daran, dem knutschenden Pärchen zuzusehen. Sie recken die Hälse und scharren im Kies und wünschen sich, auch mal wieder so jung und verliebt und so unkompliziert zu sein. Sommer in New York, ein warmer Abend, ein schönes Mädchen, ein hübscher Junge, wie herrlich einfach das ist.

»Passt mir ganz gut«, kichert Storm.

»Was denn?«

»Dass du mich jetzt schon küsst. Sonst hätten wir den ganzen Film über verkrampft nebeneinander gesessen und wüssten nicht, wohin mit unsern Händen. So aber …« Sie umschlingt ihn. »Könnte das ein gelungener Abend werden.«

Leider ist ein gelungener Abend schwer zu planen, wenn man für Theodore Kanter arbeitet. Ricks

Handy läutet, das silberne, das er nie ausschalten darf, falls Kanter ihn zu einer ungewöhnlichen Stunde braucht.

»Tschuldige, ich muss kurz …«

Storm glaubt an die Kraft der Liebe und an die Power des ersten Kusses, nicht an die Power der Flatrate. »Mach es aus«, sagt sie.

Es klingelt zweimal, viermal.

»Dauert bestimmt nur eine Sekunde.« Rick lässt die Hand des wunderbarsten Mädchens los, das ihm je begegnet ist, um mit dem bösen alten Mann zu sprechen. Er tritt aus der Schlange.

»Hallo«, sagt Rick, abgewandt von Storm.

»Wieso gehst du nicht ran?« Die miese Laune des Alten schwappt förmlich aus dem Hörer.

»Ich hab doch gleich …«

»Halt den Mund. Sie hat sich in den Kopf gesetzt, nach Atlantic City zu fahren. Sie will ins Spielcasino.«

»Kann Ihre Frau nicht hier in ein Casino gehen?«

»Bist du von gestern? Das Glücksspielgesetz verbietet Casinos im Staate New York.«

»Bis Atlantic City sind es mindestens …«

»Hundertdreißig Meilen«, knurrt der Alte. »So wie sie fährt, ist das ein gefährlicher Trip. Das Blöde ist, ich kann heute Abend nicht.«

»Und wenn Sie Howard mitschicken?«

»Howard brauche ich hier.«

»Aber Mr Kanter, ich kann nicht allein …«

»Natürlich nicht«, sagt der Boss plötzlich freundlicher. »Ich hänge zwei Beschatter an euch dran. Sie darf davon nichts wissen. Hast du was zu schreiben?«

Rick hat nichts. »Ich speicher es im Handy.«

Kanter sagt ihm eine Telefonnummer. »Die beiden fahren einen schwarzen Mercedes. Sie werden nicht zu dicht an euch dran sein, damit Oona nichts merkt. Aber sie sind in eurer Nähe. Sollte was sein, rufst du an.«

»Mach ich.«

»Wo bist du überhaupt?«

»Brooklyn.«

»Was machst du in Brooklyn?« Schon klingt Kanter wieder missgelaunt. »Hier wird dein Typ gebraucht.«

»Bin unterwegs, Sir.« Das Letzte sagt er leise, damit Storm es nicht hört.

»Dreimal verdammte Scheiße«, knurrt Kanter aus dem Telefon. »Du bist minderjährig. Die lassen dich nicht ins Casino rein.«

»Stimmt«, antwortet Rick erleichtert. »Dann bringt es also nichts, wenn ich mitfahre.«

»Lass mich nur machen. Im Anzug gehst du locker für 18 durch. Ich besorg die Papiere.«

»Was für Papiere?«

So weit ist es also bereits. Rick ist nicht nur eine schnüffelnde Ratte im Dienst eines eifersüchtigen Ehemanns, jetzt wird er auch noch mit einem falschen Ausweis versorgt. Er wirft einen Blick zu Storm: Mit allem, was sie sagt, liegt sie richtig. Rick ist auf die schiefe Bahn geraten.

»Bist du noch dran?«, fragt Kanter.

»Ja.«

»Melde dich bei Howard. Er wird dir den Ausweis geben.«

»Gut, ich melde mich und dann …«

Kanter hat bereits aufgelegt. Rick lässt das Handy in die Tasche gleiten. Es kostet ihn Überwindung, sich zu Storm zu drehen. Sie hat die Spitze der Schlange erreicht. Rick macht einen tiefen Atemzug und trabt los, um ihr zu sagen, dass es mit Kino und Knutschen heute nichts wird.

10

Sie sind auf dem Highway. Rick im Dunkelblauen, das Haar mit Gel nach hinten frisiert. Oona trägt etwas Glitzerndes, das aufreizend aussieht. Rick hat einen gefälschten Pass in der Tasche und fühlt sich, als hätte er ein gefälschtes Herz in der Brust. Er hat das tollste Mädchen im Universum sitzen lassen. Er konnte ihr das Staunen, das Unverständnis, die Enttäuschung nicht nehmen. Sie hat gefragt und gebohrt, wollte wissen, welche Art von *Geschäften* das sind, weshalb er von einer Sekunde zur nächsten verschwinden muss. Rick hat ihr nichts verraten, obwohl er gern alles verraten hätte, obwohl er sich nichts sehnlicher wünscht, als sich mit jemandem auszusprechen. Er trägt das ganze Sorgenpaket allein mit sich herum. Seiner geschwätzigen Schwester kann er nichts anvertrauen, da wüsste es Melissa Minuten später. Seinem Vater will er das nicht antun, ihm von Mann zu Mann aufzudecken: »Daddy, ich arbeite für einen Gangster.« Montgomery ahnt ohnehin, dass es mit seinem Sohn nicht zum Besten steht. Aber die Tage, als er sich Rick einfach griff und sagte: »Na, mein Großer, was hast du für einen Kummer?«, sind vorbei. Monty verbringt mehr Zeit mit seinem Anwalt, der ihn aus der Steuerfahndungssache raushauen soll, als mit seinen Kindern. Vielleicht werden wieder mal gute Tage für sie alle kommen, aber zurzeit sind die guten Tage ausverkauft.

»Die nächste rechts«, sagt er, da Oona mit fast 200 Sachen auf das Autobahnkreuz zuschießt. Zugleich wirft er einen Blick in den Außenspiegel. Er erkennt den Mercedes an den kalten Halogenlichtern. Sie fahren in gehörigem Abstand, aber sie sind da. Muss nicht einfach sein, in einem normalen Pkw das Tempo mitzuhalten, das Oona in dem Sportflitzer vorgibt.

»Sind Sie noch nie wegen Geschwindigkeitsübertretung drangekriegt worden?«, fragt er.

»Schon oft. Ich habe daheim eine Box.«

»Eine Box?« Rick hält sich am Sicherheitsgurt fest, während Oona, ohne zu bremsen, die Abzweigung nimmt.

»Da packe ich all meine Straftickets rein. Wenn die Box voll ist, schickt Kanter sie zu seinen Freunden von der Polizei.«

»Praktisch.« Rick richtet den Schlips.

»Warst du schon mal in Atlantic City?«

Er erinnert sich, dass ihn die Eltern als Kind einmal an die Holzpromenade am Atlantik mitgenommen haben. Er will nicht darüber reden. »Nein, noch nie.«

»Ist nicht übel. Vor allem unten am Wasser. Wollen wir dort Salt Water Taffys essen?« Mit einem Mal kommt ihm Oona wie ein kleines Mädchen vor, das von Süßigkeiten träumt.

»Ja, gerne, aber wollen Sie nicht ins Casino?«

»Kannst du was für dich behalten?«

Rick nickt und denkt an die beiden im Mercedes, die bestimmt nichts für sich behalten werden.

»Das mit dem Casino hab ich nur erfunden, um den alten Brummbären zu ärgern.«

»Den alten …« Er weiß, wen sie meint. Er weiß nicht, wie er sich verhalten soll, wenn Oona so von ihrem Mann, seinem Boss, redet.

»Ich wollte einfach mal raus.« Sie legt noch einen Zahn zu. »Durch die Nacht brausen, ohne das Gefühl, von ihm beschattet zu werden.« Plötzlich nimmt sie Ricks Hand. »An dich hab ich mich schon gewöhnt. Du bist okay.« Sie drückt seine Finger. »Du bist mehr als okay. Ich find dich nett.«

»Danke.« Seine Hand beginnt zu schwitzen. »Sollten Sie nicht besser mit zwei Händen lenken, Mrs Kanter?«

»Hör auf mit *Mrs*. Du weißt, wie ich heiße. Von jetzt an nennst du mich Oona.«

»Das möchte ich lieber nicht.« Rick faltet die Hände im Schoß.

»Wegen ihm?« Sie stöhnt. »Gott, wie ich das hasse,

wenn alle vor ihm kuschen.« Sie wirft Rick einen Blick zu. »Also schön, wenn er dabei ist, darfst du mich Mrs Kanter nennen und scheißunterwürfig und respektvoll tun. Aber wenn wir zu zweit sind, nennst du mich Oona, so wie meine Freunde, okay?«

»Vorsicht, da vorn …«

Endlich guckt sie wieder auf die Straße.

»Ich finde das zu kompliziert«, versucht Rick, sich aus der Affäre zu ziehen. »Es ist mein Job, Sie zu begleiten. Darum würde ich Sie auch weiterhin lieber Mrs Kanter nennen.«

Sie springt so unversehens auf die Bremse, dass es sich anfühlt, als ob der Ferrari von einer mächtigen Faust niedergedrückt wird. Er bäumt sich dagegen auf, versucht, links und rechts auszubrechen, aber er ist ein folgsames Pferdchen, nach Kurzem bringt Oona ihn auf dem Pannenstreifen zum Stehen.

»Was ist los?« Rick ist erschrocken, der Schweiß läuft ihm die Wirbelsäule entlang.

Merkwürdigerweise ist Oona bester Laune. »Ich bleib hier so lange stehen, bis du deinen verklemmten Arsch etwas lockerst und mich Oona nennst.«

»Wir können nicht einfach mitten auf dem Highway …« Rick tut, als ob er sich nach dem Verkehr umschaut, dabei suchen seine Augen die Beschatter. Wie er sich dachte, schafft der Mercedes das Bremsmanöver nicht und fährt in diesem Moment an ihnen vorbei. Dort vorne blinken sie, fahren rechts ran und warten.

»Bitte fahren Sie weiter.« Rick sieht in ihr grinsendes Gesicht. Sie hat Spaß daran, ihn in die Bredouille zu bringen.

»Nur ein kleines Wörtchen und wir zischen los.«

»Ich bin nicht zu Ihrer Unterhaltung engagiert, sondern für Ihre Sicherheit.«

Jetzt lacht sie lauthals. »Willst du mich verarschen? Ein Pennäler, ein Bürschchen, das für Kanter die Schule schwänzt, soll mein Bodyguard sein?« Ihre Augen verdunkeln sich. »Sag es.«

»Was?« Er weiß es genau.

»Sag's oder wir übernachten hier.«

»Was versprechen Sie sich davon?«

»Spaß!«, schreit sie ihn an. »Spaß verspreche ich mir davon. Einen lustigen Abend mit einem coolen Typen, der hoffentlich nicht so verkrampft ist, wie er sich gibt. Ist das die Ausbildung, die du bei ihm bekommst: den Schwanz einziehen?«

»Okay, ich sag's, aber fahren Sie dann weiter?«

»Versprochen.«

Rick räuspert sich und sagt: »Oona, fährst du mal bitte weiter.«

»Du hast es noch nicht richtig rübergebracht.« Es macht ihr diebische Freude, ihn zappeln zu lassen. »Und lass das *Bitte* weg.«

»Oona, fährst du mal weiter?«

»Sei ein Mann. Sag es so, dass ich Gänsehaut kriege.«

Rick sieht, dass vorn aus dem Mercedes einer aussteigt. Jetzt sagt er etwas zu seinem Kumpel. Jetzt bewegt er sich langsam auf den Ferrari zu. Rick will nicht, dass Oona mitbekommt, dass Kanter drei Kerle auf seine Frau ansetzt. Also muss Rick etwas tun.

»Halt die Klappe, Oona, und fahr weiter!«, schnarrt er sie an, mit einer Stimme, die er selbst nicht an sich kennt.

»Ich hab mich wohl verhört.« Ihre Augen leuchten.

»Du sollst keine Sprüche klopfen, sondern deinen Arsch in Bewegung setzen. Stell dein hübsches Füßchen aufs Gaspedal und bring uns nach Atlantic City.«

Der Gorilla vor ihnen ist dem Ferrari ein gutes Stück näher gekommen.

»Na endlich. Jetzt verstehen wir uns.« Sie fasst ihn an der Nase und zieht daran.

Rick kann nicht anders, er muss lachen. »Wenn Sie … wenn du jetzt bitte weiterfährst, Oona?«

Ohne seine Nase loszulassen, tritt sie aufs Gas. Ricks Kopf wird gegen die Nackenstütze geworfen, mit quietschenden Reifen verlässt Oona den Pannenstreifen. Sie rasen an dem verdutzten Beschatter vorbei. Im Rückspiegel beobachtet Rick, wie der Mann zum Mercedes hastet und hineinspringt.

Die nächsten Minuten sagt Oona nichts. Es gelingt Rick, die laue Nacht, die Sterne über dem Highway, das dunkle Band, dem sie nach Süden folgen, zu genießen. Oona dreht das Radio an. Es dudelt nächtlich. Sie sieht ihn an.

»Hat es dir die Sprache verschlagen?«

»Muss man immer reden?«

»Gute Antwort.«

»Und du willst wirklich in kein Casino?«, fragt er, als der Wegweiser nach Absecon Island auftaucht.

»Soll ich dir erzählen, wie es mich das erste Mal nach Atlantic City verschlagen hat? Das war für die Miss-America-Wahl.«

»Du bist zur Miss America angetreten?«

Oona ist hübsch, sie ist sogar schön. Aber sie ist keine von diesen glatten Schönheiten, die bei einem Beauty Contest gefragt sind.

»Natürlich nicht. Der Typ, für den ich in der Table Dance Bar gearbeitet habe, war der Meinung, während der Misswahl wäre eine gute Gelegenheit …«

Der Rums ist hart. Er kommt von schräg hinten und wirft den Ferrari aus der Spur. Oona fasst das Lenkrad fester. Sie haben immer noch ein hohes Tempo drauf. Rick blickt sich um. Links von ihnen stimmt irgendwas nicht. Ein Überholvorgang zwischen zwei Limousinen – will der eine Fahrer den andern abdrängen? Der Wagen, der sie eben gestreift hat, schlingert neben ihnen und kriegt sich nicht wieder unter Kontrolle. Er beginnt zu schleudern, schlittert knapp vor dem Ferrari auf ihre Spur. Oona versucht, nach links auszuweichen, aber da ist der andere Wagen, der ebenfalls gefährlich schlingert. Die beiden schweren Schlitten nehmen sie in die Zange. Die Scheiben sind getönt, keiner der Fahrer ist zu sehen.

»Nein, nein, oh bitte nein!«, murmelt Oona und fährt hoch konzentriert, um der Karambolage noch zu entgehen.

»Rechts…«, ruft Rick. »Vorsicht… da, links!«

»Ich seh's. Ja, ich seh's!« Oona kurbelt, schlägt ein, bremst und gibt wieder Gas. Es sieht so aus, als könnte sie dem Gekeile, dem Aufprall noch entkommen, doch seltsamerweise scheint sich das bedrohliche Geschehen mit ihnen mitzubewegen. Die Wagen finden in die Spur zurück, um im nächsten Moment wieder durcheinanderzugeraten. Jetzt ist der eine vor ihnen, bremst, stellt sich quer und donnert gegen die Leitplanke. Er wird zum Hindernis, dem sie nicht mehr entgehen können, denn der andere Wagen ist dicht neben ihnen.

»Scheiße.«

Oona steigt auf die Bremse. Diesmal ist es kein Gag, um Rick zu verunsichern. Der Ferrari verringert das Tempo, aber es nützt nichts, das Hindernis ist da. Das Hindernis ist die Beifahrertür der Limousine. Sie prallen voll darauf. Sie werden in die Gurte geworfen, die Airbags blasen sich auf. Rick spürt eklig riechendes Plastik rund um sich. Sein Kopf taucht in die Plastikwolke ein, sein Oberkörper wird zurückkatapultiert. Alle drei Fahrzeuge sind noch in Bewegung. Sie kreischen, schleifen, knirschen ineinander. Sie drehen sich, holpern, sie crashen immer wieder gegeneinander. Alles dreht sich, oben wird unten, die Bilder stürzen auf Rick ein. Oonas gepflegtes Haar, ihre

Arme, ihre Strumpfhose. Der Rückspiegel poltert an ihnen vorbei, irgendwas Hartes dringt in die Fahrerkabine, irgendwas splittert, irgendwo tut es weh. Es dauert lange. Wie lange dauert es noch? Ein Unfall kann nicht ewig dauern, es muss Stille einkehren, qualmende Wracks, die Stille eines Straßenrandes. Blinklichter müssen auftauchen, Männer mit Helmen sich in die zermanschten Wagen beugen. Muss nicht auch Blut da sein? Müssen die eigenen Glieder nicht weich werden, vor der Ohnmacht, nach der Ohnmacht? Muss man nicht in einem aseptischen Raum aufwachen, alles ist weiß, und ein freundliches Arztgesicht beugt sich über einen und sagt: »Da haben Sie noch mal Glück gehabt, junger Mann.«

Keiner spricht, keiner beugt sich über ihn, kein Blut, soweit Rick sehen kann. Nur die Stille des Straßenrandes. »Mrs Kanter, sind Sie …« Selbst im Chaos des Danach erinnert sich Rick, dass er versprochen hat, sie Oona zu nennen. »Oona, bist du …?«

»Und du?« Ihr Arm ist komisch verdreht. Sie kann den Kopf nicht bewegen. »Mein Arm fühlt sich komisch an, aber sonst … Au!« Sie keucht.

»Warte, ich …« Er will sich rüberbeugen, die Plastikwolke ist im Weg. Wie kriegt man das Ding zum Platzen? »Warte, Moment …«

»Lass dir Zeit.« Sie scherzt schon wieder. »Ich hab heute nichts Besonderes mehr vor.«

Der Sound und die Lichter sind schneller da, als man hoffen durfte. Es blinkt von hinten, macht unangenehme *Wuuiiih-Wuuiiih*-Geräusche, überall fahren Autos an den Straßenrand. Das ist nicht die Polizei, das sind Rettungswagen.

»Ist ja ein toller Service«, murmelt Oona.

»Gleich zwei Rettungswagen.« Rick drückt das Plastik beiseite. »Die müssen noch zu einem andern Unfall unterwegs sein.«

Es blinkt näher, es macht *wuiiih*. Rechts und links halten die Ambulanzfahrzeuge. Die mit den weißen Klamotten und den rotweißen Leuchtjacken steigen aus und kommen zum Ferrari. Oonas Tür geht problemlos auf. Ein Rotweißer ruft seinem Kollegen etwas zu. Er schiebt einen Arm unter Oonas Kopf, den anderen unter ihre Beine. »Spannen Sie die Muskeln an«, sagt er. »Tut vielleicht weh, geht aber schnell.«

»Okay«, keucht sie und versucht, Rick anzusehen.

Federleicht hebt der Mann Oona aus dem Auto. Die Trage hält neben ihr, Oona wird darauf gelegt. Sein Kumpel hat eine Plakette mit der Aufschrift *MD* auf der Brust, das muss der Arzt sein. Während die Trage zum Krankenwagen geschoben wird, beginnt der Arzt, Oona zu untersuchen.

Zwei Rotweiße kümmern sich um Rick. Ein Hammer, ein Meißel, eine Brechstange. Es knirscht auf seiner Seite.

»Mach die Augen zu«, sagt einer neben ihm.

Es splittert. Der schöne Wagen, denkt Rick. Es kracht, die Tür des Ferrari knickt aus den Scharnieren und fällt nach draußen.

»Wie fühlst du dich?«, fragt der Rotweiße mit einem Gesicht, das erkennen lässt, es ist nicht sein erster, nicht sein zweiter, sondern sein zigster Einsatz.

»Geht so«, antwortet Rick. »Ich glaube, ich kann laufen.«

»Du rührst dich nicht vom Fleck.«

Zwei Arme, ein Ruck, Rick fühlt sich hochgehoben. Im Nacken tut es weh und in der Hüfte. Er sieht, wie die Hecktür des anderen Rettungswagens zugeschlagen wird. Oona ist da drin. Rick kann seinen Job nicht weitermachen, kann nicht auf Oona aufpassen. Mit *Wuiiih* setzt sich der Wagen in Bewegung. Rick landet auf der nächsten Trage und wird geschoben.

»Was ist mit den anderen Autos?« Er hebt den Kopf. »Da müssen auch Verletzte …«

»Die Kollegen sind unterwegs«, sagt der Rotweiße. »Die kümmern sich darum.«

Wie von Zauberhand rollt die Trage in den zweiten Ambulanzwagen, die Rotweißen steigen ein, die Tür wird zugezogen. Rick fallen die Jungs im Mercedes ein. Haben sie mitgekriegt, was passiert ist? Versuchen sie, ihn anzurufen, rufen sie Kanter an? Soll Rick sich melden? Er ist verantwortlich für Oona. Wie geht es ihr? Er will nach seinem Handy tasten, aber sie haben ihn auf der Trage festgeschnallt. Sie fahren los.

»Warum so nervös?«, sagt eine Stimme aus dem Halbdunkel.

»Ich muss telefonieren.« Rick kommt nicht an seine Tasche ran.

Ein Rotweißer beugt sich über ihn, tastet seine Hüfte ab, fühlt seinen Puls. Er zieht Ricks Augenlid runter, leuchtet hinein. Er dreht vorsichtig seinen Kopf.

»Leichtes Schleudertrauma«, sagt er. »Hüftprellung.«

»Mein Telefon.« Rick windet sich. »Ich muss …«

»Du musst dich erst mal entspannen«, sagt die Stimme aus dem Halbdunkel. »Du bist noch mal glimpflich davongekommen. Das ist die gute Nachricht.« Eine Pause entsteht, nur das *Wuiiih Wuiiih* ist zu hören.

»Die schlechte ist: Du wirst aus der ganzen Sache nicht so glimpflich davonkommen.«

Einer beugt sich aus dem Dunkel zu Rick und das bin ich.

»Glimpflich? Was …?« Rick dreht den Kopf zu mir.

Er sieht so jung, so unschuldig aus, dass ich schlucke. Kanter hatte einen verdammt guten Riecher, als er sich einen netten Jungen wie Rick schnappte. Bei so einem Nice Guy vermutet niemand etwas Böses oder die Anlage zum Verbrecher.

»Du hältst jetzt die Klappe.«

Seine Augen werden groß, er will widersprechen. Er sieht mich an, dann den Rotweißen, er betrachtet unser Spezial-Equipment an den Wänden. Jetzt kapiert er, dass das kein gewöhnlicher Rettungswagen ist.

»Ich kenne dich schon eine ganze Weile, Rick Cullen«, sage ich. »Und weil ich dich ganz gut kenne, solltest du in den nächsten Minuten keinen Quatsch erzählen. Ich sehe, wenn du lügst, ich rieche, wenn du lügst, ich weiß, wenn du lügst.«

Ich lasse den Satz wirken, setze mich bequemer hin und hole meine Kippen heraus. Wahrscheinlich bin ich der Letzte im Department, der noch raucht, aber hol's der Teufel, ich will es mir nicht abgewöhnen.

»Sie rauchen im Krankenwagen?« Selbst in dieser Lage riskiert Rick eine dicke Lippe.

Ich sauge das gute alte Nikotin und die anderen Killer in mich ein. »Du kommst aus einem guten Stall, Rick, auch wenn dein Stall gerade ein bisschen stinkt. Dein Dad ist ein ehrenwerter Mann, allerdings in Schwierigkeiten. Deine Mom ist eine tolle Frau. Dass es zwischen den beiden zurzeit nicht funktioniert, geht mich nichts an. Ich will nur, dass du Bescheid weißt, dass ich Bescheid weiß.« Das *Wuiiih* geht mir auf die Nerven. »Stellt den Krach ab!«, rufe ich nach vorn. Es wird still im Wagen.

»Dieser Unfall ... war gar kein Unfall?« Rick ist weder geschockt von dem Zusammenstoß noch beeindruckt von meiner Einleitung.

»Richtig kombiniert«, antworte ich. »Dieses Manöver ist dazu da, deinen Arsch zu retten. Du und Mrs Kanter, ihr seid in eine Karambolage geraten. Ihr habt sofort ärztliche Hilfe erhalten. Mehr ist nicht passiert. Niemand wird verdächtigt.«

»Verdächtigt?« Rick will den Kopf heben, das tut weh.

»Gegen dein Schleudertrauma können wir was tun«, sage ich. »Gegen dein wirkliches Trauma nicht.«

»Ich versteh nicht ganz.« Er schluckt. Er versteht genau.

»Du steckst nicht nur bis zum Hals in der Scheiße, Ricky, du bist fast schon in der Scheiße versunken.« Ich blase den Rauch aus. »Wenn ich dich also aus der Scheiße rausziehe, solltest du mir dankbar sein.«

»Ich heiße Rick, nicht Ricky«, sagt er trotzig.

»Ja klar, und in Afrika feiern sie heute Muttertag.«

Ich bin nicht der Typ, der ständig coole Sprüche klopft. Aber bei einem Heißsporn wie Rick, bei so einem überheblichen Upper-Eastside-Bürschchen, funktioniert die Methode. Kommst du so einem mit moralischen Bullensprüchen, verachtet er dich. Kommst du ihm mit Drohungen, schaltet er auf stur.

»Also Ricky, wenn du nicht für den Rest deines Lebens Abschaum sein und die Drecksarbeit für den Abschaum machen willst, solltest du begreifen, dass ich der Sheriff mit dem weißen Hut bin.«

Der Wagen legt sich in die Kurve, wir haben die Abfahrt vom Highway erreicht.

»Der Sheriff mit dem weißen Hut ist der, der immer gewinnt und der am Schluss das Mädchen kriegt.« Ich sehe in diese jungen, entschlossenen Augen. »Willst du auch einen weißen Hut? Willst du am Schluss das Mädchen kriegen?«

»Und wer ist der Sheriff mit dem schwarzen Hut?«, flüstert er.

Ricks Frage ist nicht nur intelligent, sie ist gleichsam prophetisch. Es wird mir ein Vergnügen sein, sie zu beantworten.

»Wer sind Sie?«, fragt er.

»Ich bin Detective Arnold Snyder.«

11

Nicht all seine Fragen werden beantwortet. Das ist auch besser so. Rick braucht zum Beispiel noch nicht zu wissen, für welchen Verein ich arbeite. Bevor er das erfährt, muss er eine Probe bestehen. So wird das bei uns gemacht.

Es ist zwölf Stunden später. Wir sind wieder in New York. Rick wurden mehrere Verbände verpasst, damit man ihm seine Story glaubt. Dann lasse ich ihn laufen. Er kann nirgends mehr hingehen, ohne dass ich es weiß. Dort wo er durch den Unfall tatsächlich einen Bluterguss hatte, setzten meine Leute einen Schnitt und haben den Sender implantiert. Die Dinger sind mittlerweile kleiner als ein Pickel. Von nun an ist Rick für mich eine Ameise auf der Straßenkarte von Manhattan. Ich weiß, welches Haus er betritt, ich weiß, wann er die Klospülung bedient. Diese Sender können unglaublich viel.

Aber ich greife den Dingen vor. Es ist kein alltägliches Erlebnis für einen Fünfzehnjährigen, wenn er erfährt, dass er für den skrupellosesten Gangster nicht nur der Lower Eastside, nicht nur in Manhattan, sondern im ganzen Staat New York arbeitet. Rick ist nicht bloß ein Mitläufer, ein Schläger, ein Dealer für Kanter, er ist in den innersten Zirkel des alten Wolfes gelangt. Er ist so etwas wie ein Ziehkind für den Boss, daher ist Rick so wichtig für mich. Darum ist er aber auch in höchster Gefahr. Dass Kanter, der nicht zögert, Menschen zu foltern und grausam ums Leben zu bringen, Gefühle für diesen Jungen entwickelt hat, ist ungewöhnlich. Für mich ist es die eine Chance unter einer Million, endlich an den alten Teufel heranzukommen. Ich kann kaum noch zählen, wie viele Versuche ich unternommen habe, ihn unschädlich zu machen. Ich bin darüber alt geworden. Die Haare fallen mir aus, meine Bandscheibe bringt mich um, ich ernähre mich falsch. Meine Exfrau sagt, ich sehe aus wie mein eigener Vater. Während Kanter das Leben genießt, während er die schönsten Frauen um sich schart und die skrupellosesten Dinge tut, bin ich ein trübsinniger Single mit One-Bedroom-Apartment in Tribeca geworden, und das Beste, worauf ich verweisen kann, ist, dass meine Männer zu mir halten.

Meine Männer – das ist die Ausbeute eines Lebens voll durchfrorener Nächte, verschwitzter Anzüge, verpasster Gelegenheiten. Was besitze ich? Eine Dienstmarke, auf der ein Adler hockt und grimmig dreinschaut. Ein Darmleiden, nachdem ich bei einer

Razzia einen Bauchschuss erhielt. Die Aussicht auf eine Rente, mit der ich mir die Miete in Manhattan nicht mehr leisten kann und nach Queens ziehen muss. Ist es da nicht verständlich, dass ich wenigstens Anerkennung will? Die Anerkennung, einen großen Hai ins Netz gelockt zu haben. Keiner hat es bis jetzt geschafft, Kanter ist immer wieder durchgeschlüpft. Keiner traut sich den Fischfang zu, da alle Behörden wissen, dass es undichte Stellen gibt. Kanter schmiert, Kanter besticht, Kanter bedroht. Er hat Erfolg damit. Er weiß, dass auch bei den geheimsten Geheimdiensten nur Menschen sitzen, Menschen mit Wünschen und Sorgen. Wir versuchen, den Big Boss mit Elektronik in die Knie zu zwingen, wir setzen auf das modernste Equipment. Kanter braucht keine Elektronik, er besitzt nur ein altes Handy. Er vertraut auf den menschlichen Faktor. Angst, Hoffnung, Gier: Das sind seine Machtinstrumente und sie funktionieren zuverlässig.

Ich bin an einem Punkt angelangt, wo es mir nichts ausmacht, einen Fünfzehnjährigen gegen diese Bestie in die Schlacht zu schicken. Ich bin skrupellos genug, ihn umzudrehen und zwischen die Fronten zu schicken, ihn gegen denjenigen kämpfen zu lassen, der Rick aufgefangen hat, als es ihm dreckig ging. Ich bin nicht besonders stolz darauf, aber ich habe einen starken Verbündeten: Ricks Gewissen. Für einen Jungen in seinem Alter ist er erstaunlich hart geworden, gewitzt und durchtrieben. Aber Rick glaubt an das

Gute. Er ist noch nicht völlig überzeugt, dass Kanter das Böse verkörpert, aber Ricks Dämme beginnen zu brechen. Er kann seine Zweifel nicht mehr lange beiseiteschieben.

Leider habe ich wenig Zeit. Wir wissen von Kanters Deal, dem schlimmsten Ding, das er je gedreht hat. Das Geschäft soll bald gemacht werden, denn die Ware ist heiß. Heißer, als ich wahrhaben möchte. Darum muss Rick sofort und vor allem bedingungslos zu uns überlaufen. Zweifel und Reste von Mitgefühl für Kanter kann ich nicht gebrauchen. Ich muss Rick an mein Ufer holen, mit vollem Einsatz, daher greife ich zu einem Mittel, das ziemlich hart ist. Das nächste Kapitel wird hart. Entscheidet selbst, ob ich richtig handle.

*

Noch während der Nacht, in der ich Rick aus dem Verkehr ziehe, bringen wir ihn in die Klinik. Es ist kein gewöhnliches Krankenhaus, es ist die geheimste Krankenstation der Stadt. Ich verrate die Adresse nicht, nur so viel: Sie liegt in Manhattan, tief unter der Erde. Zuerst zeigen wir Rick jemanden, den er bereits kurz kennengelernt hat. Ein kleiner Fisch, der ewige Pechvogel im Leben. Sein größtes Pech war, dass er einen Laden überfiel, in dem Theodore Kanter Pistazien kaufen wollte. Der Mann heißt Tioan, und seit Kanter mit ihm fertig ist, ist er kein Mann mehr.

Nachdem Rick dem Alten geholfen hatte, Tioan zu überwältigen, war es um den kleinen Dieb geschehen. Kanters Leute brachten ihn in die Folterkammer. Der Boss persönlich nahm Rache dafür, dass Tioan es gewagt hat, in Kanters Revier auf Raubzug zu gehen. Ich erspare euch die Verstümmelungen im Einzelnen – ich kann sie Rick nicht ersparen. Als er ans Krankenbett tritt, erkennt er den Asiaten sofort. Tioan wird nie wieder laufen, nie wieder nach etwas greifen, er wird nie wieder lieben können. Auf grausamste Weise hat Kanter ein Bleirohr durch seinen Oberkörper getrieben, und zwar so geschickt, dass er kein inneres Organ verletzte, nur um Tioan leiden zu lassen. Kanters Fehler war, sein Opfer nicht umzubringen. Das Elend, verstümmelt weiterleben zu müssen, sollte die schlimmste Strafe für Tioan sein. So fanden wir ihn und brachten ihn in die Klinik.

Wir zeigen Rick die Entzugsabteilung. Da vegetieren Menschen vor sich hin, junge Menschen, die Kanters *Produkte* genossen haben. Diese Menschen haben geschnupft und inhaliert, sie haben gefixt und gekifft. Es hat sie ihr Gehirn, ihre Zukunft gekostet. Heute sind sie nur noch elende Bündel aus Schmerz und Verzweiflung. Rick ist kreideweiß, als er an ihren Betten vorbeigeht, draußen muss er sich setzen.

Ich wiederhole: Rick ist nicht hart geboren, er hat in der Kindheit keine Härte kennengelernt, er wurde geliebt und nach dem Prinzip der Liebe erzogen. Er ist kein gestörtes Zufallskind einer zugedröhnten Nacht, kein Junkie-Bastard. Seine Eltern liebten sich einst, sie gaben ihm Geborgenheit und Freude. Sie ließen ihn daran glauben, dass das Leben vom Licht regiert wird, nicht von der Dunkelheit.

Rick ist zu intelligent, um sich damit herauszureden, dass Kanter nicht unbedingt für all das verantwortlich ist. Rick hat Kanters Organisation von innen gesehen, er kennt die mobilen Labors, in denen die Drogen getestet und mit billigem Zeug verschnitten werden. Rick hat das Geld gesehen, das durch Kanters Geschäfte hereinkommt. Er weiß, dass man so unfassbar viel Geld nicht mit legaler Ware verdienen kann. Und selbst wenn Ricks Verstand noch nicht alles glauben, es noch nicht akzeptieren will, sein Gewissen akzeptiert es längst.

Ich bin nicht stolz auf die Rosskur, die ich dem Jungen verpasse, aber sie ist nötig, damit er kapiert. Für einen *halben* Agenten habe ich nichts zu tun. Ich brauche einen ganzen Mann. Ihr habt richtig gelesen: *Agent*. Ich beabsichtige, einen Minderjährigen als Agenten einzusetzen. Es gibt kein Gesetz in unserer Verfassung, das das erlaubt. Offiziell gibt es aber auch das Department nicht, dessen Chef ich bin. Offiziell ist nichts Derartiges möglich. Im Kampf gegen das Verbrechen geht es leider nicht immer mit offiziellen Dingen zu. Ich hole den Jungen von der schiefen Bahn und lasse ihn für die richtige Seite kämpfen, das ist mein Plan. Was ich ihm dafür verspreche, ist nichts weiter, als dass er am Schluss den weißen Cowboyhut erhält. Ob er das Mädchen kriegt, steht in den Sternen.

Als er uns nach dieser Nacht verlässt, ist er ein anderer geworden. Er ist erwachsener, ernster, reifer. Er ist randvoll mit einander bekämpfenden Gedanken und Gefühlen. Er ist so aufgewühlt, dass er nicht, wie er soll, zu Kanter fährt und ihm von dem Zwischenfall auf dem Highway berichtet. Rick fährt heim. Zu seinem Dad, den er in aller Schande mehr liebt, als er weiß. Mehr als Kanter, der nicht sein wirklicher Vater ist, sondern ein machtvoller Dämon. Ich kann nur hoffen, den Dämonen heute Nacht entzaubert zu haben. Rick setzt sich zu seinem Dad aufs Sofa und fragt ihn, wie sein Tag so war.

»Ganz gut«, sagt Montgomery. »Der Anwalt hat eine Verschiebung erwirkt. Jetzt können wir uns besser auf den Prozess vorbereiten.«

In dem grauen Elend, das seinen Vater umgibt, fühlt Rick sich plötzlich wohler als in der protzigen Welt des Gangsterbosses. Während irgendein Quatsch im Fernsehen läuft, geben die beiden Männer sich insgeheim ihren Hoffnungen und Befürchtungen hin. Sie wissen, diese Minuten sind nur ein Aufschub, bevor am nächsten Morgen der Kampf weitergeht. Aber es wird ihnen leichter ums Herz, denn sie sind beisammen.

12

Kanter trägt einen Regenmantel über dem Schlafanzug. Sein Haar ist wirr, der Bart ungestutzt. »Du hättest sie nicht allein lassen dürfen. Um keinen Preis!«

Das Edelweiß gleicht einer Festung. Mehr Männer als sonst, mehr Waffen. Kriegszustand. Rick begreift, der Vorfall letzte Nacht hat den Wolf aufgeschreckt. Um vier Uhr morgens hat Howard Rick rausgeklingelt und nach Alphabet City zitiert.

»Woher weißt du, dass der Unfall kein Fake war?« Kanter geht auf und ab.

»Der Wagen neben uns wollte einen anderen nicht überholen lassen«, antwortet Rick. »So was gibt's doch.«

»Natürlich gibt es so was.« Der Boss stellt sich vor ihn. »Man kann es aber auch so aussehen lassen.«

»Wozu?«

»Um meine Frau umzubringen, zum Beispiel.«

Rick kann Kanter nicht in die Augen sehen. Gestern noch war er ein gefährlicher Mann, aber ein Freund.

Heute soll er der Feind sein, dem sich Rick nicht zu erkennen geben darf. Rick muss cool bleiben, muss so wie immer wirken, er darf nicht kleinlaut sein.

»Mir tat es leid um den Wagen.«

»Um den Wagen?« Wie erwartet schießt Kanter das Blut ins Gesicht.

»Wir hatten keinen besonderen Speed drauf.« Rick bleibt ruhig. »Wir waren keine Sekunde wirklich in Gefahr. Ihre Frau hat bloß einen Schrecken gekriegt. Wie geht es ihrer Hand?« Rick wickelt einen Kaugummi aus und steckt ihn in den Mund.

»Woher kamen die zwei Rettungswagen so plötzlich?« Kanter übergeht die Frage.

»Die sagten, es gab einen Unfall bei Lakewood. Dorthin waren sie unterwegs.«

»Wie sahen die Ambulanzleute aus?«

Rick kaut seelenruhig. »Müde, schlecht gelaunt, ganz normal.«

»Was haben sie zu dir gesagt?«

»Die haben nicht viel gesagt. Die haben meine Hüfte und mein Genick untersucht und mir die Halskrause verpasst.«

Rick verkauft Kanter die ganze Geschichte, die wir ihm eingebläut haben. Wir haben ihn fachgerecht verbunden, verpassten ihm das Kunststoffding, das man bei einem Schleudertrauma trägt. Ich kann nur hoffen, dass Kanter die Maskerade schluckt.

»Untersuch ihn.« Kanter schluckt sie nicht ohne Weiteres.

Einer, den Rick schon öfter im Edelweiß gesehen hat, stellt seine Tasche neben ihm ab. »Zieh dich aus«, sagt Dr. Metzger.

Kanters Crew sagt *Metzger* zu ihm, dabei ist er Arzt. Rick war dabei, wenn Dr. Metzger Schusswunden behandelte, böse Schnitte, Knochenbrüche und Veilchen. Rick hat beobachtet, wie Dr. Metzger einem die Augen schloss, der im Edelweiß verblutet ist. Rick weiß nicht, wie er das T-Shirt über die Halskrause kriegen soll.

»Mach nicht so ein Theater.« Dr. Metzger reißt ihm das Schaumstoffding einfach ab. Während der Untersuchung geht das Verhör weiter.

»Wieso hast du nicht sofort die Jungs im Mercedes verständigt?«, fragt Kanter.

»Die haben mich auf der Trage fest … aua! – festgeschnallt.« Dr. Metzger hat dort hingefasst, wo wir Rick den Sender implantierten. Er reißt den Arm zurück. Metzger macht weiter.

»Ich wusste, dass der Mercedes hinter uns ist. Ich wusste, die würden Sie benachrichten. Ich hab mich im Krankenhaus erkundigt, wo Ihre Frau hingebracht wird, aber das war in der Gegenrichtung.«

Eine volle Stunde geht das so. Kanter stellt Fragen, baut Fallen ein, fragt noch einmal, und unvermittelt noch mal. Er sucht die eine Lücke, die ihm verrät, dass etwas faul an der nächtlichen Sache ist, dass etwas faul ist an Rick. Der Junge kaut auf seinem Gummi und zieht sich wieder an. Sein Herz rast, aber er kaut kein bisschen schneller. Rick ist froh, dass die Halskrause seine Schlagader verdeckt, sonst könnte Kanter sehen, wie sehr ihm der Arsch auf Grundeis geht.

»Du bleibst heute hier«, schließt der Alte die Sache ab.

»Ich hab gleich Schule.« Rick zieht seine Jacke an.

Kanter schlägt ihm mit der Rückseite der Hand ins Gesicht, dass Rick in Dr. Metzgers Armen landet.

»Geh nicht zu weit, Kleiner.« Kanter ist wütend und das ist gut.

Wenn Kanter einem misstraut, wird er nicht wütend, sondern eiskalt. Dann ist er so freundlich, dass man die Gänseblümchen wachsen hört. Dann merkst du nicht, dass der Lauf einer Pistole bereits auf deinen Kopf gerichtet ist und der Betonkübel bereitsteht, in dem du im East River versenkt werden sollst. Kanter wird wild, das bedeutet, er glaubt Rick. Rick hat es überstanden. Wie lange, kann keiner sagen. Für mich heißt das, wir haben einen raffinierten Jungen bei unserem mächtigsten Gegner eingeschleust. Er kann mit seiner Mission beginnen.

Ich habe den Zeitpunkt, an dem ich Rick umgedreht habe, nicht zufällig gewählt. Ich will keine Kinkerlitzchen von ihm. Er soll keine Akten kopieren oder irgendwelchen Papierkram rausschmuggeln. Er soll keine Leute für uns fotografieren. Wir kennen Kanters Leute genau. Wir kennen auch die Polizisten, die Richter und Staatsanwälte, die auf Kanters Gehaltsliste stehen. Wir kennen die Kongressabgeordneten, die Senatoren, sogar das Regierungsmitglied, das mit Kanter von Zeit zu Zeit ein Schnäpschen trinkt. Doch obwohl ich auf jeden Einzelnen mit dem Finger zeigen könnte, darf ich es nicht. Warum? Weil ich nicht die verdammte halbe Stadt verhaften kann. Weil das Netzwerk, das Kanter seit Jahrzehnten knüpft, so eng und zuverlässig ist, dass ein einzelner Schnüffler wie ich, eine kleine Geheimdienstabteilung wie meine, dagegen nicht ankommt. Die Regierung erwartet, dass ich Kanter im Auge behalte, denn er ist ein gefährlicher Mann. Manche in den höchsten Ämtern erwarten aber auch, dass ich die Finger von ihm lasse. Sollte ich mich daran nicht halten, gibt es meine Einheit bald nicht mehr. Dann verschwinden belastende Akten, ich werde vorzeitig pensioniert oder, wenn ich Pech habe, verschwinde auch ich im East River. So läuft das mit den großen Haien. Die werden nicht aus dem Becken gefischt. Man beobachtet sie nur, mehr geht nicht.

Diesmal geht vielleicht mehr. Denn eine Sache fürchten die hohen Herren wie der Teufel das Weihwasser – Terrorismus. Bei Terrorismus sperren sie die Ohren auf, sie setzen Untersuchungsausschüsse ein, die spucken zusätzliche Finanzmittel aus. Wenn es um Terrorismus geht, ist jeder korrupte Politiker mit einem Mal Patriot. Dann stellt er sich nicht mehr vor einen Gangster wie Kanter, egal wie viel der zahlt. Seit in unserer Stadt die beiden Türme zusammengekracht sind, seit die Finstermänner vom anderen Ende der

Welt uns in unserem eigenen Land angegriffen haben, ist Terrorismus gefürchteter als die schlimmste Seuche. Keiner will sich damit anstecken. Wenn ich also nachweisen kann, dass Kanter in terroristische Aktivitäten verwickelt ist, wäre es aus mit seiner Narrenfreiheit. Dann deckt ihn keiner mehr, dann trinkt kein Minister mehr grünen Schnaps mit ihm.

Wir wissen von der Lieferung der Holzkisten mit der Aufschrift 137. Wir wissen nicht, wo Kanter sie aufbewahrt. In sein Haus können wir nicht rein. Rick kann es. Wir haben ihn mit der Software ausgestattet, die er braucht, um uns die wichtigste Frage zu beantworten: Ist in den Kisten das drin, was wir vermuten?

13

Rick ist schlau genug, an einem Tag wie diesem nicht mit der Mission zu beginnen. Nachdem Kanter ihm eine verpasst hat, ist das Unwetter fürs Erste abgezogen. Kanter sagt, dass Oona Ruhe braucht. Damit gibt er zu, dass sie nicht schwer verletzt ist. Sie ist daheim, hat ein Pflaster auf der Stirn, ihre Hand ist verbunden, sie liegt im Bett. Der Ferrari ist nicht so glimpflich davongekommen, Oona wird sich wohl einen neuen bestellen müssen.

Oona macht sich Sorgen um Rick. An diesem Vormittag, den Rick im Edelweiß verbringen soll, ruft sie ihn an. Kanter ist dabei und gestattet Rick, dranzugehen. Der Junge sagt, dass es ihm gut geht. Er ist froh, dass Kanter zuhört, Normalität ist jetzt wichtig. Nur keine falschen Geheimnisse, nichts, was den Wolf misstrauisch machen könnte. Oona sagt, sie hat weder Lust rauszugehen noch zu kochen. Ob Rick ihr was zu essen bringen kann. Rick sieht seinen Boss fragend an.

»Frag sie, worauf sie Appetit hat.« Kanter schmunzelt. Wenn sein Paradiesvogel Hunger hat, soll man ihm jeden Wunsch erfüllen.

»Was darf ich Ihnen holen, Mrs Kanter?«

Oona entscheidet sich – man hätte es wissen können – für etwas Französisches. Nun ist es so, dass man indisches, italienisches, fernöstliches Essen in Aluschalen und Pappboxen mit nach Hause nehmen kann, nicht aber französisches. In ganz Manhattan wirst du kein Restaurant finden, wo du provençalische Miesmuscheln oder Coq au vin oder Apfelgelee mit Crème Anglaise *to go* bekommst. Selbst wenn du die Frau eines Gangsterbosses bist.

»Denk dir was aus«, sagt Kanter. »Mach sie glücklich. Ich komm später nach.«

Rick denkt sich was aus, steigt in ein Taxi und fährt los, um die Frau vom Chef glücklich zu machen. Eine Dreiviertelstunde später ist er bereits auf dem Weg zum Drachenpalast. Er ist nicht allein. Wenn Mrs Kanter nicht ins *Chez Maurice* kommen kann, um französisch zu essen, muss das *Chez Maurice* zu Mrs Kanter kommen. Rick bringt den Franzosen mit seiner merkwürdigen Ausrüstung nach oben. Er zeigt ihm, wo er anrichten soll, und klopft an Mrs Kanters Tür. Seit dem Unfall haben sie sich nicht gesehen. Auf Oonas »Herein« geht Rick in ihr Schlafzimmer.

»Steifer Hals?«, fragt sie vom Bett aus. Das Bett ist so groß wie ein Minigolfplatz. Oona trägt eine Sonnenbrille.

»Steifer Hals«, antwortet Rick und fummelt an der Halskrause.

»Steife Hand.« Sie hebt den Arm mit der Bandage.

»Soll hier drin serviert werden?« Er will sich im Zimmer nicht umsehen, es ist alles sehr persönlich. Wäsche, Unterwäsche, Fotografien, Schminksachen. An der Wand ein Ölgemälde mit einem – tja, was ist das? Ein großer Popo offenbar. Rick will hier raus.

»Setz dich.« Sie klopft auf die Bettdecke.

»Das Essen wird kalt.«

»Hat er dich in die Mangel genommen?« Oona wirkt plötzlich mütterlich.

Rick setzt sich an den äußersten Bettrand. »Schon okay.« Heute ist er nicht wie ein Bodyguard angezogen, sondern wie ein Schuljunge. Weite Hose, Kapuzenpulli, Turnschuhe. Sie haben ihn um vier Uhr früh aus dem Bett geholt, sein Haar ist strubbelig. Das gefällt Oona. Sie strubbelt das Haar noch mehr.

»Er ist so wahnsinnig misstrauisch, stimmt's?« Sie lächelt hinter den dunklen Gläsern. »Überall wittert er Feinde.«

Er hat guten Grund dazu, denkt Rick und hofft, sie nimmt die Hand aus seinem Haar.

»Wir kennen uns noch nicht lange, aber du bist mir schon richtig ans Herz gewachsen.« Oona hebt Ricks Kinn. Ihr Finger streicht über die Stelle, wo sich die ersten Bartstoppel plagen, ans Licht zu kommen. »Hätte mir leidgetan, wenn du verletzt worden wärest.« Sie streichelt seine Wange. Er sitzt auf dem Bett seiner Chefin und sie streichelt ihn. Rick hält das für eine ziemlich gefährliche Situation.

»Ihr Mann hat gesagt, er kommt zum Essen nach«, sagt er. Sie hört mit dem Streicheln nicht auf. »Ich hab was Französisches mitgebracht.«

»Hmmm.« Sie lächelt genießerisch. »Haben wir beide nicht was ausgemacht?«

»Ich weiß nicht.«

»Du sagst Oona zu mir.«

Er beugt sich zur Seite, damit sie nicht mehr an sein Kinn rankommt. »Ehrlich gestanden würde ich, wenn Ihr Mann da ist, lieber Mrs Kanter zu Ihnen sagen.«

Sie wirft sich ins Kissen. »Dann bleibt das eben unser Geheimnis. Ich sterbe vor Hunger.«

Erleichtert springt Rick auf und mimt einen Kellner. »Wie Sie wünschen, gnädige Frau.« Oona findet das drollig. Er eilt hinaus.

Gleich darauf hat sie ein Nichts von Morgenmantel übergezogen und kommt in den Salon. Der Franzose hantiert so dezent mit dem Geschirr, dass man meint, er ist unsichtbar. In einem mehrstöckigen Warmhalteturm hat er das Dreigänge-Menü gebracht und serviert, als käme es frisch vom Herd. Oona kostet den in Folie gegarten Seebarsch mit Pistou und verdreht die Augen.

»Das musst du probieren.« Sie will Rick mit einem Bissen füttern.

Der Franzose ist schneller. Schon hat er ein zweites Gedeck aufgelegt.

»Ich hab eigentlich keinen Hunger«, sagt Rick.

»Für diese Köstlichkeit brauchst du keinen Hunger. C'est le poisson le plus savoureux que j'ai jamais gouté«, sagt sie zu dem Franzosen.

»Du poisson sans boisson, c'est du poison«, scherzt er und gießt Madame Kanter Weißwein ein.

Auf Ricks besorgten Blick sagt sie: »Ich weiß, ich sollte keinen Wein zu den Medikamenten trinken, aber wie der freundliche Kellner schon sagt: Fisch ohne einen guten Tropfen ist Gift.«

Rick fühlt sich unwohl. Aber er ist nicht engagiert, damit er sich wohlfühlt, sondern damit die Frau seines Chefs sich wohlfühlt. Mach sie glücklich, waren Kanters Worte. Rick probiert vom Seebarsch.

Zum Fleischgang kommt Kanter. Er begrüßt Oona mit einem Kuss und setzt sich.

»Wir gießen uns selbst ein«, sagt er, als der Franzose ständig um sie herumscharwenzelt. Der Kellner verzieht sich in die Küche. Kanter verteilt Rotwein in drei große Gläser. Rick stößt mit den Kanters an und nippt.

»Trink schon.« Kanter fasst Ricks Glas am Boden und hebt es so lange an, bis der Junge brav ausgetrunken hat. »Jetzt geht's dir gleich besser.«

Der Alte hat einen vergnügten Glanz im Auge. »Und nun vergessen wir mal den Schrecken der letzten Nacht.«

Der alte Wolf beginnt, mit Appetit zu essen. Es ist, als säße eine glückliche Familie beisammen und fände nichts schöner, als eingelegte Kalbsnieren mit Rosmarin zu futtern.

»Was esse ich da eigentlich?« Kanter zieht ein Knöchelchen aus dem Mund.

Oona sagt ihm die französische Bezeichnung. Kanter lacht, weil er diese Art Essen einfach albern findet.

»Ein anständiger Burger ist uns lieber, was?«, grinst er dem Jungen zu.

Rick weiß nicht, soll er sich freuen, weil die miese Stimmung verraucht ist, oder soll er noch mehr auf der Hut sein? Ist Kanters Freundlichkeit eine Maske, der man nicht trauen darf?

Wie der Boss prophezeit hat, tut der schwere Wein seine Wirkung. Als später die Apfeltarte mit Korianderkaramell auf den Tisch kommt, hat Rick rote Wangen, lässt es sich schmecken und kichert über Kanters Witze. Das Licht wird sanft von den Jalousien gebrochen. Oona hat Krümel am Kinn, die Sonnenbrille ist verschwunden, sie lacht, dass ihr die Tränen in den Augen stehen. Es ist das fröhlichste Mittagessen, an das Rick sich seit Langem erinnert. Kanter, das Monster, der Folterer, der Mann, der aus jungen Leuten Junkies macht, verschwimmt im Nebel des Burgunders und macht einem bärigen Genießer Platz, einem geselligen älteren Herrn, der sich an seiner jungen Frau und seinem beschwipsten Schützling erfreut. Als Rick das dritte Glass eingeschenkt bekommt, findet er sogar das Apartment nicht mehr so scheußlich. Sein Magen fühlt sich warm an, er nimmt die angebotene Zigarre und lässt sich vom Gangsterboss Feuer geben. Es stört Rick nicht einmal, dass Oonas nackter Fuß unterm Tisch scheinbar zufällig seine Wade berührt. Rick begreift: Selbst die übelsten Leute sind nicht immer fies und böse. Es gibt Zeiten, da streicheln sie ihren Hund, da spielen sie mit ihren Kleinen, da schaffen sie es, nette Menschen zu sein. An diesem schönen Sommertag ist Theodore Kanter ein freundlicher, friedlicher Mensch. Das macht ihn umso gefährlicher.

14

Für einen Fünfzehnjährigen fühlt sich ein Kater an wie ein Tsunami. Man glaubt, weggespült zu werden von Übelkeit und Kopfweh, man möchte den Kopf in die Kloschüssel stecken und sterben. Trotzdem geht Rick am nächsten Vormittag zur Schule und danach in Kanters Hauptquartier. Normalität ist wichtig, nur nichts anders machen als sonst. Er begrüßt den Aufpasser an der Tür, setzt sich an seinen Stammplatz im Edelweiß und trinkt Cola. Er hat Bereitschaftsdienst. Sollte Kanter etwas wollen, sollte Oona ihn brauchen, Rick ist da. Nachdem er lange genug rumgelümmelt hat, damit auch jeder ihn bemerkt, steht er auf, schlendert dorthin, wo das Klo ist, und schlüpft aus dem Edelweiß in den dahinterliegenden Teil des Hauses. Von nun an ist Rick ungeschützt. Jeder Schritt, den er jetzt tut, bringt ihn in Gefahr. Er nimmt die nächste Treppe zum Keller.

Das Besondere an einem Fünfzehnjährigen als Agenten ist, er kommt problemlos mit Elektronik klar. Von seinen Computerspielen sind ihm die verrücktesten Gadgets vertraut. Unsere Ausrüstung ist daher fast ein alter Hut für ihn. Ein elektronischer *Keykey* zum Beispiel. Rick erreicht eine Eisentür, der man ansieht, warum sie so massiv ist: Sie soll vor neugierigen Blicken schützen. Aber es ist eben nur eine Tür. Rick streift Latexhandschuhe über, hält den Keykey an den Zylinder, der Laser tastet das Innere ab und formt den gewünschten Schlüssel. Aufgeregt ist Rick schon, als er seinen ersten Do-it-yourself-Schlüssel herumdreht. Funktioniert einwandfrei, die schwere Tür öffnet sich. Sie ist nur die erste in einer ganzen Reihe.

Je weiter Rick sich vorwagt, je tiefer er in die unterirdischen Eingeweide des Hauses eindringt, desto komplizierter wird die Technologie. Er hat Infrarotleuchten dabei, nicht größer als eine Taschenlampe. Die Dinger können nichts Besonderes, außer man richtet sie auf eine Überwachungskamera. Kanter ist nicht von gestern. Auch wenn er persönlich die älteste Handygeneration benutzt, hat er für seine Security nettes Spielzeug einbauen lassen. Rick kann die Kameras mit Infrarot *blenden*. Was aber macht er mit den Bewegungsmeldern? Mit der entsprechenden Software ist heute so gut wie alles zu simulieren. Wenn ein Gerät auf Wärme reagiert, simulierst du Kälte, um es lahmzulegen. Spricht es auf Luftschwingungen an, bringst du die Luft elektronisch zum Stillstand. Im virtuellen Zeitalter stellt der Mikrocomputer jeden gewünschten Zustand her: Elektronik wird von Elektronik ausgetrickst. Meistens sind es dieselben Firmen, die das Sicherheitssystem und dazu gleich den Kniff erfinden, wie man es umgeht. Obwohl das sein erster Einsatz ist, stellt sich Rick geschickt an. Er benutzt die Detektoren, die wir in sein Handy eingespeist haben, die ihm anzeigen, wo die nächste Falle lauert. Er ist rasch, effektiv und fast lautlos. Fast.

Wie so oft, ist es der menschliche Faktor, den unser Equipment übersieht. Rick ist bereits tief in der Kanter-Höhle und hat einige gut gesicherte Türen überwunden. Die wichtigste, letzte ist mit mehreren Mechanismen gesichert. Hier braucht Rick mehr Zeit. Er kennt den Nummerncode nicht, die Chipkarte steht ihm nicht zur Verfügung, er muss sich per Kabel einlinken. Rick schließt die Drähte an und wartet, dass auf dem Display aus dem Zahlenchaos nach und nach die richtige Kombination auftaucht. Rick räuspert sich, ein Frosch im Hals, er merkt ihn kaum und hustet. Er hustet neben dem alten Luftschacht.

Howard, der starke Howard, ist ein begeisterter Zeitungsleser. Er mag sich die Welt nicht im Fernsehen oder auf dem Computerbildschirm erklären lassen, er mag es Schwarz auf Weiß. Während der vielen Stunden, die Howard für Kanter bloß rumsitzt, liest er. Er wird nicht nach Stunden bezahlt, er wird nicht nach Auftrag bezahlt, Howard ist auf Lebenszeit engagiert. Kanter zahlt dafür, dass Howard rund um die Uhr zur Verfügung steht. Das macht sein Leben zu einem ruhigen Fluss. Darum sitzt er, liest eine Zeitung von vorn bis hinten, legt sie beiseite und öffnet die nächste. Auf seine Art ist Howard ein glücklicher Mensch.

Heute sitzt er in einem stillen Vorraum des Konferenzzimmers, wo Kanter eine Besprechung hat. Der Raum liegt im Inneren des Baues, das Fenster geht auf den Lichthof. Deshalb ist es hier so still, dass Howard fünf Stockwerke unter sich jemanden husten hört. Luftschächte durchlaufen die New Yorker Gebäude wie Blutgefäße. Wenn du auf der einen Seite etwas reinschickst, kommt es auf der anderen Seite heraus. Howard hebt den Kopf, schaut zum Luftschacht und überlegt. Da er sich das Geräusch nicht erklären kann und im Moment nichts Besseres vorhat, weil Kanter in seinem eigenen Haus im Grunde keinen Bodyguard braucht, steht er auf und legt die Zeitung so hin, dass man sieht, er ist gleich wieder zurück.

Rick hat keine Ahnung, dass die Zeit ab jetzt eine wichtige Rolle für ihn spielt. Die Uhr tickt gegen ihn. Er aber hört mit Genugtuung das feine Klicken, mit dem der Mechanismus die Türverriegelung freigibt. Zuversichtlich zieht er die Kabel vom Handy ab, rollt sie auf und betritt den Raum der Räume.

Ölflecken, alte Autoreifen, an der Wand ein Kalender mit einem Pinup-Girl, das einen Presslufthammer bedient. Es wäre ein ganz normaler Lagerraum, fiele das Licht nicht auf die Zahl 137. Hier stehen die Kisten, die Rick an jenem stillen Sonntagmorgen im Bauch von Kanters Haus verschwinden sah. Wir haben Rick gesagt, was möglicherweise in den Kisten ist. Länger als ein paar Sekunden darf er nicht in der Nähe bleiben. Er packt sein kostbarstes Spielzeug aus. Es ist hauchdünn, stark und heiß. Rick bringt es an der hintersten Kiste zum Einsatz. Das Gerät arbeitet selbsttätig. Der winzige Bohrkopf erhitzt sich auf 1000 Grad, das Holz verbrennt punktförmig, es verkohlt, die Sonde kann ins Innere dringen. Ihre Sensoren erkennen, dass der Inhalt eine metallische Hülle hat. Die Sonde prüft die mikroskopischen Staubpartikel an der Oberfläche, sammelt sie mithilfe eines Spezialmagneten ein, zugleich erzeugen winzige Geiger-Müller-Fasern einen Impuls, der die Dichte auftreffender Photonen misst. Kurz gesagt, die Sonde checkt die Radioaktivität. Was Rick nicht weiß, das Gerät errechnet einen ziemlich hohen Wert. So hoch, dass die Radioaktivität, wenn sie im Zentrum von New York City freigesetzt würde, einer Katastrophe gleichkäme. Rick zieht das Gerät heraus, packt es in ein strahlensicheres Etui und steckt es in die Brusttasche. Er prüft, ob der Raum genauso aussieht wie früher, schlüpft hinaus, schließt die Tür und verriegelt sie elektronisch. Seine Hände in den Latexdingern schwitzen. Er bedient alle Systeme in umgekehrter Reihenfolge, diese Tür noch, diese Treppe, die letzte Kamera, nur kein Fehler jetzt.

Der Fehler wartet in Person von Howard auf ihn. Außer Kanter weiß Howard als Einziger, was in dem Raum der Räume schlummert. Deshalb ist Howard so neugierig, wer neben dem Luftschacht gehustet hat. Als er Rick von dort unten auftauchen sieht, ist Howard so verblüfft, dass er einen entscheidenden Fehler begeht: Er alarmiert nicht die anderen. Er entsichert nicht einmal seine Waffe im Achselhalfter.

»Was machst du da?«, fragt er nur.

Rick schaut in Howards freundliche braune Augen. Im gleichen Moment wird ihm schlecht. Er weiß, dass hier nichts zu erklären ist, dass keine Notlüge funktioniert.

»Mr Kanter wollte, dass ich mal nachsehe …«, antwortet er trotzdem.

»Mr Kanter ist seit einer Stunde in einer Besprechung.« Howard verschränkt die Arme, die so muskelbepackt sind, dass sie das Sakko fast sprengen.

Rick und Howard verstanden sich von Anfang an gut. Ähnlich wie Rick, ist Howard ein Ziehkind vom Boss. Als er zehn war, wollte eine Straßengang den abstoßend fetten Howard in einem ausgeschlachteten Kühlschrank ertränken. Kanter kam zufällig vorbei, rettete Howard und sagte ihm, er müsse abnehmen. Howard hat seitdem kein Pfund verloren, sondern sich alles als Muskelmasse drauftrainiert. Er ist ein Koloss, ein Dampfhammer auf zwei Beinen, er ist furchterregend, unbesiegbar, er würde für Kanter in den Tod gehen. Howard hat Ricks Aufnahme in den Clan bejaht, deshalb ist er so maßlos enttäuscht, dass der Junge den Alten hintergeht.

»Am besten, du kommst mit hoch zum Boss«, sagt er

ruhig, als würde er Rick auf ein Bier einladen. Gleichzeitig fasst Howard in sein Jackett. Von dort wird er die großkalibrige Pistole ziehen, sie e

ntsichern, Rick damit in Schach halten und zu Kanter bringen. Der wird entscheiden, was mit dem Verräter geschieht. Schön wird das nicht für den Jungen, so viel ist Howard klar.

In Situationen wie diesen liegen in Filmen oder Romanen häufig ein Brecheisen, eine Stange oder ein Bleirohr herum, womit man sich verteidigen und die Schusswaffe des andern außer Gefecht setzen kann. In Ricks Fall ist nichts da. Keine schwere Zange, die man nach Howard werfen könnte, kein Feuerlöscher hängt an der Wand. Jemand hat bloß eine Plastiktüte über den Fenstergriff gestülpt, weil das Fenster frisch gestrichen wurde. Wie verteidigt man sich mit einer Plastiktüte? Da Rick nichts nach Howard werfen kann, wirft er sich selbst. Er schmeißt sich mit Wucht zu Boden und gegen Howards Beine. Damit bringt er den Muskelmann nicht einmal ins Wanken. Rick ist schnell, aber er ist leicht. Howard ist schwer und trotzdem schnell. Er verpasst dem daherschlitternden Jungen einen Tritt, dass ihm fast sein verkaterter Schädel wegfliegt. Rick ist klar, landet Howard nur einen einzigen seiner Howardschläge, ist der Kampf vorbei. Also verpasst der Junge dem großen Mann einen Bodycheck von unten, und nützt den Bruchteil einer Sekunde, den Howard braucht, um seine Weichteile zu schützen, um ihn von hinten anzuspringen. Wie ein Frosch während der Laichzeit hockt der schmale Rick auf dem Muskelberg Howard. Einziger Vorteil: So kommt Howard nicht mehr an seine Waffe ran. Großer Nachteil: Howard wirft sich mit vollem Gewicht rückwärts gegen die Wand. Rick japst wie eine Makrele auf dem Trockenen, doch auch wenn ihm schwarz wird, kriegt er eine Hand frei. Ihm fällt ein spezieller Griff Semyotos ein, kein fairer Griff, eher ein Akt der Verzweiflung. Von hinten rammt Rick Howard Daumen und Mittelfinger in beide Augen.

Seine Augen sind Howard heilig. Die Vorstellung, nicht mehr Zeitung lesen zu können, ist für ihn inakzeptabel. Er knurrt und schüttelt den Kopf, er presst die Lider zusammen, aber die Finger des Jungen lassen sich nicht abschütteln. Rick kommt der Umstand zu Hilfe, dass Howard seine gefürchteten Kräfte meist gar nicht einzusetzen braucht. Sein Erscheinen genügt, um einem Gegner klarzumachen: Lass es bleiben oder du wirst unsägliche Schmerzen erleiden. Dass jemand Howard in die Augen sticht, ist eine ungewohnte Erfahrung für ihn. Er versucht, den Jungen wegzuschleudern, totzuquetschen, zu vernichten. Howard keucht, boxt mit den Ellbogen nach hinten. Er wird wütender, als er von sich gewohnt ist. Aber wie eine eiserne Maske bleibt Ricks Rechte um das Gesicht des Hünen geklammert, seine Linke tastet nach hinten.

Semyoto hat beim Training festgestellt, dass Ricks starke Hand die linke ist, Howard weiß das nicht. Rick kriegt die Plastiktüte am Fenster zu fassen, zieht sie vom Knauf. Zugleich umschließen seine Schenkel Howards Bauch. Er presst ihm die Beine in die Flanken, als wäre Howard ein Gaul. Rick bäumt sich auf, reißt die Finger aus den Augen und stülpt Howard mit beiden Händen die Plastiktüte über.

Wäre es nicht eine Sache von Leben und Tod, es wäre ein Bild zum Grinsen: Howard, der Riese, mit weißer Zipfelmütze. Rick zieht die Tüte nach unten und dreht den Rand ein, bis Howards Hals und die Tüte dicht schließen. Ein Mann wie Howard braucht viel Luft. Keine Luft zu bekommen, ist ein Schock für ihn. Die Tüte bläht sich, sie flutscht in Howards Mund, bläht sich wieder. Es ist eine luftdichte Tüte aus reißfestem Kunststoff. Howard will das Ding wegreißen, aber es sitzt fest. Howard keucht; seine Lungen, sein Blut brauchen Sauerstoff. Er bemüht sich, ruhig zu bleiben, aber die Nähe des Unaussprechlichen macht ihm zu schaffen. Howard, der Fels, Kanters Anker der Ruhe, gerät in Panik. Noch einmal wirft er sich gegen die Wand, aber die Wucht wird schwächer. Während Rick mit einer Hand die Plastiktüte straff hält, bearbeitet seine Faust Howards Schädel. Howard ist müde. Das schwache Licht, das durch den Kunststoff dringt, wird zuerst rot, dann grau, schließlich erlischt es. Howard fühlt, dass seine Knie, dick wie Kanonenkugeln, nachgeben, dass er nicht länger gegen den kleinen gemeinen Kerl in seinem Nacken kämpfen kann und langsam zu Boden sinkt. Howard weiß, das ist das Ende.

In diesem Augenblick hat Rick die Wahl. Wäre er

bloß beim Training, würde er jetzt abbrechen, sich vor Semyoto verbeugen und die Auflösung des *Quo quao zia* bekannt geben. Der Meister würde ihn loben, denn im Training gibt es nicht Sieger und Besiegten, nur denjenigen, dessen Übung gelang. Aber Rick *übt* nicht. Er ist im Kampfeinsatz. Es heißt entweder er oder der andere. Darum hält er die Plastiktüte weiter zu. Hält sie länger zu, als er müsste; Howard tut bereits seinen letzten Schnaufer. Dieser Mann will den Tod nicht, seine Beine zucken, als die gewaltige Welle Tod durch den großen Körper geht. Aber der Tod siegt, er hält Einzug in Howard, und Rick ist dafür verantwortlich.

Als er sich aufrichtet, ist er ein Mörder. Die Ausrede der Selbstverteidigung lässt er nicht gelten. Er hat getötet und er weiß es. Er hat einen Menschen umgebracht.

Rick steht auf, wartet, bis sich sein Atem beruhigt, dann handelt er konzentriert, wie er es gelernt hat. Das ist nur die Oberfläche. An der Oberfläche nimmt er sein Handy und ruft mich an. Er benennt seinen Standort, benennt das Zeitfenster, das ihm bleibt, bis die Leiche entdeckt wird oder Kanter merkt, dass Howard fehlt. Ich sage ihm, was zu tun ist. Rick öffnet das Fenster für uns. Er steckt das Handy weg.

Ein Mann meines Alters würde, nachdem er getötet hat, losziehen und sich besaufen. Einem Jungen nützt das nichts, er kennt diesen Ausweg nicht, kann sich die nötige Beruhigung nicht *ersaufen*. Ein Junge ist hilflos, verzweifelt, allein. Darum beginnt Rick, so wie er da steht, zu heulen. Ein dumpfes Jaulen kommt aus seinem Mund, die Tränen machen ihn blind, Speichelfäden sinken aus seinem Mund und berühren den toten Howard. Er mochte den großen Mann. Howard hat für den falschen Herrn gearbeitet, aber er war ein guter Kerl. Rick hat einen guten Kerl vom Leben zum Tod gebracht. Er hasst sich dafür.

Ein paar Minuten später sind wir vor Ort. Da steht Rick nicht mehr am Fenster. Wir räumen auf, wir haben unsere Methode dafür. Wir benutzen einen Wagen der Straßenreinigung, der so viel Lärm macht, dass man den anderen Lärm nicht hört. Während der Wagen den Bordstein bespritzt, steigen zwei von uns in das ebenerdige Fenster von Kanters Haus ein und verfrachten Howard nach draußen. Der Wagen nimmt die Leiche auf. Wir sind so schnell, dass der Spritzwagen nicht einmal stehen bleiben muss. Wir biegen um die nächste Ecke und lassen einen sauberen Bordstein zurück.

Rick ist mittlerweile wieder im Edelweiß. Er trinkt seine Cola aus und versucht, an den Gesichtern der übrigen abzulesen, ob sein Fehlen bemerkt wurde.

»Was hängst'n hier noch rum?«, fragt einer. Das macht Rick Mut.

Eine halbe Stunde später kommt Kanter aus der Besprechung. »Habt ihr Howard gesehen?«

Alle verneinen. Rick bleibt sitzen. Eine Stunde, noch eine, er tut nichts. Er kriegt mit, wie Kanter nach Howard telefoniert, wie er Leute ausschickt, Howard zu suchen. Howards Telefon ist noch an. Es klingelt im Wagen der Straßenreinigung, niemand hört es. Kanter telefoniert einem Toten hinterher. Nachdem eine weitere Stunde vergangen ist, fragt Rick, ob er gehen kann. Kanter ist nervös. Noch nie hat Howard sich woanders aufgehalten als drei Schritte hinter ihm.

»Geh nur«, sagt Kanter und streicht sich durch den Bart.

Rick geht langsam, als hätte er es nicht eilig, als wartete draußen nicht die Freiheit auf ihn. Als Rick das Edelweiß verlässt, haben wir Howard bereits endgültig entsorgt.

15

Wo geht einer wie Rick hin, wenn er zum Mörder wurde? Nicht zu uns ins Department. Uns respektiert Rick zwar, aber er vertraut uns noch nicht. Nicht zu seinem Vater oder seiner Mutter, mit ihnen kann er dieses Erlebnis nicht teilen. Rick nimmt ein Taxi und fährt zu Storm. Er muss sie sehen, etwas Nettes zu ihr sagen, etwas Nettes gesagt bekommen. Rick wünscht sich, das Taxi würde schneller fahren.

Er erreicht ihre Straße in Brooklyn. Storm ist zu Hause. Allerdings gibt sie gerade Unterricht. Auch wenn Rick vor Sorge fast platzt, setzt er sich ins Wohnzimmer, sagt Ja zu der Cola, die Storms Mutter ihm anbietet, unterhält sich höflich mit ihr und hört von nebenan das erbärmliche Gekratze, das jemand einer Geige entlockt. Der Unterricht endet, Storm kommt mit einem blassen Mädchen heraus. Storms Gesicht wird ganz Freude.

»Ein schöner Tag, um rauszugehen«, sagt sie und

nimmt die Dollarscheine des Mädchens entgegen. »Ich spendier uns was.« Sie fächelt mit den Dollars in der Luft.

Storms Mutter fragt noch dies und das. Sie ist neugierig auf Rick, der in seinem Anzug ziemlich erwachsen aussieht. Die Fragerei nervt Storm, sie drängt Rick zur Tür hinaus.

Die von der Sonne erhitzte Straße. Miteinander herumlaufen, die Hände in den Taschen, später Hand in Hand. Storm kriegt Hunger, sie essen ein Sandwich. Kauend, zögernd beginnt Rick zu erzählen, dass er nicht wirklich in einem Büro aushilft, dass er Storm belogen hat. Er erklärt, dass er bis vor Kurzem für einen Geschäftsmann in Alphabet City arbeitete, jetzt aber die *Firma* gewechselt hat. Rick sucht nach den richtigen Worten, denn er kennt die Regeln: Man weiht Außenstehende nicht ein, man bringt Außenstehende nicht in Gefahr, man hält die Klappe, schmettert Fragen ab, man bleibt cool. Rick ist alles andere als cool. Er umschreibt das Schreckliche, das er im Dienst der *Firma* getan hat, indem er sagt, er möchte mit Storm auch in Zukunft ein Sandwich essen und spazieren gehen.

»Warum nicht?« Sie sieht ihn mit ernsten Augen an.

»Weil ich gerade etwas ziemlich Schlimmes getan habe.«

Storm nimmt seine Hand und wartet, bis Rick so weit ist, ihr die ganze Wahrheit zu sagen. Sie hat mit einigem gerechnet, doch als es heraus ist, bedeutet es einen Schock für das Mädchen. Storm ist New Yorkerin und lebt in Brooklyn, sie ist nicht von gestern. Sie weiß, dass in dieser großen Stadt finstere Typen existieren, die Verbrechen begehen. Trotzdem ist sie nicht darauf vorbereitet, dass der Junge, der dieses große Gefühl in ihr weckt, ein solches Verbrechen begangen hat. Er hat einem Menschen das Leben genommen. Er hat es für die *richtige Seite* getan, wie es so schön heißt, aber ist es deshalb kein Verbrechen? Storm mag Rick jetzt nicht weniger, aber es kommt ihr vor, als hätte ihr jemand eine rosa Brille von der Nase genommen. Alles ist nicht mehr so hell und vielversprechend, wie es eben noch war. Mit einem Mal ist da mehr Grau, vielleicht auch mehr Wirklichkeit.

Ich bin nicht glücklich mit dieser Wendung. Einen Fünfzehnjährigen im Außendienst einzusetzen, ist schon ein Risiko. Wenn allerdings eine Sechzehnjährige von Kanters Verbrechen erfährt und von der Existenz meiner Abteilung, wenn sie kapiert, dass Rick ab jetzt zwischen den Fronten steht und mühelos zermalmt werden kann, wenn dieses Mädchen Rick ansieht und begreift, dass er im Augenblick so ziemlich gar nichts checkt, dann ist das eine unberechenbare Gefahr.

»Was geschieht als Nächstes?«, stellt Storm die Frage, die am schwierigsten zu beantworten ist. »Was willst du jetzt tun?«

»Ich will … Nach dem Sandwich will ich was Süßes«,

antwortet Rick, denn er kann vor schwerem Herzen kaum sprechen.

Storm zeigt über die Straße. »Da drüben haben sie Knish.«

»Knish ist salzig. Da ist Sauerkraut drin.«

»Knish gibt es auch süß.« Sie hakt ihn unter und bringt ihn hinüber in den jüdischen Imbiss.

»Zweimal süß«, sagt Storm. Der Knish-Bäcker wirft zwei Fladen ins Öl. Storm schweigt, bis sie die heißen Knish in Papiertüten rübergereicht kriegen. Draußen setzen sie sich auf die Stufen.

Rick isst mit Appetit. »Schmeckt lecker. Trotzdem ist Sauerkraut drin.«

»Und deine Eltern? Die wissen nichts?«

Er schüttelt den Kopf.

»Du wirst es ihnen auch nicht sagen?«

Rick kaut. In diesem Moment sieht Storm ihn mit einer Verzweiflung und Wärme an, dass er erst einmal runterschlucken muss.

»Du willst weitermachen, nicht wahr?«, fragt sie und zieht ihn an sich. »Du willst für den Geheimdienst arbeiten, trotz allem, was passiert ist?«

»Will ich das?« An ihre Schulter gelehnt, hebt er den Blick zum blitzblauen Brooklyner Himmel.

Die Antwort ist, dass Rick es will und dass Storm das spürt. Es gibt zwei Arten von Menschen, die Mutigen und die Mutlosen, und Rick gehört zu der kleineren Gruppe. Die Gruppe, die nicht immer gewinnt, die aber einmal wird sagen können: Ich hatte ein ungewöhnliches Leben. Das sind die, die schlecht versichert sind und meistens nicht reich werden, die aber ohne Weiteres eine Nacht lang mit dem Auto durchrasen, um einer Frau eine Blume auf die Stufen zu legen. Das sind nicht immer die Helden und sicher nicht die angenehmeren Menschen. Aber es sind die Originelleren. Sie plappern nichts nach. Sie kämpfen für ihre Überzeugungen. Sie vergessen schon mal den Muttertag oder dass man Weihnachtskarten schreiben sollte. Aber wenn es wo brennt, sind sie verlässlich da. Wenn einer, den sie mögen, sie braucht, ist auf sie mehr Verlass als auf die sogenannten Korrekten.

Wahrscheinlich ist es das, was Storm begreift und weshalb sie Rick so stürmisch umarmt, dass ihm der Knish zu Boden fällt. Das ist noch nicht unbedingt Liebe, aber eine leidenschaftliche Verliebtheit ist das in jedem Fall. Darum wollen wir die beiden allein lassen. Sie werfen den Rest vom Knish in den Müll und schlendern die Straße hinunter, Hand in Hand, später eng umschlungen. Storm steckt ihre Hand in Ricks Gesäßtasche. Wir hören nicht, was sie weiter besprechen, aber es wird etwas sein, das in nicht allzu ferner Zukunft liegt.

16

Die Analyse von Ricks Probe beweist es eindeutig: Es handelt sich um Cäsium 137, so ziemlich die gefährlichste Substanz, die man sich in einer Großstadt denken kann. 9 Millionen Menschen dicht an dicht und in Kanters Haus lagert spaltbares Material der schmutzigsten Sorte. Packt man dieses Zeug mit einer speziell konstruierten Bombe zusammen, kommt es zu einer Kettenreaktion und als Folge zu einer Verseuchung, deren Konsequenzen unausdenkbar sind. Falls ihr euch noch nicht vorstellen könnt, was ich meine, erzähle ich einen Vorfall, der in Brasilien passierte. Spielende Kinder fanden auf einem Schrottplatz eine unsachgemäß entsorgte Cs-137 Kanone. Die Kinder wollten sehen, was in dem Ding drin ist, zerlegten es und spielten mit dem bläulich schimmernden Pulver. Sie starben alle, kurz nacheinander. Ihre Körper waren so stark verstrahlt, dass sie in Bleisärgen beerdigt werden mussten, damit die Strahlung nicht in die Erde eindrang.

Cäsium 137 hat eine Halbwertszeit von 30 Jahren, das bedeutet, so lange ist es hochgiftig und hoch radioaktiv. Es ist daher wichtig, dass Rick so bald wie möglich in Kanters Haus zurückkehrt und seine Arbeit fortsetzt. Kanter aber hält den Jungen von seiner Festung fern und schickt ihn stattdessen mit Oona durch die Stadt. Seit Howards Verschwinden ist Kanter unruhig. Er wittert, dass etwas Schlimmes passiert sein muss, wenn Howard, seine Lebensversicherung, plötzlich von der Bildfläche verschwindet.

Ich bin gezwungen, den alten Wolf abzulenken, und erfinde die Sache mit dem Denkzettel. In einem Jagdrevier, das so umkämpft ist wie Manhattan, will immer irgendjemand Kanter einen Denkzettel verpassen. Wir benutzen eine alte Mafiamethode, wickeln Howards Krawatte um einen toten Fisch und schicken ihn als Päckchen in Kanters Haus. Jetzt ist ihm klar: Howard liegt bei den Fischen im East River.

Ich weiß, dass Kanter das Cäsium nicht selbst zum Einsatz bringen wird, dazu ist er zu vorsichtig und nicht radikal genug. Er wird es an den meistbietenden Terroristen verhökern. Wenn dieser Deal über die Bühne geht, müssen wir zuschlagen.

So weit ist es aber noch nicht. Heute Abend fährt Rick mit Oona ins Rockefeller Center, wo eine Wohltätigkeits-Gala stattfindet. Der Ferrari ist hin, deshalb nimmt Oona den bequemen Bentley und braust die 5th Avenue nach Midtown hoch. Oona sieht heute besonders schön aus; neben dem eleganten Kleid trägt sie Juwelen, dass es an ihren Ohren, am Hals und dem Handgelenk nur so funkelt. Auch Rick hat sich fein gemacht, der schwarze Smoking steht ihm prächtig.

Sie erreichen die Rockefeller Plaza, wo Rick bei der Gala beobachtet, wie die Oberen Zehntausend ihr Geld zum Fenster rauswerfen. Die Klunker der anwesenden Damen dürften das Bruttosozialprodukt eines Kleinstaates übersteigen. Irgendetwas wird versteigert, egal was, Hauptsache, alle können sich hinterher sagen, es war für einen guten Zweck. Gerade ist es ein Autogramm der Beatles, das nur halb echt ist, weil Paul oder Ringo oft aus Zeitdruck für die andern drei mitunterschrieben haben.

Oona bietet nicht mit, sie steht da und wirkt. Das bedeutet, sie genießt es, angestarrt zu werden. Weil sie schön ist, bestens gekleidet und mit Brillanten geschmückt. Früher, als Oona noch in der Table Dance Bar in Kanada arbeitete, hatte sie alle Hände voll zu tun, sich die Verehrer vom Hals zu halten. Auch später, als sie im Fernsehen als *Doc Sunshine Girl* auftrat, war die Schlange ihrer Bewerber lang. Seit Oona mit Kanter verheiratet ist, sind die Männer vorsichtig geworden. Selbst für eine Superfrau wie Oona legt sich keiner mit dem König der Unterwelt an. Was männliche Bewunderer betrifft, ist Oona also auf Entzug. Sie würde ihren derzeitigen Zustand nicht so beschreiben, und doch hat sie diesen besonderen Kitzel allzu gern: das Katz-und-Maus-Spiel, das Prickeln des Flirtens.

Wahrscheinlich würde Oona nicht auf die Idee kommen, mit einem fünfzehnjährigen Grünschnabel zu flirten, aber ausgerechnet heute sieht Rick so verdammt gut aus in seinem Smoking. Er wirkt nicht wie fünfzehn, eher wie achtzehn, in der schummerigen Beleuchtung könnte er sogar für zwanzig durchgehen. Oona will gar nichts Besonderes mit ihm anstellen, nur ein bisschen mit dem Feuer spielen.

Rick steht in ihrer Nähe. Er bemerkt nicht, dass Oona bereits bei ihrem fünften Longdrink angekommen ist. Von außen betrachtet unterscheidet sich ihr Glas nicht von dem Ricks, aber bei ihr sind außer Granatapfelsaft noch Wodka und Gin drin. Oona kippt das weg wie Brause. Darum sind ihre Schritte, als sie auf ihn zukommt, nicht mehr ganz sicher. Ihre High Heels sind hoch, und niemand kann hinterher sagen, ob sie wirklich gestolpert ist, aber direkt vor Rick knickt sie um. Er fängt sie auf, sie hält sich an ihm fest, lächelt und schenkt ihm einen Augenaufschlag.

Wenn Oona normalerweise einen Mann auf diese Art anlächelt, möchte derjenige auf der Stelle seine Frau verlassen und mit Oona in eine einsame Hütte am See ziehen. Rick ist zwar nicht von gestern, aber in Liebesdingen unerfahren. Er ist nicht raffiniert genug, Oona das zu geben, was sie entbehrt. Sie denkt ja nicht ernsthaft an ein Verhältnis mit ihm, nicht mal an Sex, sie will nur dieses prickelnde Gefühl.

In diesem Moment macht Rick den entscheidenden Fehler. Er fürchtet nämlich, dass die Jungs, die ihnen auch heute im Mercedes gefolgt sind, ihn und Oona beobachten. Sehen sie gerade jetzt zu, wie Kanters Frau in Ricks Armen liegt und keine Anstalten macht, auf ihre eigenen Beine zu kommen? Als Oona schmachtend zu Rick hochschaut, ein wenig beschwipst, ein wenig aufgeheizt, schiebt er sie brüsk von sich. Sie taumelt gegen die Bar und tut sich dabei ein bisschen weh.

»Aua! Sag mal, hast du sie noch alle?«

»Tschuldigung, ich dachte, du … Sie wollen sich setzen.« Rick hat feuchte Hände, nervös gehen seine Augen umher. Er fragt sich, wer von den anwesenden Snobs die Szene mitgekriegt hat.

Vielleicht ist es Trotz, vielleicht Besitzanspruch oder bloß der Alkohol, weshalb Oona sich vom Barhocker abstößt und auf den Jungen zukommt. »Weißt du, was komisch ist?«, fragt sie mit rauchiger Stimme.

»Nein, was ist komisch?«

»Was du auch sagst, was du auch tust, ich werde einfach nicht wütend auf dich.«

»Das ist … doch nicht komisch«, antwortet Rick und spürt, wie ihre feingliedrige Hand sich in seine verschwitzte Rechte schiebt. Ihre Finger umspielen seine.

»Du bist ulkig.« Ihr Daumen streichelt diese empfindliche Stelle an seinem Handgelenk. »Du bist süß.«

»Ich bin nur ein Angestellter«, antwortet Rick überfordert.

»Na schön, du Angestellter.« Sie lässt ihn los. »Ich brauch jetzt frische Luft.« Oona geht Richtung Terrasse und sagt über die Schulter: »Bringst du mir meinen Drink?«

Das Glas, das Rick ihr bringen könnte, ist mehr leer als voll. Als der Barkeeper das mitkriegt, stellt er einen frischen Drink vor Rick ab. Was soll der Junge tun? Ein Glas nach draußen zu tragen, ist wohl das Harmloseste von der Welt, aber Rick kennt Oona allmählich ziemlich gut. Also trägt er das Glas mit einer Miene hinaus, als müsste er zum Zahnarzt.

Da steht sie, das bordeauxfarbene Kleid bewegt sich im Abendwind, an ihrem Hals funkeln die Brillanten. Es ist ein Bild zum Verlieben. Bloß ist Rick schon verliebt. Bis über beide Ohren, glücklich und unumstößlich. Solange Storm in seinem Herzen ist, kann man die schönste Frau der Welt an seine Seite stellen, ihm ist das egal. Er und Storm haben auf ihrem Spaziergang durch Brooklyn zum ersten Mal richtig geknutscht. Rick würde das allerdings anders bezeichnen: Ihm würden Ausdrücke einfallen wie Taifun, Hurrikan, Feuerwerk, dazu würde sein Gesicht strahlen. Als er neben Oona tritt, ist sein Gesicht verschlossen.

»Bitte sehr«, sagt er und fühlt sich flau vor Unbehagen.

»Hast du Angst vor mir?«, fragt sie unverblümt. Unter ihnen liegt Manhattan ausgebreitet, Oona duftet, ihre Lippen sind feucht vom Drink, doch anstatt auf das indirekte Angebot einzugehen, antwortet Rick:

»Ich habe keine Angst vor dir, Oona.« Er sieht sie männlich an und lehnt sich an die Terrassenbrüstung. »Ich glaube, du hast ein bisschen zu viel getrunken, das ist alles.«

»Red keinen Scheiß.« Sie greift nach dem vollen Glas.

»Lass das lieber.« Er zieht es zurück.

Sie glaubt, das ist die Art, wie er das Spiel spielen will, und tritt an ihn heran. »Ach nein? Und was schlägst du stattdessen vor?« Sie schiebt ihre Hand unter sein Jackett und gleitet die Brust hoch. »Keiner sieht uns«, sagt sie auf seinen nervösen Blick hin.

»Darum geht es nicht.« Er löst sich von ihr.

Da sie für einen Moment nicht weiß, was sie mit ihrer Hand machen soll, greift Oona zum zweiten Mal nach dem Glas.

»Lass es, Oona.«

»Her damit.«

»Du hattest schon zu viele davon.«

Das macht sie wütend. »Was bildest du dir ein, du kleiner Pisser?« Von einer Sekunde zur nächsten lässt sie die unfeine Oona raushängen. Die Oona, die mit Widerspruch nicht umgehen kann. Sie beugt sich vor und will ihren Wodka-Gin-Granatapfel-Saft.

Rick hat plötzlich dieses Gesicht, das er mal als ausgewachsener Mann haben wird. Das ist ein sehr attraktives Gesicht. »Nein, Oona«, sagt er, streckt den Arm über die Brüstung und kippt den Drink einfach aus. In ein paar Sekunden werden sich die Leute fünfundsechzig Stockwerke tiefer fragen, wieso Wodka vom Himmel regnet.

Oona hat in ihrem Leben selten einen Mann *Nein* sagen hören. »Wie bitte?«

»Du hast mich schon verstanden.«

Jetzt hebt Oona die Hand, holt weit aus und haut Rick eine herunter. Das will sie zumindest. Aber Rick ist bei Semyoto im Training, seine Reflexe sind erstklassig. Ohne mit der Wimper zu zucken, fängt er Oonas Hand ab und hält sie fest. So fest, dass es wehtut.

»Schluss damit.« Eiskalt sieht er sie an. »Besser, du setzt dich hin und machst erst mal halblang.«

Das ist der Augenblick, in dem Rick sich eine ernst zu nehmende Feindin macht. Er hat Oona durchschaut und das gefällt ihr nicht. Er hat sie gedemütigt, das lässt sich ein Biest wie Oona nicht gefallen. Die Frau von Theodore Kanter lässt sich so etwas erst recht nicht gefallen. Aber Oona ist wie ein Tier, das wittert, wenn es angreifen muss und wann es sich besser auf den Rücken legt und so tut, als sei es besiegt.

»Hast ja recht.« Oona fasst sich an die Stirn. »In meinem Kopf dreht sich alles.« Lächelnd lässt sie sich in einen Korbsessel fallen. Mit halb geschlossenen Lidern tut sie, als würde sie die samtige Nachtluft einatmen. In Wirklichkeit ist sie ein Skorpion, der das Gift langsam in seinen Stachel schießen lässt. Sie wird nicht gleich zustechen, auch nicht heute Nacht. Sie wird noch ein wenig auf der Gala bleiben, Belanglosigkeiten mit belanglosen Leuten plaudern, dann wird sie sich von Rick ihr Cape holen lassen und mit dem Expressaufzug in die Tiefgarage fahren. Sie wird Rick zustimmen, dass sie zu betrunken ist, um selbst zu fahren, und in das Taxi steigen, das er ihnen ruft. Während sie nach Downtown unterwegs sind, wird Oona ihr Gefühl ganz allmählich zu genießen beginnen, das Gefühl, dass sie Rick einen Denkzettel verpassen muss. Noch im Taxi wird Oona die Idee kommen, was sie Rick antun könnte. Er wird davon nichts ahnen, wird unvorbereitet in Oonas Falle tappen.

Das ist leider ganz schlecht, für Rick, und auch für mein Department. Aber so ist der Agenten-Job nun mal: Du weißt nie, was als Nächstes passiert. Und eine gedemütigte Frau ist das Schlimmste, was dir überhaupt passieren kann.

17

Kommen wir noch einmal auf die Affäre von Ricks Mutter mit dem Ladenbesitzer zurück, der sich wie ein Holzfäller anzieht und blutjunge Sprachschülerinnen in seine Wohnung mitnimmt. Eigentlich hat Rick keine Zeit für privaten Kram, aber der private Kram verfolgt ihn. In Person von Ricks Mutter.

»Du bist mein Junge«, sagt Melissa, nachdem Rick ihrer Einladung nach Brooklyn gefolgt ist. »Ich finde es schrecklich, dass all diese Dinge passiert sind, Ricky. Es tut mir leid, dass wir uns so entfremdet haben.«

Sie empfängt ihn in ihrem neuen Laden, wo nur noch ein paar Handgriffe fehlen, dann kann die Ware eingeräumt werden. Wenn seine Mutter sagt, dass es ihr leidtut, weiß Rick, etwas ist faul. Melissa tut nie etwas leid, sie fühlt sich immer im Recht. Sogar dass sie Montgomery verließ, hat sie für sich so hingedreht, als sei es das Beste für alle Beteiligten. Sie bietet Rick einen Stuhl an. Er will sich nicht setzen.

»Gefällt es dir?« Sie zeigt auf ihr Firmenlogo, das als Muster auf die Tapete gedruckt wurde: *Flower Art*. Es hat Rick beim letzten Mal nicht gefallen, es gefällt ihm auch heute nicht. Aber er will keinen Streit, darum nickt er. »Cool.«

»Du sagst es. Das ist cool.« Sie streicht die leeren Regale entlang, schaut aus den hohen Auslagenfenstern, ob vielleicht schon die ersten Kunden im Anmarsch sind. »Hat dein Vater dir von Håkon erzählt?«, fragt sie so nebenbei, als wäre das zwischen ihnen beiden nicht Thema Nummer eins.

»Håkon?« Rick spielt die Komödie mit. »Wer ist das, ein Schwede?«

»Finne, Schätzchen, seine Eltern sind finnisch, er selbst ist in Brooklyn geboren.« Sie dreht sich zu Rick. »Håkon hat bei mir daheim ein Foto von dir gesehen. Er möchte dich kennenlernen.«

»Wozu soll das gut sein?«

»Was ist das für eine Frage?« Melissa schlägt die Hände an die Brust. »Er liebt mich und will, dass ich glücklich bin. Darum interessiert er sich natürlich auch für meine Kinder. Deine Schwester hat sich schon ziemlich mit Håkon angefreundet.«

»Das kann ich mir denken«, knurrt Rick. Charlene war immer eine Schleimscheißerin.

»Ach komm, Schätzchen, niemand kann die Zeit zurückdrehen. Das Leben geht weiter.«

Melissa redet, aber Rick hört nur mit halbem Ohr hin. Etwas hat ihn neugierig gemacht, ein kleiner Satz

Melissas, ein entscheidender Satz: *Håkon hat ein Foto von dir gesehen*. Es ist eine gewagte Theorie, aber wenn Håkon Rick auf diesem Foto gesehen und als denjenigen wiedererkannt hat, der ihm vor Kurzem durch Brooklyn gefolgt ist, könnte der gute Håkon kalte Füße gekriegt haben. Er könnte fürchten, Rick weiß mehr, als Håkon lieb ist. Nur deshalb will der Finne Rick beschnuppern. Und das findet Rick gar keine schlechte Idee.

»Kann ich Storm mitbringen?«, fragt er rundheraus.

»Mitbringen wohin?«

»Na ja, du und ich und Håkon, wir könnten essen gehen«, antwortet er mit offenem Lächeln. »Ich würde Storm gern mitbringen.«

»Klar, natürlich kann Storm kommen.« Melissa ist schlau. Sie kennt ihren Sohn. Dass er so bereitwillig darauf eingeht, macht sie stutzig. Aber Rick guckt so harmlos drein, so jungenhaft, dass Melissa ihre Bedenken beiseiteschiebt. »Wunderbare Idee.« Sie malt ein mütterliches Lächeln auf ihre Züge. »Ihr versteht euch gut, du und Storm?«, fragt sie komplizenhaft. Rick nickt. »Wann sollen wir das organisieren?« Melissa greift zum Kalender.

»Warum nicht heute Abend?« Rick macht diesen Vorschlag nicht von ungefähr. Heute ist Kanter mit Oona nach Boston geflogen. Rick wird also nicht gebraucht.

Wieder ist Melissa erstaunt und argwöhnisch, aber

Rick erklärt ihr, ab morgen hat er für eine Prüfung zu büffeln, darum passt es ihm heute am besten.

»Da muss ich natürlich erst Håkon fragen.« Sie nimmt das Telefon.

»Und ich frage Storm.«

Jeder sein Handy am Ohr, verabreden sich Mutter und Sohn für den heutigen Abend.

*

Bevor wir zu dem Dinner gehen, muss ich eine Sache erwähnen, die wichtig ist. Es geht um Kanter und die Kisten mit der Aufschrift 137. Kanter will, dass sein Ausflug nach Boston wie ein harmloser Trip aussieht. Darum nimmt er Oona mit. Darum hat er ein schickes Hotel gebucht und zwei Tickets für die Oper. Sein Manöver hat den Hintergrund, dass wir vom Department nicht misstrauisch werden sollen. Aber, und das ist der entscheidende Punkt, nicht nur Kanter will an diesem Abend in die Bostoner Oper, sondern ein weiterer von den Gangsterbossen, der dafür extra aus Texas anfliegt. Noch auffälliger wird die Sache dadurch, dass auch Shefqet Hoxha in Boston landet.

Shefqet Hoxha kommt aus dem Grenzgebiet zwischen Serbien und dem Kosovo, und es ist nicht schwer zu erraten, was er an diesem Abend vorhat: Richtig, er geht in die Oper. Dass sich drei mächtige und zwielichtige Gestalten am selben Abend *Rigoletto* ansehen, kann nicht nur an der Qualität der Sänger liegen.

Es hat wahrscheinlich mit dem Cäsium-137-Deal zu tun. Darum muss das Department etwas unternehmen. Wir müssen nach Boston in die Oper, natürlich undercover. Das bedeutet, ich selbst kann es nicht machen. Ich muss jemanden schicken, den Kanter nicht kennt, der nicht auffällt, und von dem auch ihr nichts wisst, außer ihr habt wirklich gut aufgepasst. Ihr seid meiner Agentin schon einmal begegnet. Auf Seite 66 ist sie einmal kurz durchs Bild gelaufen. Sie war platinblond, ihre echte Haarfarbe. An dem Abend in Boston trägt sie eine Perücke und hat sich auch sonst stark verändert. Sie heißt Galina. Normalerweise sieht sie hübsch aus, heute Abend will sie unscheinbar wirken. Sie trägt ein dezentes Kostüm, eine Hornbrille und ist in das Programmheft von *Rigoletto* vertieft.

Die drei Männer, auf die ich sie ansetze, sitzen nicht etwa nebeneinander oder in der gleichen Loge. Sie tragen einen Knopf im Ohr und ein verstecktes Mikrofon im Ärmel. Trotzdem muss es einen Grund geben, warum sie das Risiko auf sich nehmen, an ein und denselben Ort zu kommen. Der Deal ist komplex, sie müssen verhandeln, Gebote werden gemacht und überboten. Es geht um Preise, um Transportwege, es geht um Details, die man unmöglich am Telefon besprechen oder per E-mail austauschen kann. Leider ist weder mir noch Galina die Frequenz bekannt, auf der die drei ihre Verhandlung führen. Wir können also nicht mithören.

Es ist 19.00 Uhr, Galina betritt die Boston Opera,

die Vorstellung beginnt in einer halben Stunde. Gold und Stuck, dicke Teppiche, Spiegel und CD-Shops umgeben sie. Die Bar ist umdrängt. Vor der Damentoilette steht eine Schlange, denn *Rigoletto* ist eine lange Oper. Versteckt hinter ihrem Programmheft, hält sich Galina unauffällig in Kanters Nähe auf. Auch sie trägt einen Knopf im Ohr, der führt zu uns. Der Mann aus Texas ist noch nicht da, aber Shefqet Hoxha schlendert durch das Foyer. Er sieht nicht aus, wie man sich einen Schwerkriminellen vorstellt. Hoxha ist ein eleganter Mann mit schwarz gefärbtem Haar, nur sein Schnauzer ist grau. Ein kultivierter Opernliebhaber, würde man meinen. Es ist kaum zu beschreiben, wie sehr man sich täuscht. Auf Hoxhas Konto gehen zahllose Morde und Bombenanschläge, auf dem Balkan gilt er als einer der gefährlichsten Drahtzieher im Hintergrund.

Der Boss aus Texas trifft ein, auch keiner, dem das Prädikat »Verbrecher« auf die Stirn geschrieben steht. Ein glatzköpfiger Schlaks, der Mühe hat, seine Größe zu verbergen. Wo er auftaucht, ragt er aus der Menge heraus. Jeder dieser drei Männer will Profit aus den fünf Kisten schlagen, die in Kanters Keller lagern. Die Menschenleben, die das kostet, sind ihnen egal. Shefqet Hoxha soll den heikelsten Part übernehmen: Er hält den Kontakt zu den Terroristen. Sieht man ihm zu, wie er mit mildem Lächeln Erdnüsse knabbert und darauf achtet, dass sich keine Krümel in seinem Schnurrbart verfangen, wenn man beobachtet, wie

Kanter seiner bildschönen Frau den Arm bietet und sie in die Loge führt, wenn man dem Texaner beim Händewaschen in der marmorgefliesten Toilette zuschaut, käme man nicht auf die Idee, dass hier ein gemeines, heimtückisches Verbrechen geplant wird.

Das Klingelzeichen ertönt. Im Orchestergraben stimmen die Musiker ihre Instrumente, das Publikum nimmt seine Plätze ein. Galina sitzt im Parkett links hinten, von dort aus kann sie alle drei auf ihren Plätzen sehen. Sie drückt den Knopf fest ins Ohr, damit sie meine Anweisungen auch dann versteht, wenn die Musik spielt. Das Licht geht aus, der Dirigent erscheint, das Publikum klatscht. Die ersten traurigen Takte erklingen. Kaum wird in dem hohen Saal alles von der schmachtenden Musik übertönt, beginnen die drei Männer, miteinander zu reden. Murmelnd, mit vorgehaltener Hand, sie bewegen kaum die Lippen. Was sie besprechen, ist noch um einiges finsterer als die Ouvertüre zu *Rigoletto*.

Wir sind wieder in New York, es ist 19.30 Uhr. Die vier, die sich hier treffen, harmonieren nicht allzu gut miteinander. Dinner-Time in Brooklyn, das Lokal ist voll. Melissa pocht darauf, dass sie einen Tisch beim Fenster bekommen. Sie hat sich hübsch gemacht, das bedeutet, sie versucht, jünger auszusehen, als sie ist. Ihr neuer Freund Håkon macht seinem Holzfällerstatus alle Ehre, er trägt ein kariertes Hemd, sein Jackett hat Lederflicken an den Ärmeln. Auch sonst gibt sich

Håkon hemdsärmelig, zu laut, zu fröhlich. Die jungen Leute am Tisch sind eher zurückhaltend.

Storm ist mitgekommen, weil sie weiß, der Abend ist wichtig für Rick. Sie ist nicht einverstanden mit dem, was er vorhat, doch sein eigentliches Ziel, Vater und Mutter wieder zusammenzubringen, erscheint ihr ehrenhaft. Storm sieht müde aus, Rick hat sie aus dem Krankenhaus abgeholt, die Behandlung setzt ihr jedes Mal zu. Sie ist blass und hat keinen Appetit. Als Håkon vorschlägt, die Bekanntschaft mit einem *Schlückchen* zu begießen, lehnt sie ab. Sie darf keinen Alkohol trinken. Rick bestellt ebenfalls Cola.

»Charlene wäre gern gekommen, aber sie besucht eine Freundin«, leitet Melissa die Konversation ein.

Rick weiß, dass sie flunkert. Charlene wird von dem Treffen ferngehalten, weil Rick seine Schwester so schlecht aushält wie einen eitrigen Zehennagel. Melissa ist um Harmonie und Sanftmut bemüht. »Hübsch ist das, was du trägst.« Sie zeigt auf eine Anstecknadel an Storms Brust. »Hat Rick dir die geschenkt?«

»Das ist der Button meines Streichquartetts«, antwortet Storm schlicht.

»Du musst wissen, die junge Dame ist eine hochbegabte Künstlerin«, bezieht Melissa Håkon mit ein.

»Ehrlich?« Er nimmt die Drinks für sich und Melissa entgegen. »Wo kann man dich mal hören?«

»In unserm Probenkeller.«

Rick betrachtet Storm von der Seite. Was er neben vielem anderen an ihr liebt, ist, dass sie immer sie selbst bleibt. Davon, dass seine Mutter gepflegte Tischunterhaltung angesagt hat, lässt sie sich nicht beeindrucken.

Håkon nimmt Melissas Kinn und zieht ihr Gesicht in seine Richtung. »Du könntest deinen Shop doch mit einem Event eröffnen. Dazu lädst du Storms Streichquartett ein.« Er meint es nett, will Melissa und Storm etwas Freundliches sagen, und doch kann er Rick damit nicht beeindrucken. Der Junge hat ein präzises Programm für diesen Abend, das will er durchziehen. Zuerst werden die riesigen Speisekarten studiert und das Essen bestellt, wobei Melissa einen Lachanfall kriegt, weil sie das Wort Anchovis erst beim sechsten Anlauf aussprechen kann.

»Ich war erst einmal hier«, lächelt sie in die Runde. »Das Lokal ist ein Geheimtipp in unserem Viertel.«

Wir brauchen uns nicht den kompletten Small Talk anzuhören. Melissa fragt die jungen Leute nach der Schule, die Antworten fallen dürftig aus. Sie erläutert ihr Konzept von *Flower Art*, Håkon fällt ihr ein paarmal ins Wort und sagt, das sei seine Idee gewesen. Heikle Themen werden ausgespart. Das passt Rick nicht. Er braucht die heiklen Themen, um auf den Punkt zu kommen.

»Wann hat es eigentlich zwischen euch beiden gefunkt?«, fragt er und strengt sich an, harmlos zu klingen.

Melissa mustert ihn aus zusammengekniffenen Augen. Sie beschließt, ihm sein Interesse zu glauben, und erzählt von der ulkigen Begebenheit, als sie und Håkon in den Regen gerieten, auf der Straße ausglitten und nebeneinander in einem Müllberg landeten. »Da hat er mich zum ersten Mal geküsst«, zwitschert sie wie ein Backfisch.

»Und wie macht ihr das?« Rick beißt geräuschvoll in den Rettich. »Geht ihr in Håkons Wohnung, oder muss sich Charlene daheim Kopfhörer aufsetzen, wenn ihr beisammen seid?«

»Moment, junger Mann«, fährt Håkon dazwischen. Das joviale Lächeln verschwindet, die Äuglein mit den hellen Wimpern funkeln angriffslustig.

»Schon in Ordnung, Darling.« Melissa lässt ihre Hand auf seine sinken. »Rick hat ein Recht, das zu erfahren.« Sie wirft ihrem Sohn einen Blick zu, der sagt: Du warst schon immer ein Troublemaker, schon als du noch ein Baby warst. »Meistens gehen wir zu Håkon«, antwortet sie. »Er hat ein Apartment in der Beverly Road, viel geräumiger als meines.«

»Und was macht ihr dort?« Ricks Gesichtszüge sind gestrafft, das Kinn ein wenig angehoben.

Es ist Håkon anzusehen, dass er liebend gern das Thema wechseln würde, aber er wartet ab, wie Melissa reagiert.

»Wir machen viele schöne Dinge.« Auf einmal sieht sie wie eine richtige Mutter aus. Eine Mutter, die den inneren Konflikt ihres Jungen spürt und Geduld und Verständnis dafür aufbringt. »Ich koche für Håkon, wir diskutieren über Kunst, wir sehen fern, wir haben Sex.«

Es ist heraus. Um die Wahrheit zu sagen, es beeindruckt Rick, wie schlicht Melissa das über die Lippen bringt. Sie ist gerade vierzig geworden, sie fängt ein neues Leben an, und Sex gehört zum Leben.

»Und wie läuft das, wenn du bei Håkon übernachtest?«, fragt er. »Schläft Astrid dann auf der Couch?«

Mit Pauken und Trompeten hat Rick seinen Uppercut platziert; an Håkons Gesichtsausdruck erkennt er, der Treffer sitzt.

»Astrid?« Melissa sieht zuerst Rick an, dann Håkon, dann wieder Rick.

Storm sieht nur Rick an, ihr Blick sagt: Bist du jetzt zufrieden?

»Woher kennst du Astrid?« Håkons Ader an der Schläfe pocht heftig.

»Ich hab mir in der Sprachschule in der Rogers Avenue ein paar Prospekte besorgt«, antwortet Rick. »Da sind wir uns begegnet.«

Håkon weiß, das ist gelogen, er weiß auch, dass nicht Rick am Pranger steht, sondern er selbst. Håkon braucht eine gute Antwort, um wieder ein Lächeln in Melissas Gesicht zu zaubern.

»So ein Zufall«, sagt er und grinst holzfällerisch. Er trinkt einen Schluck. Rick kann förmlich sehen, wie es in dem finnischen Kopf arbeitet. »Astrid ist die Austauschfreundin meiner Tochter«, sagt er in Richtung Melissa. »Sie macht ein halbes Jahr Amerika, während Pam in Europa ist. Ich hab ihr angeboten, wenn sie es im Schülerheim nicht mehr aushält, kann sie bei mir schlafen. Die Wohnung ist ja groß genug.«

Das hört sich plausibel an, und Rick ist überzeugt,

es ist die Wahrheit. Bleibt allerdings die Frage, wieso Håkon Melissa bis jetzt davon nichts erzählt hat. Und wieso er Astrids Po tätschelte, als Rick ihn auf der Straße beobachtete. Håkon legt den Arm um Melissas Schulter.

»Astrid macht erst seit letzter Woche Gebrauch von meinem Angebot«, sagt er beruhigend. Dabei mustert er Rick so feindselig, als wollte er ihm den Burger samt Ketchup ins Gesicht reiben.

Melissa bleibt ruhig. Sie schiebt Håkons Arm nicht beiseite, kuschelt sich aber auch nicht an ihn. »Ricky, was machst du denn in einem Sprachstudio?«, fragt sie, weil ihr nichts Besseres einfällt.

Die Fischplatte wird serviert, schweigend greifen sie zu, tun sich Wildlachs, Garnelenspieße und Austern auf, aber so recht schmecken will es keinem. Ricks Schuss sitzt. Er hat Unfrieden gesät, hat Håkon angeschwärzt, hat den Schatten eines Verdachts in Melissas Herz gesenkt, er hat ihr wehgetan. Egal, ob Håkon Schuld hat oder nicht, Melissa wird ihn ab jetzt mit misstrauischen Augen betrachten. Rick hat seine Mutter aus dem Paradies der jungen Liebe vertrieben. Er fühlt sich nicht super deswegen, und er weiß, Storm findet sein Vorgehen mies. Vielleicht wäre Melissa früher oder später selbst draufgekommen, dass der Holzfäller nicht der Richtige ist. Aber – und das sagt Storms verschlossene Miene – so etwas tut man nicht. Rick hat also nicht nur Sand ins Getriebe der Love Affair seiner Mutter gestreut, sondern auch in die eigene. Das Thema Sex stand schon ziemlich weit oben auf der Tagesordnung von Storm und Rick. Durch seinen Schachzug hat das Thema etwas Schmuddeliges bekommen. Der Abend, den der Junge so geschickt eingefädelt hat, ist also ein voller Erfolg und ein Misserfolg zugleich.

Es mag für Rick kein Trost sein, aber die Tage, an denen er Zeit für Beziehungskram hat, sind ohnehin vorbei. Ab morgen bekommt sein Leben eine andere Gangart, ab morgen wird es gefährlich. Gönnen wir ihm den Rest seines Burgers, den Nachtisch und den schweigenden Spaziergang, auf dem er Storm nach Hause bringt. Sie küsst ihn, er küsst sie; es ist anders diesmal. Ohne ein Wort schlüpft Storm ins Haus und lässt einen Teenager zurück, der zu ahnen beginnt, dass die Sache mit der Liebe nur in seltenen Fällen gleichbedeutend mit Glück ist. Traurig schleicht Rick zur Subway und fährt nach New Jersey.

18

»Ich weiß, dass ich sie vorgestern noch hatte«, sagt Oona zu ihrem Mann.

Wir sind in Boston. Mr und Mrs Kanter sind ins Hotel gefahren, ziehen sich aus und machen sich bereit, ins Bett zu gehen. Oona hat ihren Schmuck abgelegt, den Hotelsafe geöffnet, die Schmuckschatulle herausgenommen und aufgeklappt. Kanter war im Bad und hat, ohne dass Oona es merkte, den Knopf aus dem Ohr genommen, das Kabel aufgewickelt und den kleinen Sender verstaut. Kanter ist zufrieden. Der Dreiergipfel hat funktioniert. Er hat das Ergebnis erbracht, das ihm vorschwebte. Der Preis stimmt, die Konditionen stimmen, er wird mit den fünf Kisten in seinem Keller einen Mega-Deal machen. Darum verdirbt ihm Oonas Bemerkung keineswegs die Stimmung.

»Du wirst sie in New York gelassen haben«, sagt er und tritt im Bademantel hinter sie.

»Wieso soll ich sie in New York lassen? Ich habe die

ganze Schatulle mitgenommen, weil ich noch nicht wusste, welches deiner Geschenke ich heute tragen soll.«

»Du hast toll ausgesehen.« Kanter umarmt sie, spürt ihren festen, warmen Körper, freut sich, mit ihr ins Bett zu gehen, und überlegt, ob er noch Viagra einnehmen soll. Die Sache mit dem Schmuck kümmert ihn im Moment nicht die Bohne.

»Aber es ist weg, schau, in diesem Fach liegt es normalerweise, jetzt ist es leer.«

Um ihr zu zeigen, dass er ihre Probleme ernst nimmt, wirft Kanter einen Blick in die dargebotene Schmuckbox. Es sind so viele Klunker darin, dass er sich fragt, ob sie wirklich feststellen kann, dass ein Stück fehlt.

»Es war mein Lieblingscollier.« Oona zieht die Stirn in Falten. »Ich wäre untröstlich, wenn es verschwunden ist.«

»Wie soll es denn wohl verschwinden?«, brummt er und legt den Arm um ihre Taille. »Wenn wir morgen daheim sind, suchen wir gründlich. Es wird sich irgendwo im Apartment finden.«

»Ich frage mich …« Sie legt den Finger an den Mund. »Nein, unmöglich.«

»Was denn, Honey?« Er nimmt den reizenden Finger und steckt ihn in seinen eigenen Mund.

»Ach Unsinn, blöde Idee. Vergiss es.« Sie bohrt mit dem Fingerchen zwischen seinen Lippen und das macht Mr Kanter ganz schön spitz.

»Sag schon«, murmelt er, da er mit dem Finger im Mund nicht so gut sprechen kann.

»Von der Party im Rockefeller Center hat Rick mich heimgebracht.« Oona tut, als müsste sie überlegen. Ihr Finger beibt in seinem Mund. »Ich wollte eigentlich unten Gute Nacht sagen, aber er hat darauf bestanden, mich hoch zu begleiten.«

»Das ist sein Job.«

»Na ja, schon, aber gleich bis ins Schlafzimmer?«

Kanter setzt sich auf die Bettkante. »Was willst du damit sagen?«

»Nichts, Unfug, Quatsch.«

Sie will ins Bad, er hält sie fest. »Raus mit der Sprache.«

»Also nur theoretisch: Rick bringt mich hoch, macht mir die Tür zum Schlafzimmer auf. Ich sage Danke und nehme das Collier und die Ohrringe ab.« Sie sieht ihren Mann harmlos an. »Das mache ich immer so: Kaum bin ich daheim, weg mit den Klunkern.«

Er nickt, er wartet, er weiß, da kommt noch was.

»Ich lege die Brillanten in die Schatulle, mache die Schatulle zu, sag Gute Nacht und verschwinde im Bad. Kurz darauf höre ich draußen die Tür zufallen, Rick ist gegangen.«

»So weit, so gut.« Kanter hat eine Falte zwischen den Augen, die andeutet, er weiß, worauf Oona hinauswill.

»Tja, hältst du das für denkbar? In den Sekunden,

während ich schon im Bad bin und er noch im Schlafzimmer war, stand die Schatulle auf meinem Schminktisch.« Oona öffnet das Kästchen ein zweites Mal. »Die Brillanten sind weg, überzeug dich selbst.«

Diesmal blättert Kanter die Samtfächer eines nach dem anderen durch. Da ist die Smaragdbrosche, sein erstes Geschenk an Oona, hier das Armkettchen mit den Rubinen, da sind die Perlen, die Ohrringe, das Diadem: Er hat Oona wirklich mit Juwelen behängt wie einen Weihnachtsbaum. Das Diamantcollier fehlt. Es war sagenhaft teuer. Darum geht es im Augenblick aber nicht.

»Bist du sicher, dass du es nicht woanders hingetan hast?«

»Natürlich, Darling. Das ist mein liebstes Stück.«

»Dass es nicht da ist, heißt nicht, dass Rick es genommen haben muss.«

»Ich kann's mir auch nicht vorstellen«, antwortet sie treuherzig. »Andererseits war seitdem niemand in meinem Zimmer. Als ich die Schatulle heute einpackte, habe ich sie nicht mehr aufgemacht.«

»So«, sagt Kanter. Er senkt den Blick, er überlegt.

Mehr hat Oona nicht gewollt. »Wahrscheinlich klärt sich alles ganz simpel auf.« Sie legt den Bademantel ab, sie sieht hinreißend aus, sie schlüpft ins Bett. »Hat Rick Geldsorgen?«, fragt sie und klopft das Kissen auf.

»Er nicht.« Mit gekrümmtem Rücken sitzt Kanter da. »Aber sein Vater.«

»Ach ja?« Sie löscht das Licht auf ihrer Seite. »Komm ins Bett, mein alter Wolf«, flüstert Oona.

»Gleich. Ich komme gleich.« Schwer steht Kanter auf und geht ins Bad. Er greift nicht zum Viagra, er schaut in den Spiegel. Er denkt nach.

19

Kanter ist von Haus aus misstrauisch. Das gehört zu seinem Geschäft. Andererseits, wenn er jemanden ins Herz geschlossen hat, gibt er ihm immer noch eine Chance. Kanter denkt nicht im Traum daran, Rick einer peinlichen Befragung zu unterziehen oder sich den Jungen vorzunehmen. Es macht den Boss nämlich stutzig, dass Rick tagelang im Geldzählraum zugebracht hat, ohne dass jemals etwas verschwand. Ausgerechnet bei Oonas Diamanten soll er schwach geworden sein?

Kanter stellt Rick auf die Probe und will, dass Rick sie besteht. Er hasst es, seine Meinung über jemanden ändern zu müssen, dem er Vertrauen schenkt. Kanter mag Rick, zum Teufel mit den Juwelen. Vielleicht hat Oona nicht aufgepasst und sie einfach verloren. Klunker sind ersetzbar, die Treue eines Jungen nicht.

Kanter ist wieder in New York. Um die Mittagszeit treffen er und Rick sich im Edelweiß.

»Guten Abend gehabt?«, fragt der alte Wolf.

»Ich war essen mit meiner Mutter.« Seit Rick Kanter in seinem Inneren vom Freund in den Feind verwandeln musste, fällt ihm so eine lockere Plauderei schwer.

»Ich habe dich nie gefragt, ob du eigentlich eine Freundin hast.« Kanter schmunzelt.

Das hat Rick sich selbst schon öfter gefragt. Ab wann darf man eine gute Freundin als *mein Mädchen* bezeichnen? Keinem Menschen vertraut er mehr als Storm, keine will er weniger enttäuschen. Und keine andere will er küssen. Aber sind sie deswegen schon ein Paar?

»Da gibt es eine.« Er dreht die leere Colaflasche mit dem Finger. »Die ist toll. Wir sehen uns manchmal.«

»Ist sie in deinem Alter? Geht sie noch zur Schule?«

Rick nickt. »Sie spielt Geige, gibt sogar Unterricht.«

»Schön, wenn ein Mädchen so was kann.« Kanter hat bis jetzt Wasser getrunken; er geht zur Bar und holt eine Flasche Wein. »Weiß sie, dass du meine Frau begleitest – beruflich?«

Rick zuckt die Achseln. »Ich hab's mal erwähnt.« Er fragt sich, wieso Kanter so ein Gespräch mit ihm führt.

»Und, hat sie was dagegen?«

»Wieso sollte sie? Oona ist ja Ihre Frau.« Das kommt Rick ganz selbstverständlich über die Lippen. Für den Alten scheint es eine gute Antwort zu sein. Er bringt ein zweites Glas. »Stoßen wir an.«

Es ist Mittag, Rick mag mittags keinen Rotwein trinken. Er sieht zu, wie die dunkle Flüssigkeit in seinem Glas aufsteigt.

»Wenn einem die Richtige begegnet, schenkt eine Frau uns inneren Frieden«, sagt Kanter. »Ich fürchte nur, Oona wird mir nicht viel Frieden schenken. Und deine? Wie heißt sie eigentlich?«

Einen Moment überlegt Rick, ob er den Namen besser geheimhält. »Storm«, antwortet er. Es wäre nicht gut, wenn Kanter ihn bei einer Lüge erwischt. »Sie ist schnell. Und ehrlich. Ihr Lächeln ist – schön. Aber Frieden …?«

»In deinem Alter denkt man noch nicht über Frieden nach.« Kanter stützt sich mit beiden Ellbogen auf den Tisch. »Da will man erst mal sein Stück vom Kuchen erobern. Später will man vom Kuchen nichts abgeben. Und noch später weiß man gar nicht mehr, was man mit dem vielen Kuchen soll.« Er lacht über seine eigene Spinnerei. »Komm mal mit, ich zeig dir was.«

Er lässt den Wein stehen und durchquert das Lokal, ohne sich umzusehen, ob Rick ihm folgt. Sie kommen durch den Korridor, die Treppe hoch, ins Vorzimmer von Kanters Büro. Rick durchfährt es heiß: Das ist der Raum, in dem sonst Howard saß und seine Zeitung las. Seit Howards Verschwinden übernimmt meistens der, den sie Stahlrohr nennen, Howards Job. Im Moment ist keiner da. Kanter geht ins Büro.

»Ich habe da etwas, worüber ich deine Meinung hören möchte.« Er nimmt den Schlüsselbund aus der

Tasche, sperrt die Schreibtischschublade auf und lässt die Schlüssel stecken. Er nimmt ein längliches Etui aus rotem Krokodilleder heraus und legt es auf den Tisch. »Oona hat die Halskette verloren, die ich ihr mal geschenkt habe.« Er sieht Rick nicht an. »Sie ist untröstlich darüber.«

»Welche Kette?«

»Ein Collier aus Brillanten und Platin.«

»Ist es das, das sie auf dem Bankett trug, vor ein paar Tagen?«

»Du erinnerst dich?«

»Es sah wunderschön aus. Passte toll zu ihrem Kleid.« Rick stockt. Wie kommt er dazu, mit dem Boss über Schmuck und Kleider zu fachsimpeln?

»Kannst du mir vielleicht sagen, ob sie es den ganzen Abend über hatte?«

»Ich glaube schon.«

»Und im Taxi, trug sie es da auch noch?«

»Ich könnte es nicht beschwören, aber … Was sagt sie denn, wo sie es verloren hat?«

»Sie weiß es nicht mehr. Wir hoffen, dass es sich wiederfindet. Aber bis dahin …« Kanter öffnet das Etui und schaut den Jungen erwartungsvoll an.

»Wow, das sind Steine!« Rick sieht geschliffene Diamanten, die eine tropfenförmige Perle umrahmen, die Fassungen sind aus Gold. Im Zentrum eine diamantene Rose. Versonnen stehen die beiden und betrachten das Kunstwerk aus Edelsteinen.

»Da wird sich Ihre Frau bestimmt freuen.«

»Ich habe noch etwas für sie. Nicht hier, oben. Warte. Ich hole es schnell.« Bevor Rick etwas entgegnen kann, verlässt Kanter das Büro.

Was will der alte Wolf? Glaubt er, Rick wird den Schmuck stehlen? Oder etwas anderes aus dem Raum? Glaubt er, Rick könnte sich die offene Schublade zunutze machen und in Kanters Sachen wühlen? Umhergehen und Dinge betrachten? Der Junge ist nicht zum ersten Mal im Büro des Chefs, er hat ihn öfter hier abgeholt, hat Oona hierher begleitet. Aber er ist noch nie allein und ungestört im Zentrum von Kanters Macht gewesen.

Ungestört ist er, aber nicht unbeobachtet. Es hat sich für Kanter als nützlich erwiesen, manche Besprechung, die hier stattfand, aufzuzeichnen. Also ließ er Kameras installieren, praktisch unsichtbar. Die eine ist in der Wandlampe versteckt, die andere im Rahmen eines Bildes. Das Zimmer mit den Überwachungsmonitoren ist nebenan. Kanter betritt den abgedunkelten Raum, setzt sich und wartet. Er weiß, der Junge ist verblüfft, dass er allein gelassen wird. Der Alte schätzt es, andere in Ausnahmesituationen zu bringen. Zwingst du jemanden, ein gewohntes Muster zu verlassen, erfährst du mehr über ihn.

Im Zimmer nebenan spürt Rick, dass er auf die Probe gestellt wird. Er hat nur keine Ahnung, warum. Eines ist sicher: Kanter will nicht seine Meinung über Juwelen hören. Nimmt er an, Rick hätte etwas mit dem verschwundenen Schmuck zu tun? Hatte Oona die Halskette noch, als sie ins Taxi stieg? Während er überlegt, steht Rick unverändert an dem Platz, wo Kanter ihn verließ. Nichts anfassen, denkt er, nur kein auffälliges Benehmen. Er setzt sich in den Sessel an der Wand. Dazu muss er am Schreibtisch vorbei. Die Schublade steht offen, darin sind Papiere. Auf dem Tisch liegt das Etui mit dem Armband. Rick nimmt auch einen anderen Gegenstand wahr, aber er dringt noch nicht in sein Bewusstsein. Rick erreicht den Sessel, sinkt hinein, streckt die Beine aus, faltet die Hände über dem Bauch. Er betrachtet das Stoffmuster seines Anzugs, betrachtet seine Hände. Der Daumennagel ist eingerissen vom Training mit Semyoto.

Plötzlich wird Rick klar, was er gesehen hat. Er erinnert sich an unser Telefonat. Ich habe ihn angerufen, nachdem Kanter aus Boston zurück war. Ich berichtete, was sich in der Oper abgespielt hat. Während des ersten Aktes unterhielten sich die drei Männer im Zuschauerraum per Funk, zögernd zuerst, dann immer angeregter. Meine Agentin beobachtete, wie Kanter sich in den Hintergrund der Loge zurückzog und die Verhandlung von dort führte. Es sah so aus, als würde Shefqet Hoxha Fragen stellen, die der Texaner beantwortete. Mein Department geht davon aus, dass er das Cäsium 137 besorgt und über Kanada in die USA geschmuggelt hat. In New York übernahm Kanter die Ware. Wir vermuten, sie soll auch in New York zum Einsatz kommen, durch eine Terrororganisation, die Hoxha nahesteht.

Nachdem ich Rick so weit aufgeklärt hatte, fragte er: »Wenn Sie das alles wissen, warum riegeln Sie nicht einfach den Häuserblock ab, dringen in Kanters Haus ein und beschlagnahmen das Zeug?«

De Frage ist berechtigt, zugleich naiv. Wenn wir mit Gerichtsbeschluss bei Kanter reingehen, hat er genügend Zeit, das Material beiseitezuschaffen, oder es unmittelbar zum Einsatz zu bringen. Den anderen Grund habe ich Rick verschwiegen: Eine Hausdurchsuchung wäre eine heikle Sache, denn ich habe keine Garantie, dass der Richter, der den Durchsuchungsbefehl ausstellt, Kanter nicht heimlich warnt, dass wir kommen. Meine einzige Chance besteht darin, dass der Zugriff überraschend geschieht. Kanter muss unvorbereitet sein. Daher ist der Zeitpunkt, an dem das Spaltmaterial seinen endgültigen Verbraucher erreichen soll, entscheidend. Dann müssen die Kisten Kanters Haus wieder verlassen. Das ist der Moment, in dem wir zuschlagen. Dieser Zeitpunkt ist von eminenter Bedeutung.

Darüber schien es in der Oper Unstimmigkeiten zu geben. Meine Agentin beobachtete, wie Hoxha etwas verlangte, das von Kanter abgelehnt wurde. Der Texaner versuchte zu vermitteln, Kanter blieb hart. Die Männer wurden so aggressiv, dass Kanter und der Texaner während der Pause das Risiko eingingen, sich an der Bar hintereinander anzustellen. Niemandem, der die Hintergründe nicht kennt, wäre es aufgefallen. Man sah bloß zwei Herren ein Glas Sekt bestellen.

Und doch beobachtete meine Agentin einen kurzen Wortwechsel. Sie stand nahe genug, um ein einziges Wort zu verstehen: *September.*

Wenn die Übergabe im September sein soll, bleibt uns kaum noch Zeit, denn wir haben schon Anfang September. Wir haben keine Ahnung, an wen das Material geliefert werden soll und auf welchem Weg. Wir haben nur Rick, der dicht genug an Kanter dran ist, um mehr herauszukriegen. Rick, der allein im Büro des Alten sitzt, dort wo alles entschieden wird. An Kanters Schreibtisch steht eine Schublade offen, ein kostbares Schmuckstück liegt auf dem Tisch. Beides interessiert ihn nicht. Was ihm unter den Nägeln brennt: Er hat Kanters Terminkalender entdeckt. Ein schlichtes schwarzes Buch. Rick ist hin- und hergerissen: Er darf nichts tun, was den Schatten eines Verdachts auf ihn lenkt. Er hat Howard ermordet, aber wie es aussieht, bringt Kanter ihn damit nicht in Verbindung. Er hat die Kisten im Keller aufgespürt, doch niemand hat bisher das winzige Loch entdeckt, durch das die Sonde eindrang. Ricks Tarnung ist unangekratzt, er genießt Kanters Vertrauen. Aber er kann nicht nur tatenlos im Fuchsbau sitzen, er soll helfen, ein Verbrechen zu verhindern. Ricks Gedanken gehen so wild in seinem Kopf herum, dass ihm ganz heiß wird. Soll er sitzen bleiben und warten, bis Kanter zurückkommt, soll er versuchen, die wichtigste Frage für uns zu beantworten: wann?

Rick lauscht. Kein Geräusch von draußen. Zwanzig

Sekunden würden ihm genügen, vielleicht nur zehn. Zwei Schritte, ein Blick ins Buch, schon könnte er sich wieder hinsetzen, als ob nichts passiert wäre.

Rick ist jung für einen Agenten. Seine Jugend sagt ihm, wer nichts riskiert, kommt zu nichts. Rick steht auf und tut, als betrachte er das Bild. Er sieht völlig entspannt dabei aus, aber sein Herz pocht im Galopp. Im Nebenzimmer sitzt Kanter zurückgelehnt da, mit verschränkten Armen. Er lächelt, als sein Schützling ihm durch den Monitor prakisch ins Gesicht schaut. Kanter denkt, eine kurze Weile noch, dann gehe ich hinüber und beende das Ganze. Rick weicht von dem Bild zurück, als wollte er es aus größerer Distanz besehen. Er stößt gegen den Schreibtisch. Lässig setzt er sich darauf. Sitzt, schaut, sein Blick wandert über die Platte. Er zieht das Armband heran, betrachtet es, legt es wieder weg. Er macht die Schreibtischlampe an und knipst sie wieder aus. Er wirkt gelangweilt. Seine Hand streift den Terminkalender, dreht ihn herum, lässt ihn wieder los, als würde ihn das Büchlein nicht interessieren. Selbstvergessen öffnet er es und blättert darin. Er erreicht den September, blättert einen Tag um, noch einen, immer schneller. An einem bestimmten Datum hält er inne. Rick schluckt, er wird bleich. Mit einem Ruck schlägt er den Kalender zu und springt vom Schreibtisch. Eilig geht er zum Sessel und wirft sich hinein. Zu eilig. Rick ist paralysiert, er weiß nicht, was er als Nächstes tun soll. Wie soll er reagieren, wenn Kanter zurückkommt?

Ganz in seiner Nähe sitzt Kanter nicht mehr zurückgelehnt mit verschränkten Armen. Er stützt die Ellbogen auf die Schenkel. Seine Fäuste sind geballt. Auch Kanter ist bleich. Aus riesigen Augen starrt er seinen Günstling an, den Jungen, dem er in einem Laden ein Messer zusteckte, der damit zustach und Kanters Vertrauen gewann. Nicht dass Rick den Kalender aufgeschlagen hat, macht Kanter zu schaffen, sondern die Art, wie er ihn wieder zuschlug. Niemand, der die Wahrheit nicht kennt, hätte bei einem so harmlosen Eintrag derart stark reagieren, bei diesem Datum so erschrecken können. Es kommt selten vor, dass Kanter nicht weiterweiß, aber für einige Augenblicke ist er ratlos. Unvorbereitet ist er auf etwas Bedrohliches gestoßen. Eine harmlose Juwelensache wollte er aufdecken, die er selbst kaum ernst nahm, und entdeckte stattdessen eine unmittelbare Gefahr. Langsam lässt Kanter die Luft ausströmen. Er braucht Hilfe, er braucht Rat. Er greift zum Telefon.

»Semyoto?«, sagt er verhalten. »Ich komme zu dir. In fünf Minuten.«

Er legt auf und tritt an die Tür. Im spiegelnden Glas prüft er, ob seine Züge gelassen wirken. Kanter verlässt den Monitorraum. Gleich darauf betritt er sein Büro.

»Mir ist eingefallen, ich habe den Ring gar nicht hier. Er ist beim Juwelier, der soll ihn weiter machen.« Kanter geht zum Schreibtisch und schließt das Etui.

»Wann wollen Sie das Armband Ihrer Frau schenken?«

»Im September.« Kanter sieht den Jungen offen an. »Da hat sie Geburtstag.« Er schließt die Schublade, versperrt sie, zieht den Schlüssel ab.

»So, im September.«

»Ja, sie ist vom Sternzeichen Jungfrau.«

»Hm«, macht Rick und steht auf.

Keiner von ihnen hat während ihres Wortwechsels einen Blick auf den Terminkalender geworfen.

20

»Wenn ich ihn laufen lasse, informiert er die Bullen. Wenn ich ihn ausschalte, wissen die, dass er auf etwas gestoßen ist.« Kanter sieht Semyoto an. »Kann ich ihn jetzt überhaupt noch laufen lassen?«

Sie sitzen einander im Edelweiß gegenüber, das Lokal ist leer.

Semyotos Blick schweift in die Ferne. »Was kann sagen Rick? Zahl. Nur ein Zahl.«

Kanter fährt sich durchs Haar. »Er kennt das genaue Datum.«

»Womit in Verbindung bringen er kann?«

»Du glaubst, er weiß nichts? Darf ich das Risiko eingehen?«

Als Semyoto nicht antwortet, beugt der Boss sich zu ihm. »An dem Tag, als Howard verschwand, war jemand im Keller. Die Sensoren sind angesprungen. Trotzdem haben die Kameras nichts aufgezeichnet. Es könnte der Junge gewesen sein.« Er schüttelt den

Kopf. »Nein. Rick wäre mit Howard unmöglich fertig geworden. Oder doch?« Seine Augen fixieren den kahlköpfigen Meister.

»Weiches besiegt Hartes. Möglich ist.« Semyoto überlegt. »Eine Zahl er hat gesehen, ein Datum. Du änderst Datum und nichts er hat gesehen.«

Kanter betrachtet Semyotos undurchdringliches Gesicht. Er lässt nicht erkennen, wie viel Sympathie er für den Jungen hat.

»Hoxha hat mir den Zeitpunkt vorgeschlagen. Ich kann ihn nicht einfach ändern.«

»Behältst du Datum, Junge muss sterben.« Semyoto rührt keinen Muskel. Es wirkt, als ob sein Mund etwas ausspricht, wovon sein Körper nichts weiß.

Kanter möchte etwas trinken. Aber er will nicht aufstehen, bevor er die Entscheidung getroffen hat.

»Wo ist jetzt?«, fragt Semyoto.

»Ich habe Rick mit zwei anderen ins Lager geschickt. Sie sollen etwas für den Versand fertig machen. Im Keller ist kein Empfang, dort kann er nicht telefonieren.«

»Er ist klug, ist schnell.«

Kanter nickt. Die Erkenntnis, dass er hintergangen wurde, sickert nur langsam in ihn ein. Wie ein Gift, das in Tröpfchen verabreicht wird. Schwer steht er auf, geht zum Tresen und gießt sich vom grünen Schnaps ein. Am liebsten wäre ihm, er würde Rick nie wiedersehen. Aber so läuft das nicht.

»Noch ein Weg gibt«, sagt Semyoto.

Kanter spürt, wie das grüne Zeug in ihm hinunterrinnt. »Welchen?«

»Rick weiß, dass du weißt?«

»Nein.«

»Wenn sie haben Rick umgedreht«, sagt Semyoto, »du musst ein zweites Mal ihn umdrehen.«

»Das ist unmöglich.« Kanter kehrt an den Tisch zurück.

»Drehst ihn um, aber ohne er weiß.« Semyoto bewegt seine Hände sachte. »Drehst ihn um wie Puppe. Und am Ende du drehst Hals von Puppe um.«

»Puppe«, wiederholt Kanter. Ein Funkeln tritt in seine Augen. »Man kann eine Puppe sprechen lassen. Eine Puppe sagt das, was man ihr beigebracht hat.«

Semyoto nickt. »Gesehen hat er ein Datum. Sagen wird er ein Datum.«

Kanter findet an der Vorstellung Gefallen. »Ja, so könnte es gehen.« Kanter hält die Fäden wieder in der Hand. Er lächelt.

*

»Es ist der 11. September.« Nachdem Rick von Kanter freundlich verabschiedet wurde, ist er nur ein paar Häuserblocks weit gelaufen. Er ruft mich an.

»Bisschen genauer«, sage ich. In meinem Job rechnest du jederzeit mit schlechten Nachrichten. Wenn plötzlich eine gute dabei ist, willst du es zuerst nicht glauben.

»Verstehen Sie denn nicht? Es ist der Tag der Tage, der schlimmste mögliche Tag. Wenn es einer Organisation gelingt, an diesem Tag in New York eine Terrorkatastrophe auszulösen …« Rick ringt nach Worten.

Mir ist klar, was das bedeutet. Es heißt, dass unser ganzer sogenannter Krieg gegen den Terrorismus umsonst war. Wenn es gelingt, am 11. September eine Bombe zu zünden, die New York City radioaktiv verstrahlt, haben wir den Kampf verloren. Es ist egal, wie viel Schaden die Bombe anrichtet. Selbst wenn keine Flugzeuge in Türme rasen, selbst wenn keine Türme zusammenbrechen, ist es ein Zeichen der Macht. Ein unübersehbares Zeichen, dass der Gegner nicht zu besiegen ist. Ricks Nachricht ist gut und schlecht zugleich. Sie bedeutet, dass wir bei Kanter eindringen müssen, und zwar früher als gedacht. Wir müssen die Kisten herausholen. So schnell wie möglich.

»Wo bist du jetzt?«

Rick sagt es mir.

»Fahr nach New Jersey. Nein, geh nicht nach Hause. Für die nächsten Stunden solltest du irgendwohin, wo sie dich nicht finden könen.« Der Junge will etwas entgegnen, ich unterbreche ihn. »Geh auf keinen Fall zu Storm. Zieh sie in die Sache nicht mit hinein!«

»Heißt das, ich soll mich verstecken?«

»Ja. Fürs Erste tauchst du unter. So lange, bis wir den Dreckskerl festgenommen haben. Wir übernehmen jetzt. Du hast einen tollen Job gemacht. Aber jetzt musst du da raus, es ist zu gefährlich.« Als Rick darauf schweigt, sage ich: »Wenn die dich aufspüren, bringen die dich um.«

»Oder Schlimmeres«, antwortet er nüchtern. »Gut, ich hau ab.«

Ich überlege, ob ich den Jungen nach drinnen holen soll. Im Department wäre er sicher. Aber ich bin überzeugt, dass ich Rick noch brauchen werde. Wie bald, davon habe ich selbst noch keine Ahnung.

»In ein paar Stunden haben wir ihn, dann ist dein Job vorbei«, sage ich.

Wir legen auf.

Natürlich wäre Rick am liebsten zu Storm gegangen. Er ist jetzt allein. Kanter und seine Organisation waren seine Familie, die haben wir ihm genommen. Das Department ist keine Familie, dazu ist es zu unpersönlich. Rick ist ein einsames Floß auf dem riesigen Ozean New York City.

Wo gehst du hin, wenn du nirgends mehr hinkannst? Rick holt das Handy aus der Tasche, der Akku ist fast leer. Er wählt eine Nummer, die er lange nicht mehr angerufen hat. Er verabredet sich an einem Ort, wo er ewig nicht mehr war.

21

»Herrlich«, sagt Montgomery. »Ich habe das immer geliebt.«

»Was?« Rick geht neben seinem Vater her.

»Die Vorstellung, dass New York am Meer liegt. Nicht bloß zwischen zwei Flüssen oder an einem See. Wir sind eine Stadt am Atlantik.«

»Wir.« Rick lächelt. New Yorker zu sein, bedeutet, *Wir* zu sein. Sie tun das, was alle am südlichsten Zipfel der Stadt tun. Sie schlendern den Boardwalk entlang und essen dabei süße, ungesunde Sachen. Der Boardwalk ist die alte Holzpromenade und so typisch für New York wie das Empire State Building oder der Central Park. Von Brighton Beach bis Coney Island verläuft der ununterbrochene Strand. Der Sand ist grau und von Glassplittern durchzogen, das Meer ist nicht besonders sauber, und doch ist es ein einmaliger Platz.

Warum dieser Zufluchtsort, der alles andere als sicher ist? Rick hat nicht lange überlegt, er hat aus dem Bauch heraus gehandelt: Wenn Kanter Verdacht geschöpft hat und ihn suchen lässt, dann gewiss nicht auf der Flanierpromenade inmitten Tausender Leute. Rick hat Vorkehrungen getroffen. Er lief auf den Bahnsteig einer Subway-Station und beim nächsten Ausgang wieder hoch. Durch eine Toreinfahrt schlich er in einen Hinterhof und verließ ihn über den Seitenausgang. Schließlich nahm er ein Taxi bis Brooklyn, traf dort seinen Vater, gemeinsam fuhren sie ans Meer.

»Schön, dass du angerufen hast«, sagt Montgomery. »Gute Idee, sich eine Auszeit zu nehmen.«

Rick gibt es einen Stich, seinen Vater das sagen zu hören. Früher, wenn sein Dad sich eine Auszeit nahm, musste das Wochen vorher geplant werden. Dann ging es nach Aspen zum Skilaufen oder nach Florida. Heute muss die Subway nach Brooklyn genügen.

»Hast du Mom inzwischen gesehen?«, fragt Rick. Von dort, wo sie einander getroffen haben, wäre es nur ein Katzensprung zu Melissas Wohnung gewesen.

»Ich … ja.« Montgomery geht strammer. »Ich habe mir ihren Laden angeschaut. Geschmack hatte sie schon immer.«

»Habt ihr miteinander gesprochen?«

»Es … Nein. Es schien mir nicht der richtige Zeitpunkt.«

Rick stellt sich seinen Vater vor, wie er vor *Flower Art* steht, Melissa drinnen hantieren sieht, aber nicht hineingeht. Sein Vater, der früher der Inbegriff an Selbstvertrauen war, der Melissa, so erzählten es die Eltern, im Sturm erobert hat. Heute wagt er nicht einmal, ihren Laden zu betreten. Weil es zu wehtut. Weil es sinnlos ist. Weil Montgomery die eine Frage, die zählt, Melissa nicht stellen kann: Wann kommst du zu mir zurück?

Was gibt es zu sagen, wie fängt man an? Rick hat seinem Vater in den vergangenen Wochen so viel verschwiegen, hat so oft gelogen, dass kaum eine Brücke zu schlagen ist, die man Wahrheit nennen könnte. Er fragt Montgomery auch nicht nach dem Stand seines Falles, da sich der wahrscheinlich nur in juristischen Fachausdrücken und Zahlen benennen lässt.

»Hast du mal wieder Golf gespielt, Dad?«

Sein Vater guckt ihn von der Seite an, die Augenbrauen hochgezogen, der ironische Monty-Blick. Die Frage ist absurd: Da hängt ein Mann am Abgrund, und du fragst ihn, ob er Golf spielt. Aber auch wenn er bankrott ist, hat der Tag immer noch vierundzwanzig Stunden. Monty kann nicht nur auf den nächsten Anwaltstermin warten, auf die nächste Gelegenheit, sich in die Fresse hauen zu lassen. Wenn er nicht irgendwas unternimmt, das ihm Freude macht, geht er vor die Hunde.

»Du wirst lachen, ja«, antwortet Montgomery. »Hab ich.«

»Wo?« Rick grinst, obwohl das eigentlich nicht komisch ist. Er freut sich nur über die winzigste Sache, die seinen Dad aufheitert.

»Ein kleiner Club. Das Grün hat nur neun Löcher,

aber er ist okay.« Monty zwinkert. »Nicht dass ich mir das leisten könnte. Eine Bekannte hat mich mitgenommen.« Er legt Rick die Hand auf den Nacken. »Sie wollte, genau wie du, dass ich mal auf andere Gedanken komme.«

Das ist der Griff aus der Kindheit. Seit Rick denken kann, hat sein Vater ihn so angefasst, wenn sie zu zweit waren und sich gut verstanden. Die schwere, warme Hand gab ihm Sicherheit, Freundlichkeit und alles, was er als kleiner Junge brauchte. Rick ist froh, dass dieses Gefühl wieder da ist.

»Kenn ich diese Bekannte?« Er will, dass die Hand liegen bleibt und versucht, im gleichen Rythmus zu gehen.

»Sie ist Juniorpartnerin in der Anwaltskanzlei. Als denen klar war, dass ich den Staranwalt nicht mehr bezahlen kann, haben sie mich an Loretta verwiesen. Ich glaube, sie macht ihre Sache gut. Wenn an der Sache überhaupt irgendetwas Gutes ist.« Er grinst. »Loretta hat mich besiegt. Kannst du dir das vorstellen, ich bin so aus der Übung, dass ich mich auf einem Neun-Loch-Platz schlagen lasse.«

»Sie gibt dir bestimmt die Chance zur Revanche.«

»Vielleicht lernst du sie mal kennen.«

Rick will nicht wissen, ob sich etwas anbahnt zwischen Monty und Loretta, er freut sich, dass sein Vater neue Leute trifft und wieder so etwas Ähnliches wie ein Leben zu führen beginnt.

Die Promenade macht einen Schwung auf das

Meer zu. An der schmalsten Stelle bleiben die beiden stehen, lehnen sich ans Geländer und schauen aufs Meer.

»Und du?« Monty nimmt die Tüte mit Süßkram und fischt einen sauren Wurm heraus. »Ich will gar nicht wissen, wie es dir in der Summer School geht. Ich habe dich sträflich vernachlässigt, stimmt's?«

Rick will selbst nicht wissen, wie es ihm in der Schule geht. Das Einzige, was ihn vor dem Rausschmiss gerettet hat, war, dass die Kurse letzte Woche geendet haben. Er kam nicht auf die erforderliche Stundenzahl, hat Krankmeldungen gefälscht und die Unterschrift seines Vaters. Als der Lehrer wegen Ricks dauerndem Fernbleiben seine Eltern sprechen wollten, sagte er, dass sie in Scheidung leben und bei ihnen gerade alles drunter und drüber geht. Die Lehrer zeigten Verständnis. Der Sommer ist fast vorbei. Es ist bereits Anfang September, das verhängnisvolle Datum rückt näher.

Rick kann seinem Vater nichts von der Schule erzählen, von dem, was er wirklich gemacht hat, aber genauso wenig. Erzähl deinem Dad mal, dass du mit einer Traumfrau im Ferrari unterwegs warst, einen Unfall hattest, von Agenten entführt und vom Geheimdienst angeheuert wurdest. Oder die Story, dass du mitten in Manhattan spaltbares Material entdeckt hast und, um nicht aufzufliegen, einen Drei-Zentner-Mann mit einer Plastiktüte erdrosseln musstest. Während Rick an diesem prächtigen Spätsommertag mit Montgomery am Boardwalk steht, kommt es ihm vor, als hätte jemand anders all diese Dinge erlebt. Er wünscht sich in diesem Augenblick, dass alles so unbeschwert sein möge wie ihr Spaziergang. Deshalb sagt er:

»Und wenn wir Mom einfach besuchen?«

»Glaubst du, das würde sie freuen?«

Es überrascht ihn, wie schnell sein Vater Gefallen an der Idee findet.

»Na sicher. Wir könnten ihr was Süßes aus dem Mallorey mitbringen.«

»Das Mallorey!« Montys Stimme wird schwärmerisch. »Ob es das noch gibt?«

»Klar gibt's das Mallorey noch.« Rick hofft es zumindest.

»Gute Strategie.« Der Vater hat bereits umgedreht und den Rückweg eingeschlagen.

»Du meinst – jetzt gleich?« Rick überlegt fieberhaft. Kann er das riskieren, nach Brooklyn zu Melissa zu fahren? Bringt er seine Eltern damit in Gefahr?

»Worauf wartest du?«, sagt der Vater optimistisch. »Ich weiß schon, was ich ihr im Mallorey besorge.«

Sie gehen zurück.

»Charlene hat mir erzählt, dass du Melissas Neuen kennengelernt hast.« Ungezwungen spricht Monty das heikle Thema an.

»Hab ich«, antwortet Rick hölzern.

»Und?«

»Was und?«

»Lass es dir nicht aus der Nase ziehen. Wie ist der?

Erzähl schon, ich brech deshalb nicht gleich zusammen.«

Rick schaut seinen Vater an. Mit ihm scheint etwas Erstaunliches passiert zu sein. Montgomery sitzt immer noch in der Scheiße, sein Leben ist nach wie vor ein Albtraum, aber er zieht es vor, wieder in den Ring zu steigen, mit all dem Mut, dem Witz und der Selbstironie, wofür sein Sohn ihn liebt. Er kann über die Unerfreulichkeiten wieder lachen und sagen: »Und wenn schon!« Darum beginnt Rick zögernd, dann immer freier, von dem Abend zu erzählen, als er Melissa und ihren Holzfäller getroffen hat. Er deutet an, was er über Håkon weiß und dass er ihn aufs Korn genommen hat. Sein Vater geht neben Rick her, isst saure Würmer und hört aufmerksam zu.

22

Zur selben Zeit tun wir den entscheidenden Schritt. Wir gehen bei Kanter rein. Ich habe den Durchsuchungsbefehl gekriegt, das kann man als kleines Wunder bezeichnen. Der Richter, der ihn ausstellte, weiß, dass er sich damit in Lebensgefahr bringt: Kanter merkt sich Leute, die ihm ans Bein pissen.

Auch wenn wir oft für den Ernstfall trainieren, ist ein echter Einsatz doch immer etwas anderes. Sogar ich bin nervös. Das ist der wichtigste Zugriff meines Lebens. Wir sind mit Privatfahrzeugen unterwegs, keine lauten Sirenen, kein Blaulicht, das tausend Schaulustige anlockt. Das wäre schlecht, wenn du im Begriff bist, radioaktives Material aus einem Haus zu holen, möglicherweise mit Gewalt. Wir riegeln den Block ab, unauffällige Straßensperren, von Verkehrspolizisten bewacht, die nicht wissen, was hinter dem Ganzen steckt. Meine Leute nehmen an sämtlichen Ausgängen und Schlupflöchern des Kanter-Hauses

Aufstellung, sie sind schwer bewaffnet. Ich habe meine Dienstpistole in der Hand, trage eine kugelsichere Weste. Eine Schande, wie fett ich geworden bin, den Klettverschluss kriege ich kaum noch zu. Ich schaue auf die Uhr, über Mikro gebe ich den Befehl zum Angriff.

Wir betreten das Edelweiß. Kanter scheint uns nicht zu erwarten, nur der übliche Bereitschaftsdienst ist anwesend. Meine Leute geben seinen Leuten keine Chance, sich ins Innere des Hauses zurückzuziehen. Waffengewalt ist nicht nötig, die Männer bleiben friedlich. Wir brauchen den Boss nicht lange zu suchen, er und Semyoto sitzen in der Nische, kühle Getränke vor sich. Ich gestatte Kanter nicht zu telefonieren, zeige ihm den Durchsuchungsbefehl, sage ihm, dass er sitzen bleiben soll, bis wir fertig sind.

»Aber sicher, Detective«, antwortet er, seine bösen Augen durchbohren mich. »Es ist mir ein Vergnügen, zu beobachten, wie Sie sich um Kopf und Kragen *ermitteln.*« Er lässt die Eiswürfel im Glas klickern. »Wissen Sie schon, was Sie nach Ihrer Suspendierung anfangen? Um Golf zu spielen, fehlt Ihnen wahrscheinlich das nötige Kleingeld.«

Ich achte nicht auf seine Provokationen. Vielleicht hätte ich es besser tun sollen. Vielleicht hätte mir auffallen sollen, dass Kanter nicht einmal seinen Anwalt anrufen will.

Vier meiner Leute bleiben bei Kanter, wir anderen gehen in den Keller, öffnen Türen, durcheilen Korridore. Diesmal ist es egal, wenn Kameras anspringen. Ich muss an Rick denken, der den langen Weg hinter sich brachte, ständig in der Angst, entdeckt zu werden. Wir erreichen den Vorraum mit der entscheidenden Tür. Unsere Elektronik knackt die Zahlenkombination, die seit dem letzten Mal nicht geändert wurde: Auch das sollte mich stutzig machen. Das dumpfe Geräusch, mit dem sich die Bolzen aus der Verriegelung lösen. Mein Spezialist tritt zurück und überlässt mir die Genugtuung, den Raum als Erster zu betreten. Ich setze den Strahlenschutzhelm auf. Meine Leute tun das Gleiche. Ich höre meinen eigenen Atem unter dem Ding, ziehe die strahlensicheren Handschuhe an und gehe hinein. Ich taste nach dem Lichtschalter, voll Ungeduld, endlich die Kisten mit der Aufschrift 137 zu sehen. Die Deckenlampe geht an.

Ein paar Autoreifen lehnen an der Wand, daneben steht ein Tisch mit drei Beinen. Papierfetzen, Müll. Sonst nichts. Ich begreife. Schlagartig wird mir schlecht. Ich wahre die Fassung und lasse meinen Spezialisten die Radioaktivität messen. Sie ist messbar. Aber zu gering, um zwingende Schlüsse daraus ziehen oder Kanter festnageln zu können. Die Kisten waren hier, so viel ist sicher. Aber ich kann es nicht beweisen. Die besten Männer meiner Einheit stehen mit mir in einem leeren Keller, in dem es muffig riecht.

Rick muss aufgeflogen sein. Es gibt keine andere Erklärung. Wie? Wodurch? Seit wann? Das ist zweitrangig. Ich begreife, dass ich aufgeflogen bin. Dass ich den Richter bloßgestellt habe, der den Durchsuchungsbefehl unterschrieb, und meine Behörde obendrein. Ich habe den schlimmsten Fehler gemacht, den man begehen kann: Ich war zu ungeduldig. Ich habe dem alten Wolf damit in die Hände gespielt, habe einen fünfzehnjährigen Jungen in Todesgefahr gebracht. Während ich die Autoreifen anstarre und den dreibeinigen Tisch, denke ich das nicht klar und logisch, nicht eins nach dem anderen, ich denke alles auf einmal. Zugleich ahne ich, nein, ich weiß, was als nächstes geschehen wird. Man wird mir den Fall entziehen. Ich habe jahrelang daran gearbeitet, eine Menge Steuergelder dafür ausgegeben, und am Schluss vermassle ich es. Ich habe es nicht besser verdient. Ein anderer wird die Akte Kanter auf den Tisch bekommen, wird neue Schlussfolgerungen ziehen und von Neuem beginnen. Er wird sich mein gescheitertes Vorgehen eine Warnung sein lassen.

Ich dagegen weiß, dass der Anschlag stattfinden wird, ungestört durch mich und das Department. Die Kisten sind mittlerweile irgendwo anders, vielleicht bereits bei Shefqet Hoxha, vielleicht auch nicht. Am 11. September wird etwas passieren, etwas Schreckliches – wenn ich es nicht noch verhindern kann. Niemand außer mir kann es verhindern. Weil niemand sich die Finger an dem Fall verbrennen will. Keiner aus dem Department will in Frührente geschickt werden wegen einem dummen Patzer. Also werden sie kuschen, bis es zu spät ist. Bis das Fürchterliche eingetreten ist, wie damals am 11. September, als die Behörden auch Hinweise hatten, dass der Terror ernst machen wird. Man hätte es vereiteln können. Aber auch damals haben einige Leute um ihre Posten gezittert und nichts getan. »Der Fall ist kalt«, werden sie diesmal sagen und Kanter in Ruhe lassen. Dabei könnte der Fall nicht heißer sein! Ich hatte einen Schuss frei und habe ihn vergeudet.

Das alles geht mir durch den Kopf, während ich den überflüssigen Helm abnehme, während meine Männer mich anstarren und ihre Blicke mich fragen, was sie jetzt machen sollen. Meine Männer, die bereits ahnen, dass ich ihnen nicht mehr lange Befehle geben werde. Ich ordne den Rückzug an. Während ich das Untergeschoss verlasse, geht mir ein merkwürdiger Gedanke durch den Kopf: Der Einzige, der mir jetzt noch geblieben ist, um das Grauenhafte abzuwenden, ist der fünfzehnjährige Junge, der gerade mit seinem Vater in Coney Island saure Gummiwürmer isst. Ich habe nur noch Rick. Und das ist für einen Abteilungsleiter, der gerade seine Abteilung verliert, eine seltsame Erkenntnis. Als ich gleich darauf das Edelweiß betrete, sehe ich den satten Triumph in Kanters Blick. Ich bin nicht zu schlagen, sagt dieser Blick, wann siehst du das endlich ein? Für heute gebe ich Kanter recht.

23

Von alledem weiß Rick nichts. Seit Langem ist er endlich mal wieder froh. Seine Freude hat nichts mit Storm zu tun und ist doch genauso groß. Rick sitzt mit seinen Eltern zusammen. Entspannt und ruhig, ohne Krach und böse Worte, keine spitze Bemerkung trübt das Ereignis. Zu dritt sitzen sie im *Flower Art* und essen Süßigkeiten aus dem Mallorey. Das sind flockig leichte Tartes und andere himmlische Sachen, die man nicht beschreiben, nur auf der Zunge zergehen lassen kann. Melissa liebt die Sachen aus dem Mallorey. Eine kleine Liebesgeschichte rankt sich darum – die von Ricks Eltern.

Montgomery war ein ehrgeiziger Wirtschaftsstudent, Melissa wusste noch nicht so recht, was sie aus ihrem Leben machen soll, besuchte Vorlesungen über existenzielle Philosophie, probierte weiche Drogen aus, als Monty um die schöne, grünäugige Melissa mit dem dunklen Haar warb. Er gab einen hartnäckigen

Verehrer ab und einen fantasievollen dazu. Melissa war eine ziemlich selbstbezogene Person und merkte zunächst nicht, wie ernst der groß gewachsene Montgomery es meinte. Er war einer von vielen, sie mochte sich noch nicht entscheiden. Bis die beiden an einem Sommertag an der Auslage des Mallorey vorbeikamen. Die Gründer waren die Brüder Mallorey gewesen, daher bestand das Firmenlogo aus zwei ineinandergeschlungenen Buchstaben M. Montgomery gefiel das, er ließ sich etwas von den süßen Sachen einpacken. Wieder auf der Straße, zeigte er Melissa den Karton, küsste sie und schlug ihr vor, auch ihre beiden M's miteinander zu verschlingen. An diesem Nachmittag schliefen Melissa und Montgomery zum ersten Mal miteinander, noch im selben Monat heirateten sie. Nicht schwer zu erraten, welche Firma den Auftrag für die Hochzeitstorte bekam.

Auch wenn bei der Begegnung im *Flower Art* die Sprache nicht auf die alte Geschichte kommt, ist es irgendwie symbolisch, dass ein Mallorey-Karton auf dem Verkaufstresen steht. Rick sieht sich um: Verkauft hat Melissa noch nicht viel. Genau genommen scheint sie gar nichts an den Mann gebracht zu haben. Alle Blumen-Kunst-Arrangements, die er bei seinem letzten Besuch gesehen hat, sind noch da. Seit sie hier sitzen und sich über das süße Zeug hermachen, hat kein Kunde den Laden betreten. Rick kennt das Phänomen in New York: Entweder eine Idee schlägt ein, dann nehmen die Leute stundenlanges Schlangestehen in Kauf. Oder es interessiert keinen, dann kann der Laden bald wieder dichtmachen. Rick fürchtet für seine Mutter, dass sie zur zweiten Kategorie gehören wird.

Das Schöne an dieser Begegnung ist, dass keiner der drei zurückschaut. Die Bitterkeit der Vergangenheit interessiert im Augenblick nicht, hier und jetzt schlemmen sie Kalorienbomben und unterhalten sich miteinander. Als Rick den interessanten Mann und die attraktive Frau, die seine Eltern sind, wieder beisammen sieht, spürt er, sie haben noch viel gemeinsam. Die schnelle Art zu reden, den anderen im richtigen Moment zu unterbrechen und ihn mit einer witzigen Bemerkung auszuhebeln. Freuden wie diese wird Melissa mit ihrem Holzfäller nie erleben.

Als ob sie normale, verantwortungsbewusste Eltern wären, erkundigen sich die beiden nach den Ergebnissen von Ricks Sommerkursen. Wie immer belügt er sie, wie immer geben sie sich damit zufrieden. Und doch nimmt Rick sich vor, im Herbst das Ruder herumzureißen. Er will kein Schulabgänger sein, den man in ein paar Jahren an einer Supermarktkasse wiederfindet statt auf der Universität.

Solche und ähnliche Gedanken gehen Rick durch den Kopf, während ich mit dem Ende meiner Berufslaufbahn konfrontiert werde. Rick hat neue Visionen für sein morgen, meine Visionen brechen wie ein Kartenhaus in sich zusammen. Rick schöpft wieder Hoffnung für sein großes, übergeordnetes Projekt: die Wiedervereinigung seiner Eltern. Vielleicht ist nur ein bisschen Zeit nötig, denkt er, bis Monty und Melissa alte Wunden verheilen lassen, bis sie wieder mit klaren Augen in die Welt blicken und sich als das erkennen, was sie sind: ein Paar, das zusammengehört.

Aber noch ist es nicht so weit. Rick ist ein aufgeflogener Geheimdienstagent. Er schwebt in Lebensgefahr; wenn er auch nur einen Schritt in Kanters Haus macht, kann es mit ihm vorbei sein. Ich weiß das, aber ich schalte nicht schnell genug. Kanter ist mir, wie so oft, eine Nasenlänge voraus. Ricks Telefon klingelt. Er erkennt die Nummer und überlegt: Soll er den Anruf annehmen oder unterdrücken? Er geht in Melissas Hinterzimmer und hebt ab. »Ja, Mr Kanter?«

»Oona will ausgehen«, sagt der Boss, sagt es brummig und warm. Im Hintergrund kann Rick die Männer reden hören.

Was bedeutet das? Hat das Department nicht eingegriffen? Wieso fühlt Kanter sich so sicher, dass er seine Frau ausgehen lassen will? Warum ruft er ihn an, als wäre nichts passiert? Rick entsinnt sich meines Befehls: Er soll untertauchen, bis ich Entwarnung gegeben habe. Zugleich soll er alles vermeiden, was bei Kanter Verdacht erweckt. Vor allem aber ist Rick neugierig. Er will mitmischen, jetzt da es ums Ganze geht. Er steckt schon zu tief in der Sache drin, um den Staub von den Schultern zu klopfen und sich einfach davonzuschleichen. Darum antwortet er: »Wann soll ich Ihre Frau abholen, Mr Kanter?«

»Wie schnell kannst du hier sein?«, fragt der Wolf barsch, um Rick nicht misstrauisch zu machen.

»In einer Stunde.«

»Das genügt.«

»Im Drachenpalast?« Kanter bestätigt das. »Ich werde da sein.« Er legt auf und sieht, dass er seinen Akku dringend aufladen muss. Rick geht zu den Eltern zurück.

»Rosenquarz«, sagt Melissa.

»Ach ja? Interessant.« Scheinbar zufällig hat Monty seinen Arm über ihre Stuhllehne gelegt.

»Es soll so was wie ein neues Wahrzeichen sein.«

»Mitten auf dem Times Square?«

»Ja. Dort wo die Theatertickets verkauft werden. Zur Enthüllung spricht der Bürgermeister, mit Musik und dem ganzen Trara.«

Rick hört nur mit halbem Ohr zu. Er freut sich, dass seine Eltern sich die Neuigkeiten aus ihrer Stadt erzählen und dabei alle Zeit der Welt zu haben scheinen. Ricks Gedanken sind woanders, bei Kanter und Oona, im Drachenpalast.

»Wann soll das sein?«, fragt Montgomery.

»Am zehnten.«

»Da könnten wir doch …« Monty hebt fragend die Schultern. »Wenn du nicht schon was anderes vorhast, könnten wir doch gemeinsam hingehen.«

Melissa kriegt ihren weichen Blick. »Warum nicht?«

Sie klappt die leeren Boxen vom Mallorey zusammen.

Rick tritt zu den beiden. »Äh, Leute, entschuldigt, ich muss los.« Vater und Mutter sehen ihn überrascht an.

24

Manchmal ist es gut, wenn man weiß, was passieren wird, manchmal nicht. Wüsste Rick es diesmal, würde er die Beine in die Hand nehmen und davonlaufen. Doch pünktlich zum vereinbarten Zeitpunkt erreicht er den Drachenpalast. Er hat keine Ahnung, dass sich sein Blatt in wenigen Minuten wenden wird. Denn gerade, als ich Rick über das Fiasko bei Kanter informieren will, tut sein Akku den letzten Seufzer. Ich erreiche ihn nicht mehr. Ich schicke einen Mann los, der Rick abfangen soll. Es ist früher Abend, mein Mann bleibt im Berufsverkehr stecken. Er steigt aus und rennt los. Der Sender in Ricks Arm zeigt ihm an, wo der Junge hinwill. Als mein Mann in Alphabet City ankommt, betritt Rick gerade den Drachenpalast. Mein Mann kommt zu spät.

Sie sind zu fünft, sie sind brutal und überwältigen den Jungen mühelos. Sie fesseln seine Hände und bringen ihn zu Kanter in die Wohnung hoch. Der Boss will gerade ins Bad. Er hat das Hemd ausgezogen, im Unterhemd tritt er dem Jungen gegenüber.

»Was soll das!« Rick weiß, er sollte besser schweigen. Trotzdem wehrt er sich und sagt: »Ich dachte, ich soll Ihre Frau abholen.«

Kanter sieht ihn eine Weile nachdenklich an. »Wir machen es uns einfach«, sagt er. »Ich nehme ein Bad, und währenddessen überlegst du, ob du deinen sechzehnten Geburtstag noch feiern willst.« Er nimmt einen schwarzen Bademantel vom Stuhl. »Falls ja, will ich alles erfahren, von Anfang an. Ich will wissen, was du weißt und was die wissen.«

»Wer sind *die*?« Rick ahnt, dass er in der Scheiße sitzt. Er hat keine Ahnung, wie tief. Er glaubt, mit Lügen kann er Zeit gewinnen.

Kanter bleibt freundlich. »Noch so eine dämliche Antwort und ich schneide dir die Eingeweide heraus.« Er wendet sich nach nebenan. »Ich habe drüben das Wasser laufen. Nutze die Zeit«, sagt er über die Schulter. »Das werden die wichtigsten Minuten deines Lebens.« Er verschwindet, man hört es plätschern.

Die Jungs packen Rick und führen ihn zur Balkontür. Er ist unbewaffnet, aber er hat von Semyoto gelernt, dass man so gut wie alles als Waffe gebrauchen kann. Als sie ihn am Esstisch vorbeizerren, nutzt Rick die Sekunde und streift einen Dessertlöffel vom Tisch. Er versteckt ihn in der Hosentasche. Sie öffnen die Doppeltür und stoßen ihn hinaus. Rick war noch nie hier draußen. Der Balkon geht auf eine Nebenstraße, in die Tiefe sind es achtzehn Stockwerke. Kanters Männer schauen hoch. Einer hat eine Schnur in der Hand, damit holt er das Drahtseil ein, das zum Fahnenmast führt. Der Mast wird sonst nur zweimal im Jahr benutzt: am 4. Juli und zu Thanksgiving. Wie jeder Patriot hängt auch Kanter an diesen Tagen die Flagge mit den Stars and Stripes hinaus. Heute ist kein Feiertag, heute machen sie eine Ausnahme.

Einer der Jungs schlägt Rick ins Kreuz, dass er vornübertaumelt. Zwei packen seine Beine und bringen ihn zu Fall. Sie sind schnell mit dem Seil, sie binden einen soliden Knoten um seine Füße, knüpfen Ricks Beine an der Drahtschlinge fest und ziehen ihn kopfüber hoch. Wie sonst die Fahne, entfaltet sich Rick in der Höhe. Er schaut nach unten. Achtzehn Etagen sehen von oben noch um einiges schwindelerregender aus als von unten. Er versucht, sich nicht heftig zu bewegen, er ist daran interessiert, dass der Knoten hält. Mit dreimaligem Ruck ziehen sie ihn hinaus, bis er an der äußersten Spitze ankommt. Der Mast knackt und biegt sich; er ist so alt wie das Haus. Er wurde angefertigt, um das Gewicht einer Fahne zu tragen, nicht das eines Jungen. Die Männer vergewissern sich, dass alles so ausgeführt wurde, wie Kanter befahl. Sie verankern den Draht, verlassen den Balkon und schließen die Tür hinter sich.

Rick hängt über der Straßenschlucht, die Stahlschlinge quetscht ihm die Gelenke ab. Er spannt die Muskeln, zieht sich hoch, erreicht die Schlinge, lockern kann er sie nicht. Er sinkt zurück. Unten fahren Autos vorbei, oben baumelt Rick. Es ist noch hell, er ist gut zu sehen, aber durch die kleine Gasse hinter dem Drachenpalast fahren nur wenige Autos. Keiner kommt auf die Idee, nach oben zu schauen. Rick lässt sich in voller Länge hängen und streckt die Arme. An seinen Händen treten die Adern hervor. In seinem Kopf steigt ein roter Nebel auf, er muss rasch etwas unternehmen. Kanters Auftrag lautet, nachzudenken. Rick ahnt, dass der Spruch mit dem sechzehnten Geburtstag nur ein Spruch ist. Wozu sollte Kanter ihn am Leben lassen? Damit er rausgeht und plaudert? Nein, Rick wird nur so lange leben, bis jede Information aus ihm herausgequetscht wurde. Danach ist es mit ihm vorbei. Deshalb muss er weg hier, auch wenn es unmöglich erscheint. Mit einem Schrei reißt Rick den Körper nach oben, packt das Seil über der Schlinge und entlastet es. Mit der andern Hand greift er in die Tasche, holt den Löffel heraus und weitet die Schlinge um das winzige Stück, das er braucht, um einen Fuß herauszuziehen. Das Bein sinkt nach unten, das Blut zirkuliert wieder. Der andere Fuß ist kein Problem. Lautlos sieht Rick den Löffel in die Tiefe entschwinden. Er zieht ein Knie an, schwingt und streckt sich und pendelt in die Gegenrichtung.

Wir wissen, dass Rick den Balkon erreicht. Es ist haarscharf, es kostet äußerste Anstrengung, aber er schwingt und lässt los, fliegt durch die Luft, prallt gegen das Geländer, dass die Rippen knacken, mit letzter

Kraft zieht er sich hoch und schafft es, ins Innere des Balkons zu fallen.

Er hat keine Ahnung, warum Oona in diesem Moment den Balkon betritt. Er weiß nicht, dass sie der Auslöser für seine Enttarnung war. Ohne es zu wollen, ohne es zu wissen, hat sie ihn auffliegen lassen. Die lächerliche Sache mit den Juwelen, Oonas gekränkte Eitelkeit, diese Zusammenhänge kennt er nicht. Sie sind ihm im Augenblick auch egal, er muss fliehen. Leider ist Oona die Falsche, ihm dabei zu helfen. Sie sieht seine geschwollenen Hände, das zerschundene Gesicht, sie hat Mitleid mit Rick, aber Oona ist ein Tier mit starkem Selbsterhaltungstrieb. Sie kann Rick nicht helfen.

»Oona, es stimmt nicht, was sie über mich sagen«, keucht der Junge.

Sie zieht ihre Lederjacke enger vor die Brust. »Tut mir leid.« Sie dreht sich um und gibt den Blick ins Zimmer frei.

Kanter hat gebadet, er trägt nichts als den schwarzen Seidenmantel und ein Handtuch um den Nacken. Sein nasses Haar ist nach hinten frisiert.

»Hat es dir auf dem Mast nicht gefallen?«, fragt er lächelnd. »Wie schnell du dich befreit hast. Das zeigt, wie gefährlich du bist.«

Ein Wink von ihm, sie kommen. »Und, hast du nachgedacht?«

Kanter wartet die Antwort nicht ab und geht hinein. Rick reibt sich die schmerzenden Handgelenke und blickt den Männern entgegen. Als er Semyoto entdeckt, sinkt ihm das Herz in die Hose. Semyoto schlägt einen Gegner nicht auf die übliche Art, er hat seine eigenen Methoden. Menschen, die Semyoto sich vornimmt, würden nach kurzer Zeit alles tun, alles verraten, nur um den unfassbaren Schmerzen zu entfliehen. Rick hat die Gewissheit, dass Semyoto ihn zu so einem Menschen machen wird. Deshalb steht er nicht auf, um weiterzukämpfen, rennt nicht an gegen die Jungs, die den Balkon betreten. Voll Angst und Hoffnungslosigkeit sinkt Rick auf die Seite und lehnt die brennende Schulter gegen die Wand.

*

Ich weigere mich zu schildern, was Semyoto mit dem Fünfzehnjährigen anstellt, sinnlos anstellt, muss man hinzufügen, denn Ricks Geständnis ist für Kanter bedeutungslos. Er weiß bereits alles, er hat es analysiert und Konsequenzen daraus gezogen. Er hat die Kisten mit der Aufschrift 137 ausgelagert. Kanter hält alle Trümpfe in der Hand, er braucht Rick nicht zu quälen. Er tut es, weil der Junge bestraft werden muss. Wer die Regeln bricht und den Wolf hintergeht, erlebt den unvorstellbaren Albtraum, den nur Semyoto bereiten kann. Kanter wird dabei sein und zuschauen. Er wird sich über Rick beugen und ihn fragen, ob er seinen Verrat bereut. Er wird nicht zurückzucken, wenn ihm Ricks Blut ins Gesicht spritzt. Kanter wird den Jungen die ganze Macht des

Bösen spüren lassen. Und ich bin nicht imstande, ihn davor zu bewahren.

Rick wird von Kanters Jungs ins Innere des Drachenpalastes geführt. Die Tür schließt sich. Am Ende des Raumes steht Semyoto und erwartet sein Opfer.

25

Rick fiebert. Semyoto hat bereits vor Stunden aufgehört, ihn zu quälen, und doch geht es Rick stündlich schlechter. Es sind nur wenige Verletzungen zu sehen, auf so etwas achtet Semyoto. Kein Gelenk wurde ausgerenkt, keine Sehne gerissen, es fand alles nur *beinahe* statt. Der Schmerz ist der gleiche. Wenn das Gelenk aus der Pfanne springt, ist der ärgste Schmerz vorüber, die gerissene Sehne tut weniger weh als die überdehnte. Semyoto hat sein Opfer an den Rand des Erträglichen gebracht; für ihn liegt darin ein tieferer Sinn. Er kennt das Reich des Schmerzes genau und weiß, jeder Mensch erfährt durch ihn eine besondere Form der Reife. Diese Philosophie befähigt Semyoto, einen anderen Menschen zu peinigen und dabei freundlich, ja fürsorglich zu bleiben.

Rick weiß nichts von Reife, er pendelt zwischen Besinnungslosigkeit und Leiden. Ist er wach, leidet er, verliert er das Bewusstsein, taucht er in den Albtraum ein, worin er die Qual wieder und wieder erlebt. Es sind Stunden, in denen jeder Lebenswille ihn verlässt. Müsste er jetzt sterben, er täte es bereitwillig. Rick ist nicht mehr Rick, er wurde zu dem, was Kanter wollte. Nur eine verschwindend kleine Hoffnung ist noch in ihm, die Hoffnung, dass ich ihm helfen werde.

Ich gebe den Auftrag dazu. Noch leite ich die Abteilung, noch unterstehen mir meine Agenten. Ich rechne mir aus, welcher von ihnen eine reelle Chance hat, in den Drachenpalast zu gelangen. Daher ist es Zeit, kurz über das *Stahlrohr* zu sprechen. Das Stahlrohr ist der Mann, der in der Rangordnung nach Howard kommt. Seit Howard ausschied, ist das Stahlrohr für Kanters Sicherheit zuständig. Er steht dem Boss nicht so nahe wie Howard, aber Kanter vertraut dem dürren Kerl in der Windjacke, der bei jedem Wetter einen Hut trägt. An diesem Tag sitzt das Stahlrohr im achtzehnten Stock des Drachenpalastes und passt auf. Er liest nicht wie Howard die Sportzeitung, er liest überhaupt nicht. Das Stahlrohr sitzt da und starrt die gegenüberliegende Wand an. Mehr braucht er nicht zur Zufriedenheit, denn er hat keine Lust, tätig zu sein, weder geistig noch körperlich. Er sitzt da, die Zeit vergeht. Das nennt er Leben. Erstaunlich, dass das Stahlrohr so etwas Kompliziertes wie eine Frau an sich heranließ. Andererseits kann man auch in Gesellschaft einer Frau nur dasitzen und nichts tun. Das Stahlrohr gestattete Galina, sich an ihn ranzuschmeißen. Hübsch ist sie zweifellos, gegen Platinblond hat er nichts einzuwenden, sie treffen sich von Zeit zu Zeit. Manchmal verbringt Galina eine Nacht mit dem Stahlrohr. Er vertraut ihr. Daher wird er nicht besonders stutzig, als der Aufzug in den sechzehnten Stock hochgefahren kommt und Galina aussteigt.

»Hi«, sagt sie.

Das Stahlrohr sieht sie an. Er weiß, sie wird schon damit rausrücken, warum sie ihn während der Arbeitszeit besucht.

Galina baut sich vor ihm auf und vergewissert sich gleichzeitig, ob das Treppenhaus über und unter ihnen clean ist. »Wie geht's?«

Auch das provoziert das Stahlrohr zu keiner Antwort.

»Willst du wissen, warum ich hier bin?«

Er zuckt die Schultern.

»Ich brauche deine Schlüssel.«

Das kommt so unerwartet, dass das Stahlrohr Galina genauer ins Auge fasst. »Schlüssel?«

Sie nickt und öffnet ihre Handtasche.

»Wozu?«

»Dauert zu lange, dir das zu erklären.« Galina zieht ihre Dienstwaffe aus der Tasche, den Schalldämpfer hat sie im Lift draufgeschraubt. Sie sagt kein weiteres Wort und erschießt das Stahlrohr. Sie trifft sein Herz so präzise, dass ihm nicht mal die Zeit bleibt, erstaunt zu blicken. Er stirbt mit der gleichen Ausdruckslosigkeit, mit der er lebte. Bevor er vom Stuhl sinkt, hält

Galina ihn fest und setzt ihn gerade hin. Sie holt den Schlüsselbund aus seiner Hose und macht die Kette vom Gürtel ab. Mit gesenktem Kopf, den Hut in der Stirn, lässt sie das tote Stahlrohr sitzen. Jeder kennt ihn in dieser Haltung, so fällt er am wenigsten auf.

Galina weiß, wo der Junge ist. Der Sender in seinem Arm hat es ihr angezeigt. Sie sucht den richtigen Schlüssel und schließt die Tür in das geheime Treppenhaus auf. Hier hat nur Zutritt, wer den Schlüssel besitzt. Galina schleicht vorsichtig höher.

*

Das Verrückte ist, dass sich zu diesem Zeitpunkt noch eine Frau um Rick Sorgen macht. Ricks Charme, sein gutes Aussehen mögen dafür verantwortlich sein, aber auch mütterliche Gefühle. Rick wurde in den siebzehnten Stock geschafft. Dort hat Kanter eine zweite Wohnung, sie ist leer. Manchmal schlief Howard hier, wenn er zwischen Dienstschluss und Dienstantritt nicht heimfahren wollte. In der Wohnung liegt eine Matratze, sonst nichts. Hierher hat man den fiebernden Jungen gebracht. Semyoto hat ihm eine Spritze gegeben; abgesehen von den Schmerzen ist Rick einigermaßen stabil.

Leise öffnet sich die Tür. Die Person, die eintritt, lauscht, ob sie verfolgt wird. Die Tür wird sachte zugezogen. Frauenschritte, eine Silhouette, Oona steht an Ricks Lager. Es ist die Stunde des Tages, wenn draußen alles blau wird, bevor sich die Konturen auflösen. Oona macht kein Licht. Sie erkennt nicht, ob Rick wach ist oder bewusstlos. Er atmet, sein Kiefer hängt schlaff herunter. Was will sie hier? Schon bereut sie, hergekommen zu sein, und kriegt es mit der Angst zu tun. Sie ist im Begriff zu gehen. Da öffnet Rick die Augen. Großes Elend ist in ihnen, Misstrauen und Trotz. Auch wenn schlimme Dinge mit ihm angestellt wurden, Ricks Trotz konnte selbst Semyoto nicht brechen. Der Junge erkennt Oona. Hat Kanter sie geschickt, soll sie Rick aushorchen, nachdem sie ihn fertiggemacht haben? Oder ist Oona die Belohnung nach der Strafe, die Schlange, die man züngelnd auf ihn loslässt?

Sie starrt auf das von Schmerzen entstellte Gesicht. »Ich will dir nur sagen, ich finde es schrecklich, dass er das mit dir macht. Ich habe … das habe ich nicht gewollt.«

»Du?« Rick fehlt die Kraft, den Kopf zu heben.

»Das Collier. Ich weiß, dass du die Kette nicht gestohlen hast«, sagt Oona schuldbewusst.

»Kette?« Alles dreht sich in Ricks Kopf, er kann eins und eins noch nicht zusammenzählen.

»Ich werde Kanter die Wahrheit sagen.« Sie kommt an seine Seite, geht auf die Knie. »Damit er sieht, dass er sich getäuscht hat, und dich in Ruhe lässt.« Oonas chilifarbenes Haar fällt ihr ins Gesicht. Es tut ihr leid, dass sie den Jungen ans Messer geliefert hat. Oona kennt sich als launisch und unberechenbar, aber so weit wollte sie Kanter in seiner Wut nicht treiben. Sie kniet neben Rick und hat keine Ahnung, dass sie mit ihrem Verdacht, Kanter könnte den Jungen wegen des verschwundenen Colliers gefoltert haben, hundertprozentig falschliegt.

Ricks Instinkt sagt ihm, er muss Oona die Augen öffnen. Nicht wegen der Klunker, die in Wirklichkeit niemand geklaut hat, die interessieren keinen. Er muss Oona reinen Wein einschenken, sie wissen lassen, mit wem sie in Wirklichkeit verheiratet ist. Rick hat sich noch nie so beschissen gefühlt, er könnte kotzen, schreien, sterben, alles gleichzeitig, aber er sieht die winzige Chance, aus seinem Elend Kapital zu schlagen. Er spürt, was Oona von Kanter unterscheidet: Sie hat ein Gewissen. Darum wagt er, offen mit ihr zu sprechen.

»Weißt du, was er getan hat?«

»Weiß ich, ja ja, es tut mir so leid. Wie geht es dir? Kann ich etwas …?«

»Ich meine nicht mit mir«, unterbricht Rick. »Er hat etwas Fürchterliches getan.«

Ein Impuls rät Oona, aufzuspringen und die leere Wohnung zu verlassen. Sie will das nicht hören. Und doch spürt sie, dass sie ihre Augen nicht für immer verschließen kann. »Fürchterlich? Was meinst du?«

»Kanter ist daran beteiligt, eine Bombe zu bauen.« Rick schluckt das Blut in seinem Mund. »Eine radioaktive Bombe, eine Bombe für Terroristen«, setzt er hinzu, als er sicher ist, dass Oona ihm weiter zuhört.

»Das glaube ich nicht.«

»Ich habe das radioaktive Material gesehen. Er lagert es im Hauptquartier.«

Sie will sich abwenden, er hält sie an der Hand fest. »Die Bombe wird hier hochgehen. In New York City. Schon bald.«

Sie mustert ihn plötzlich merkwürdig, so als hätte er ihr etwas Besonderes verraten. »Wie bald?« Oona erwidert den Druck von Ricks Hand.

»Am elften September.«

Ihr Gesicht verändert sich. War es bis jetzt aufgeregt, unsicher, voller Zweifel, tritt eine bleiche Klarheit in Oonas Züge. Fassungslos sieht sie den Jungen an. »Nine eleven«, murmelt sie.

»Ja. Weißt du etwas darüber?«

»Nicht wirklich.« Sie will nicht wahrhaben, was sie begriffen hat.

»Sag es mir. Was ist mit dem elften September? Du musst es mir sagen!«

»Wir fahren in den Urlaub.« Oona beißt sich auf die Lippe.

»Wann?«

»Am zehnten.« Sie schluckt. »Kanter sagt, er braucht Erholung. Er will mir die schönsten Flecken der Erde zeigen. Ich … ich habe mich darauf gefreut.« Als Rick nicht antwortet, haspelt sie weiter. »Nach Europa. Venedig, Paris, du weißt schon. Es klang wunderbar.«

»Wie lange will er fortbleiben?« Unter Schmerzen richtet Rick den Oberkörper auf.

»Wie lange?« Ihre Antwort ist wie ein endgültiges Schuldbekenntnis. »Drei Monate. Vielleicht länger.«

Der Junge denkt nach, er nickt. »Für diese Bombe wird Cäsium 137 verwendet. Weißt du, wie lange die akute Radioaktivität bei Cäsium 137 anhält?«

Sie schweigen. Umsonst versuchen sie, sich die Folgen auszumalen. Oona spricht zuerst.

»Er würde niemals … Er lässt nicht zu, dass New York City … Er liebt diese Stadt.« Sie will es nicht glauben und glaubt es doch längst.

Rick hat ihre Hand nicht losgelassen. »Doch. Er nimmt es in Kauf. Weil er skrupellos ist und der Preis wahrscheinlich gigantisch.«

»Es gibt keinen Beweis für das, was du sagst.«

Sie hat recht, jeder Beweis wurde fortgeschafft. »Aber man könnte den Beweis erbringen.« Hoffnungsvoll sieht er sie an. »Kanter hat die Kisten wahrscheinlich inzwischen abtransportiert. Du musst herausfinden, wohin.«

»Ich?« Oona reagiert reflexhaft. Reißt ihre Hand weg, springt auf, wendet sich zur Tür. »Ich kann gar nichts rauskriegen. Er spricht mit mir nie über solche Sachen. Das war von Anfang an der Deal: Ich darf ihn niemals zu seinen Geschäften befragen.«

»Er ist ein Krimineller!« Rick will ihr nach, sofort wird ihm schwindelig. Er taumelt auf die Matratze zurück.

»Bist du denn besser?«, fährt sie ihn an. »Du hast für diesen Kriminellen gearbeitet!«

»Ich habe ...« Rick zögert, nein, jetzt braucht er ihr auch das Letzte nicht zu verschweigen. »Ich habe nicht wirklich für ihn gearbeitet.«

»Wer bist du?« Sie bleibt stehen. »Ein Bulle? Es gibt keine fünfzehnjährigen Bullen.«

»So etwas Ähnliches.«

»Ein Spitzel?« Die Vertrautheit ist mit einem Mal verflogen. Oona fühlt sich von ihm ausgenutzt.

»Das ist egal. Wichtig ist, dass du mir hilfst.« Er sieht sie flehend an. »Damit *Nine Eleven* kein zweites Mal ...« Er stockt.

Beide erschrecken bis ins Mark. Draußen ist die Tür aufgegangen. Schritte. Welcher von Kanters Leuten ist es? Wer wird Oona bei dem Delinquenten entdecken? Sie weicht an die Wand zurück.

Die Mündung einer Waffe schiebt sich um den Türrahmen. Ein Bein taucht auf. Kein Bein von Kanters Jungs, ein Frauenbein. Ein heller Kopf, Galina.

»Bist du okay?«, fragt sie, bemerkt Oona, richtet die Waffe auf sie.

Der Junge hat diese Frau schon einmal gesehen, er weiß nicht mehr wo, weiß nicht, wer sie ist.

»Kannst du aufstehen?« Sie huscht zu ihm, ohne Oona aus der Schusslinie zu lassen.

Rick begreift, dass hier jemand ist, der helfen will und helfen kann. Er mobilisiert sämtliche Kräfte, die ihm geblieben sind.

»Wir müssen hier raus.« Sie bückt sich, will seinen Arm um ihre Schulter ziehen.

Rick stößt einen Schrei aus, weil das so höllisch wehtut. »Ich … schaff das allein.« Auch wenn er seine Beine kaum spürt, scheinen sie ihn zu tragen. Er stützt sich auf Galinas dargebotene Hand.

Oona sieht fassungslos zu. Während für Rick alles klarer wird, verwirren sich für sie die Zusammenhänge immer mehr.

Galina zeigt mit der Waffe auf Oona. »Wird sie um Hilfe rufen?«

»Ich weiß es nicht.« Schritt für Schritt schleppt sich Rick an Oona vorbei.

Galina zielt auf sie.

»Erschießen Sie mich nicht.« Oona hebt abwehrend die Hände. »Ich werde nicht schreien.«

Galina hat keine Zeit für Diskussionen. Sie zeigt auf das angrenzende Zimmer, an dessen Tür ein Schlüssel steckt. »Geh da rein.«

Oona gehorcht sofort. Bevor Galina die Tür schließt, sehen Rick und die Frau seines Chefs sich noch einmal an. Ein Blick zwischen Tod und Leben, keiner von beiden weiß, was wahrscheinlicher ist.

Galina sperrt ab und wirft den Schlüssel aus dem Fenster.

»Los.« Sie hilft Rick zum Ausgang.

Zitternd vor Schmerz, erreicht er das Treppenhaus. »Stahlrohr«, sagt er gepresst. »Stahlrohr sitzt da unten.«

»Stimmt. Er sitzt da. Aber mach dir um Stahlrohr mal keine Sorgen.« Sie drängt ihn weiter.

Rick setzt den Fuß auf die oberste Stufe. »Wie heißt du?«

»Galina.«

26

Ich hole die beiden ins Department. Nicht ins Headquarter, Rick muss in die Klinik. Ich lasse ihn dorthin schaffen, wo er vor nicht allzu langer Zeit zum ersten Mal Kanters Opfer gesehen hat. Auch Rick ist ein Opfer Kanters, die Klinik nimmt ihn auf. Der Arzt operiert, wo es nötig ist. Er verabreicht Medikamente, vor allem Schmerzmittel. Alles Weitere können nur die Zeit vollbringen und Ricks Körper. Sie haben schlimme Sachen mit ihm angestellt, aber Rick schaut nicht zurück. Indem er nach vorn schaut und Fragen stellt, hilft er seinem Körper, das Üble hinter sich zu lassen und zu gesunden.

Eine ungewöhnliche Dreiergruppe findet sich in der Stille unserer Geheimklinik zusammen. Ein geschundener Junge, eine platinblonde Agentin und ein Abteilungsleiter auf wackeligem Posten. Die Ermittlung gegen mich wurde eingeleitet: Wer trägt die Schuld an dem Desaster bei Kanters Hausdurchsuchung? Ich natürlich. Das weiß jeder. Sie nominieren bereits meinen Nachfolger, mir bleiben höchstens noch ein paar Tage, dann habe ich hier nichts mehr zu melden.

Als Erstes bedanke ich mich. Bei Galina für ihr entschlossenes Handeln, bei Rick für seinen Mut. Er hat das Äußerste getan, das Äußerste erduldet, was man von einem Agenten erwarten kann. Von einem Fünfzehnjährigen darf man so etwas gar nicht erwarten. Einen Minderjährigen undercover einzuschleusen, ist nicht legal, auch wenn es den Interessen der Nation dient. Aber Rick ist keiner, der Wiedergutmachung will, ihn interessiert, wie wir den Fall noch zu einem gelungenen Ende bringen können.

»So wie die Dinge stehen, gar nicht«, antworte ich.

»Warum versuchen wir nicht ...?« Er will sich aufsetzen, ich drücke ihn ins Kissen zurück.

»Die Spur ist kalt. Kanter hat jeden Beweis fortgeschafft. Die Kisten könnten überall sein. Willst du mit einem Geigerzähler durch die Stadt laufen, in der Hoffnung, dass er irgendwo Radioaktivität anzeigt?«

»Uns bleiben noch ein paar Tage.« Rick will nicht akzeptieren, dass er aussteigen soll. Er sagt »Wir müssen« und »Wir werden«. Er möchte weiter mit im Team spielen. Er sieht Galina an. Galina weiß, das ist nicht der Plan. Ihr Auftrag lautete, Rick aus der Schusslinie zu holen, jetzt kommen andere Aufgaben auf sie zu. Auch für sie endet ein mehrmonatiger Undercover-Einsatz. Sie spielte die Freundin von Stahlrohr, sie hat Stahlrohr erschossen, Ende der Rolle. Da ich Rick mit Argumenten nicht überzeugen kann, spiele ich auf Zeit. Er soll in der Klinik bleiben und sich ausruhen. Das Department überlegt inzwischen eine neue Strategie. Wenn es Rick besser geht, darf er wieder mitmachen. Rick greift nach diesem Strohhalm. Galina und ich verlassen ihn gemeinsam. Ich sage, er soll möglichst viel schlafen. Rick gibt seinem Vater per SMS Bescheid, dass er über Nacht wegbleibt, dann schließt er die Augen.

*

Eine Nacht und einen Tag, nachdem ich Rick in die Klinik geholt habe, haut er wieder ab. Nicht, weil er auf eigene Faust gegen Kanter vorgehen will, Ricks Flucht hat mit dem Fall gar nichts zu tun. Er wollte Storm anrufen, erreicht hat er nur ihre Mutter. Sie sagte, Storm geht es schlecht, ein Notfall in der Abenddämmerung, Krankenwagen, Intensivstation. Ihr Zustand ist akut. Mittlerweile liegt sie zwar nicht mehr auf der Intensivstation, aber sie fühlt sich schwach und deprimiert.

Da sind wir schon zwei, denkt Rick und steigt heimlich aus dem Bett. Heimlich, weil unser Arzt ihn keinesfalls gehen lassen würde. Wir sind kein gewöhnliches Hospital, wo du unterschreiben kannst, dass du dich auf eigenes Risiko entfernst. Bei uns wird getan, was der Doktor sagt. Bei uns sind die Ausgänge verschlossen.

Aber die Vorfälle der letzten Tage konnten Rick weder einschüchtern noch kleinkriegen, das Kämpfen ist für ihn zum Normalzustand geworden. Er sieht sein momentanes Leben als Kampf, also versucht er erst gar nicht, es sich angenehm zu machen. Wenn es ein Kampf sein soll, wird er kämpfen. Er ist in Sorge um Storm, mehr Grund braucht er nicht, aufzubrechen. Er wartet, bis die Schwester, die seine Monitorwerte im Auge hat, mal kurz hinausmuss, schlüpft aus dem Bett und huscht in die aseptische Schleuse.

Rick hat gesehen, dass Ärzte, die sich auf eine Operation vorbereiten, in ihren Zivilklamotten in die Schleuse reingehen und in grünen OP-Kitteln wieder herauskommen. In der Schleuse braucht Rick nicht lange zu suchen, da hängt der Anzug eines Arztes. Rick achtet nicht auf die Größe, zieht sich um, krempelt Hosenbeine und Ärmel auf, schnappt sich einen weißen Mantel und verlässt die Station. Er schafft es bis zum Fahrstuhl und die vier Stockwerke an die Erdoberfläche. In der Jacke des Arztes findet er ein Päckchen Zigaretten. Als er bei der Sicherheitsschranke ankommt, hält er einen Glimmstängel hoch, zum Zeichen, dass er mal schnell eine rauchen geht. Es ist fast Mitternacht, der Securitymann ist müde und sieht sich den Mann im weißen Mantel nicht genauer an. Die Zigarette im Mund, passiert Rick die Sicherheitszone. Draußen wirft er die Zigarette weg, überlegt, ob er auch den weißen Mantel verschwinden lassen soll, doch vielleicht braucht er ihn noch. Er orientiert sich, erkennt das Viertel, in dem er sich befindet, und läuft zum Abgang der nächsten Subway.

Von Krankenhaus zu Krankenhaus. Zwanzig Minuten später betritt Rick das Methodist Hospital in Brooklyn. Diesmal findet er die Immunologie ohne Umwege. In seinem weißen Mantel hält ihn niemand auf. Die Nachtschwester bemerkt den schlanken Schatten nicht, der an ihrem Kabäuschen vorbeischlüpft. Gleich darauf steht Rick in Storms Zimmer. Nach allem, was er durchgemacht hat, ist Rick nicht in der Stimmung, einen konventionellen Krankenbesuch abzustatten. Er will sich nicht auf das Stühlchen setzen und plaudern, er will mit Storm zusammen sein. Sie tut ihm gut, er tut ihr gut, also zieht Rick die Schuhe aus und den weißen Mantel und schlüpft zu ihr ins Bett. Sie ist blass und sehr schwach, weil der Typ in ihrem Blut sich so aggressiv aufführt. Umso mehr freut sich Storm, dass der Typ, den sie liebt, nicht lange fackelt. Er ist ebenfalls aggressiv, aber das mag Storm.

Jetzt könnten sie kuscheln und reden wie Teenager. Storm könnte an Ricks Stirn fassen und sagen: »Die Platzwunde da.« Rick könnte fragen: »Deine Blutwerte?« Sie könnten einander vorjammern, wie schlecht es ihnen geht und wie ungerecht das doch alles ist. Aber ihre Körper und ihre Wünsche und ihre Fantasie machen etwas anderes aus diesem Krankenbesuch. Es ist schwierig, sich unter der Bettdecke auszuziehen, aber ein Agent wie Rick wird auch damit fertig. Nachdem er sich aus seinen Sachen gewunden hat, hilft er Storm dabei; sie hat ohnehin wenig an. Gleich darauf liegen sie warm und aufgeregt nebeneinander, werfen sich verzweifelt in die Arme des anderen. Storm und Rick sind noch sehr jung. Aber in dieser Nacht, in der immunologischen Abteilung des Methodist Hospital, lieben sich Rick und Storm, als ob es kein morgen gäbe. Sie wissen nicht, ob es das letzte Mal ist, sie lieben sich wild und ausweglos, weil sie das Rundherum ihres Lebens, dieser Welt, dieser New Yorker Nacht aussperren wollen. Nur du und ich, sagen ihre Körper, nur du und ich. Sie erforschen und erschöpfen einander, sind fordernd und nachgebend, kümmern sich nicht um Verhütung oder Hygiene, sie stöhnen und schreien leise und sehen einander dabei an.

Als der Morgen graut und einen weiteren heißen Spätsommertag ankündigt, verabschieden sie sich wie zum letzten Mal. Sie fragt nicht: »Was wirst du tun?« Er wünscht ihr nicht Gute Besserung. Rick und Storm sind kein junges Pärchen mehr, sie sind Liebende, in der größten, traurigsten Bedeutung des Wortes. Rick lässt eine immer noch schwache, aber glückliche Storm zurück. Als er in den Klamotten eines fremden Arztes auf die Straße tritt, hat er tatsächlich nicht die mindeste Ahnung, was er als Nächstes tun wird. Aber er ist so glücklich wie noch nie zuvor in seinem Leben.

27

Ich stehe davor, den Fall aufzugeben. Es ist schwer weiterzukämpfen, wenn das Ziel so verschwommen ist, weiterzusuchen, wenn keiner im Department an eine tatsächliche Bedrohung glaubt. Niemand außer Rick hat Kanters Terminkalender gesehen, nur Rick hat die Eintragung vom 11. September gelesen. Sie könnte sonst was bedeuten, sie muss nicht das *EINE* bedeuten. Mein Department beschattet Kanter nach wie vor, beschattet auch Shefqet Hoxha, der die USA noch nicht verlassen hat. Wir beschatten auch den Boss in Texas. Keinerlei Aktivitäten, bei keinem von ihnen. Ein untrügliches Zeichen, dass etwas bevorsteht, aber wie soll ich es beweisen?

Das Department ist logisch aufgebaut, es operiert nach logischen Grundsätzen. Rick nicht. Er tut nicht das Folgerichtige, er folgt seinem Instinkt, seinem Gefühl. Für die Geheimdiensttätigkeit ist das gefährlich, das kümmert Rick nicht. Er ist ein starker, junger, frisch verliebter Bursche und er sieht sich immer noch als Agent. Er hat Schmerzen, aber er erholt sich rasch. Er tut das Unlogischste von der Welt: Rick ruft Oona an. Sie ist Kanters Frau, die Frau seines schlimmsten Feindes. Aber Rick hat einen Riecher dafür, dass es ihr ähnlich geht wie ihm: Sie gehört nicht in diese Gesellschaft. Sie ist dort hineingeraten, und jetzt weiß sie nicht, wie sie herauskommen soll. Rick kennt Oona, sie würde niemals bloß aus edlen Motiven heraus etwas tun, das ihr schadet. Aber Rick spürt auch, Oona ist ihm gegenüber nicht leidenschaftslos, sie empfindet etwas für ihn. Darauf setzt er, als er ihre Nummer wählt und ihr ohne langes Rumgerede ein Treffen vorschlägt.

Oona sagt zu. Warum, das bleibt ihr Geheimnis, jedenfalls verabreden sie sich. Auch Rick behandelt Oona fair: Er erzählt dem Department nichts von dem Treffen. Er macht es auf eigene Faust. Rick macht ab jetzt ziemlich viel auf eigene Faust.

*

Dienstagmorgen, 8. September, der Stadtteil ist Queens. Rick weiß, dass der Boss Oona beschatten lässt, er muss sich für das Treffen also besondere Bedingungen ausdenken. Er wählt die Cafeteria des Queens Museum of Art. Oona soll sich die aktuelle Ausstellung ansehen, das wird ihren Beschatter ablenken. Zwischendurch soll sie einen Kaffee trinken gehen. Der

Tisch, zu dem Rick sie bestellt hat, befindet sich neben dem Durchgang zu den Waschräumen. Hinter der Tür erwartet sie Rick.

Punkt elf betritt Oona die Cafeteria. Trotz der Hitze trägt sie ein schwarzes Kostüm. Sie sieht toll aus, wie immer drehen die Männer die Köpfe nach ihr um. Das ist gut für Rick, denn Oonas Beschatter wird die Männer im Auge behalten und checken, ob sie aufdringlich werden. Oona setzt sich, bestellt, wartet, was passiert.

»Dreh dich nicht um«, sagt Rick leise. Er ist nur einen Meter von ihr entfernt. Die Tür, die zu den Toiletten führt, ist halb geöffnet und schützt ihn vor Blicken aus dem Lokal. »Welcher ist es?«

Oona nimmt den Ausstellungskatalog aus der Tasche und blättert darin. Der Katalog bedeckt die untere Hälfte ihres Gesichts. »Der Kahlkopf«, murmelt sie.

Rick späht um die Ecke. Er kennt den Kahlkopf, kein großes Licht, ein ziemlicher Dämlack sogar. Der Typ ist wohl nur eine Übergangslösung, bis Kanter einen neuen Begleiter für Oona gefunden hat.

»Danke«, sagt Rick. »Danke, dass du hier bist.«

Sie kommt sofort zur Sache. »Du hast gesagt, man kann etwas tun, um *Nine Eleven* zu verhindern.«

»Ja. Hast du was rausgekriegt?«

»Weiß ich nicht.« Sie blättert. »Aber falls doch …« Sie hält den Katalog höher. »Was springt für mich dabei heraus?«

»Rausspringen? Willst du Geld?«

»Unsinn. Bloß wenn ich dir helfe, bedeutet das, dass ich Recht und Gesetz unterstütze. Ist es nicht so?«

Rick weiß nicht, ob das so ist. Er hat keinen Auftrag, mit irgendwem zu verhandeln, er kann keine Zusagen machen. Rick kapiert nur, Oona will sich absichern. Sollte Kanter in Schwierigkeiten kommen, will sie nicht mit ihm untergehen. Rick muss ihr einen Köder hinwerfen.

»Wenn wir die Sache aufgrund deiner Hinweise verhindern …« Er sagt *wir*, als ob er einen mächtigen Verbündeten im Hintergrund hätte. Rick hat gar nichts. Außer seiner Gerissenheit. »Wird das zu deinen Gunsten sprechen, obwohl du mit Kanter verheiratet bist.«

»Wer garantiert mir das?«

»Ich.«

»Für wen arbeitest du?«

Eine gute Frage, wieder eine, auf die Rick keine genaue Antwort geben kann. Also gibt er eine schwammige.

»Die Nationale Sicherheit.«

»Den NSA?«, fragt sie und hebt das Kinn.

»Das hast du gesagt.«

»Stimmt es?«

»Wie hätte ich sonst wohl rausgekriegt, dass in Kanters Keller radioaktives Material lagert?«

Während Oonas Kaffee serviert wird, denkt sie nach. Sie entscheidet sich für den Spatz in der Hand. Der Spatz heißt Rick und steht verborgen hinter der Klotür.

»Das kann mich den Kopf kosten.« Sie fasst den Kahlkopf ins Auge. Er hat sich gesetzt. »Du hast von Kisten gesprochen«, beginnt Oona zögernd.

Rick wird heiß und kalt. Ist das der entscheidende Hinweis? »Stimmt genau.«

»Von Kisten weiß ich nichts«, macht Oona seine Hoffnung gleich zunichte. »Aber ich habe etwas gehört. Semyoto soll mit drei Jungs in die Monroe Street fahren.«

»Woher weißt du das?«

»Kanter hat mit ihm telefoniert.«

»*Monroe Street*? Ist das die unten am Hafen?«

Sie nickt kaum merklich. »Er hat gesagt, Semyoto soll in der *Monroe 137* etwas abgeben.«

»Hundertsiebenunddreißig?« Rick schiebt sich so nahe wie möglich an Oona heran. »Eins drei sieben?«

Sie rührt den Kaffee um.

»Aber die Monroe Street …«, Rick hält den Atem an, »die hat keine hundertsiebenunddreißig Nummern.«

Oona schmunzelt. »Ich habe länger gebraucht, um das rauszufinden.«

»Wann ist das geplant?«

»Morgen.«

»Morgen ist der neunte«, murmelt Rick. »Bist du sicher, dass etwas *abgegeben* werden soll, und nicht abgeholt?«

»Irgendwas solltest du schon selber machen. Finde es heraus.« Oona spricht hastig.

Eine dicke Frau steuert auf die Toiletten zu. Sie ist so dick, dass sie die Tür ganz aufstößt, um durchzupassen. Oona greift zum Portemonnaie. Der Kahlkopf glotzt rüber. Er wundert sich wahrscheinlich, dass die Frau vom Boss so lange braucht, um einen Espresso zu trinken. Oona leert die Tasse mit einem Schluck. Ohne sich ein weiteres Mal umzusehen, steht sie auf, legt einen Geldschein auf den Tisch und kehrt in die Ausstellung zurück. Der Kahlkopf folgt ihr.

Wie eine Sardine steht Rick in die Ecke gequetscht da. Die Tür hat ihn an der Schulter erwischt, er beißt die Zähne zusammen und befreit sich aus der unglücklichen Lage. Als er in die Cafeteria schaut, sind Oona und ihr Schatten verschwunden.

Jetzt muss Rick vor allem nachdenken. Vor dem Museum springt er in die Subway, fährt in Richtung Manhattan, steigt dort aber nicht aus, sondern fährt weiter, immer weiter. Er denkt und grübelt, weiß nicht, wo er hinsoll, weiß nicht, was er tun soll. Soll er zur Polizei gehen? Mich anrufen? Was kann er mit Bestimmtheit sagen? Einen Straßennamen hat er gehört, eine Hausnummer, die nicht stimmen kann, ein Datum. Genau genommen weiß er nichts. Zugleich ahnt er manches, wittert das Wesentliche. Bloß, auf eine Witterung hin wird keine Großfahndung eingeleitet. Lieber keine Fahndung diesmal, denkt Rick, man darf Kanter kein zweites Mal vorwarnen. Man muss ihn überraschen. Rick ruft mich nicht an. Damit nicht genug: Er geht in einen Laden, kauft sich ein scharfes Messer und schneidet die dünne Haut auf, die den Minisender in seinem Arm bedeckt. Ein lächerlicher Schmerz im Vergleich zu dem, was er schon durchlitten hat. Er pult den Sender heraus, wirft ihn weg und verbindet seinen Arm. Er ist unerreichbar für uns geworden.

Die Vorgänge in seinem Kopf sind ungeordnet. Er will handeln, will die Stadt retten, will gegen Kanter antreten. Der blanke Irrsinn. Er will den Mann angreifen, der ihn foltern ließ, will das Verbrechen verhindern, von dem er felsenfest überzeugt ist, dass es stattfinden soll. In weniger als drei Tagen. Rick will diesen Tag retten, den 11. September, und zwar im Alleingang. Er gibt nicht auf.

28

Ricks Subway-Odyssee endet in Brooklyn, in Storms Wohnung. Er fährt zu seiner großen Liebe. Rick liebt Storm leidenschaftlich und kompromisslos, darum geht er in seinem Irrsinn noch weiter. Nicht nur, dass er New York im Alleingang retten will, er weiht auch noch ein unbeteiligtes sechzehnjähriges Mädchen ein. Nach ihrem schweren Anfall geht es ihr heute besser. Sie ist daheim. Storm hat Bluttransfusionen gekriegt, sie fühlt sich frisch und gekräftigt. Die zwei bleiben nicht im Apartment, sie laufen in den Park, wo sie bei ihrem ersten Date das Eis gegessen haben.

Rick erzählt Storm von dem Verbrechen, das in ihrer Stadt geplant ist. Er schildert ihr die Umstände, nennt den Tag, erzählt sogar, was er von der Monroe Street weiß. In Ricks Vorstellung wird Semyoto am 9. September – also morgen – mit drei Männern in der kleinen Straße an der Südspitze Manhattans auftauchen und etwas abgeben. Sind es die Kisten mit dem Cäsium? Ist es dafür nicht zu spät? Braucht man nicht länger als einen Tag, um eine Bombe zu bauen?

Jetzt erst, da er Storm seine Gedanken auseinandersetzt, kommt Rick auf die Idee, die Wirkungsweise von Cäsium 137 genauer zu untersuchen. Er hätte mich fragen können, meine Spezialisten wissen alles darüber. Aber Rick nimmt an, man muss kein Nobelpreisträger sein, um die Funktion einer Bombe zu kapieren. Alles erfährt man im Internet, warum nicht auch, wie ein radioaktiver Sprengkörper gebaut wird? Storm will die Website, die Rick braucht, nicht von ihrem PC aufrufen, also gehen sie in ein Internet-Café. Sie suchen sich einen Platz in der Ecke, wo keiner ihnen über die Schulter schaut und mitkriegt, dass sie sich über den Bau einer radioaktiven Bombe schlau machen. Es wird keine Atombombe sein, so viel findet Rick schnell heraus. Die Wirkung einer Atombombe basiert auf einer Kettenreaktion: Primärzündung, Sprengung des spaltbaren Materials, Kernfusion, Atomexplosion. Eine Atombombe herzustellen, ist unendlich kompliziert. Doch das ist gar nicht nötig: Ein kleiner Sprengkörper, kombiniert mit Cäsium 137, schafft es bereits, ein Haus wegzublasen und die Umgebung radioaktiv zu verstrahlen. Es ist nicht erforderlich, Millionen Menschen umzubringen, um ein Signal zu setzen. Man braucht nicht ganz Manhattan auszuradieren. Ein Sprengstoffanschlag genügt, denn er besagt: Es ist möglich! Es ist zum zweiten Mal möglich! Ihr seid nicht sicher in eurer reichen, fetten, kapitalistischen Stadt. Ihr seid verwundbar. Wir beweisen es euch. Ein Tschernobyl mitten in New York.

Das ist Terror. Terror bedeutet, den Starken dort zu verwunden, wo er es nicht erwartet. Sein Selbstbewusstsein soll erschüttert, sein Selbstvertrauen zerstört werden. Seit die Flugzeuge in die Türme flogen, weiß der Riese Amerika, er ist verwundbar. Seitdem wurde alles getan, ein zweites Mal zu verhindern. Wenn es dem Terror gelingt, diese Anstrengung zunichtezumachen, steht der Riese beschämt, dann steht er besiegt da.

Wie geht es Storm dabei, was empfindet sie, als sie das erfährt? Storm ist ein couragiertes Mädchen, tapfer kämpft sie gegen den Feind in ihrem Blut. Sie hört sich Ricks Schlussfolgerungen an und ist sicher, dass er nicht bloß fantasiert. Er könnte recht haben. Was seinen Alleingang betrifft, hat er allerdings unrecht. Doch davon will er sich nicht abbringen lassen.

»Ich brauche ein Auto.« Er sucht auf dem Bildschirm, vor ihnen tauchen Zahlen, grafische Skizzen auf und das Wort Plutonium. Von Bomben, die mit Cäsium funktionieren, weiß das Internet wenig.

»Ein Auto willst du?« Sie lächelt spöttisch. »Und wie planst du, bis morgen den Führerschein zu bestehen?«

»Brauch ich nicht. Mein Dad hat mich mit dem BMW fahren lassen, seit ich elf bin.«

»Ja, dann! Wenn du schon mal im BMW rund ums Landhaus gekurvt bist, ist das ja gar kein Problem.«

Rick hat nichts als das Ziel im Blick. »Hat deine Mutter ein Auto?«

»Nein.« Storm klickt den nächsten Link an: *SP-13-Primärzünder mit Plutoniumkern*. Sie schüttelt den Kopf. »Schon wieder Plutonium. Vielleicht kann man mit Cäsium gar keine Bombe bauen.«

»Meine Mom hat ein Auto.« Rick grinst. »Eines der wenigen Dinge, die aus der Zeit, als wir noch Geld hatten, übrig sind.« Er zeigt auf den Bildschirm. »Was ist das?«

Ein neuer Link öffnet sich. Es geht um eine Bombe, in der ein Cäsiumkern von Sprengplatten umgeben ist. Bei der Zündung explodiert zuerst die äußere Bombe, dadurch geht der Kern in eine atomare Reaktion über. Die Vernichtungswirkung ist gering, aber die Strahlung breitet sich wellenförmig in alle Richtungen aus.

»Um so ein Ding zu transportieren, brauchst du nichts als einen Rucksack und eine Reißleine.« Rick löscht die Website und springt auf.

»Wo willst du hin?«

»Ich mache einen Besuch im *Flower Art*.«

»Ich komme mit.«

Storm sollte flach liegen, sich nicht anstrengen, Stress ist schlecht für den Dämon in ihrem Blut. Aber Storm pfeift auf den Dämon und springt Rick hinterher. Es sind nur ein paar Blocks bis zu Melissas Geschäft, doch als sie dort ankommen, ist Storm so außer Atem, dass sie sich auf den Bordstein setzen muss.

»Du bleibst erst mal hier.« Besorgt hockt Rick sich vor sie. Wie bleich sie ist. Hatte sie diese dunklen Ringe unter den Augen immer schon? »Ab jetzt bewegst du dich nur noch auf vier Rädern.«

Storm widerspricht nicht, ihr Kopf sinkt auf die Brust. Rick rennt zum Laden seiner Mutter, vor der Tür parkt der Range Rover. Die Ladefläche ist geräumig, darauf lassen sich Blumengestecke problemlos transportieren – wenn es sein muss, auch Kisten mit Cäsium.

»Hallo, Mama. Ich war gerade in der Gegend«, begrüßt Rick seine Mutter.

Melissa freut sich, dass ihr Junge neuerdings so häufig bei ihr auftaucht, und bietet ihm was Kaltes zu trinken an.

Rick kennt seine Mutter, im Aufbewahren von Dingen ist sie ordentlich. In der Schublade neben der Kasse liegen ihre Wohnungsschlüssel, die Ladenschlüssel und der Schlüsselbund mit dem verräterischen Range-Rover-Logo. Rick wartet ab, bis Melissa zwei Gläser von hinten holt, schon verschwinden die Autoschlüssel in seiner Tasche. Als hätte er alle Zeit der Welt, trinkt er Sprudel mit ihr und plaudert. Wie schade es ist, dass die Ferien bald zu Ende gehen, wie nett es war, mal wieder mit Monty zu dritt Zeit zu verbringen. Melissa beklagt sich darüber, dass ihr Geschäft nicht anlaufen will. Verstohlen schaut Rick nach draußen. Storm hat sich auf eine Bank im Schatten gesetzt.

»Ich denke, ich mache mal Mittagspause«, sagt Melissa, da weit und breit kein Kunde auftaucht. »Wollen wir was essen fahren?«

»Fahren?« Rick schluckt.

»Ich muss zum Großmarkt, Blumen nachkaufen. Mir sind schon einige verwelkt.« Melissa steht auf, geht zur Kasse und öffnet die Schublade.

»Denk doch einmal nicht ans Geschäft, sondern an dich!«, ruft Rick hastig. Melissa guckt ihn fragend an.

»Warum nimmst du dir nicht den Nachmittag frei? Geh doch mal zum Friseur oder so.«

Reflexhaft fasst sie ins Haar. »Gefällt dir meine Frisur nicht?« Sie tritt vor den Spiegel. »Du hast recht. Ich denk nur noch an meine Blumen …«

»Und dabei vergisst du, dass du die schönste Blume bist.« Rick lächelt, dabei hätte er sich am liebsten den Mund gewaschen von all dem süßen Schmus, der da herausquillt.

»Du bist so ein lieber Junge!« Melissas Blick wird weich. »Ja, das mach ich. Gleich nachdem wir gegessen haben.«

»Wir?« Er überlegt blitzschnell. »Tut mir leid, aber ich bin mit Storm verabredet.«

Sie nickt komplizenhaft. »Ja klar, Jugend gehört zu Jugend.« Sie nimmt ihr Handy, die Sache mit der Frisur beschäftigt sie. »Mal sehen, ob ich bei Charley noch einen Termin kriege.«

Mutter und Sohn verabschieden sich mit einer Umarmung. Melissa schließt ab und läuft telefonierend die Straße hinunter. Rick tut, als ginge er in die Gegenrichtung. Kaum ist seine Mutter außer Sicht, rennt er zu Storm, hilft ihr auf und bringt sie über die Straße. Bis jetzt hat er nichts Verbotenes getan. Wenn er diesen Schlüssel benutzt, in dieses Auto steigt und losfährt, macht er sich strafbar. Doch angesichts des Mega-Verbrechens, das er verhindern will, kümmern ihn solche Vergehen wenig. Er öffnet die Zentralverriegelung und hilft Storm auf den Beifahrersitz.

»Es gibt wahrscheinlich nichts, womit ich dich davon abhalten kann«, sagt sie, als er sich hinters Steuer schwingt.

»Absolut nichts.« Er startet. Es ruckt, er würgt den Motor ab. Er strahlt seine Freundin an. »Reine Übungssache.«

Ohne den Blinker zu setzen, kurvt er aus der Parklücke, haarscharf an der Stoßstange des Vordermanns vorbei. Hinter ihm hupt einer. Zuversichtlich winkt Rick in den Rückspiegel und gleitet in den Straßenverkehr. Er fühlt sich bestens. Ein starker Wagen und neben ihm das schönste Mädchen der Welt. Was soll da noch schiefgehen?

29

Ein neuer Tag beginnt um null Uhr. Wenn Kanters Leute am 9. September in der Monroe Street auftauchen, könnte das bereits mitten in der Nacht stattfinden. Rick und Storm verbringen den Tag bei Storm zu Hause. Nun haben sie sich mit ausreichend Chips und Cola versorgt und sind in die Monroe Street gefahren. Die Straße ist nicht lang, aber zu lang, um sie als Ganzes zu überblicken. An einer Stelle wird sie durch eine Tunneldurchfahrt geteilt, der Zubringer zur Manhattan Bridge führt darüber hinweg. Rick fährt langsam von einem Ende der Straße ans andere.

»Wir parken am besten in der Mitte.«

Storm sagt nichts dazu. Es ist Nacht und nicht gerade warm, sie zittert und möchte schlafen. Sie mag nicht vierundzwanzig Stunden in diesem Auto sitzen, auf den bloßen Verdacht hin, dass jemand auftaucht, der fünf Kisten Cäsium im Gepäck hat. Rick spürt ihren Missmut. Da keine Decke im Auto ist, hüllt er sie mit seiner Jacke ein. Im T-Shirt sitzt er am Steuer. Die Monroe Street ist praktisch ausgestorben. Nur alle paar Minuten fährt ein Wagen vorbei. Nachdem Rick die erste Chips-Tüte aufgegessen hat, überkommt auch ihn eine bleierne Müdigkeit. In der Zeit zwischen zwei Uhr nachts und dem Morgengrauen ist es schwer, wach zu bleiben. Rick macht das Radio an, doch bald geht ihm das Gedudel auf die Nerven. Storm ist eingeschlafen, er streichelt ihr Haar, betrachtet sie. Die Wohligkeit macht ihn müde, ihm wird behaglich zumute. Das Schlafbedürfnis schlägt mit Macht zu, Rick sinkt der Kopf auf die Brust.

Ein Wagen der Straßenreinigung – er fährt hoch. Wie lange war er eingenickt? Rick schlüpft aus dem Auto und vertritt sich die Beine. Die kühle Luft tut gut, erfrischt kehrt er zu Storm zurück. Als er die einsame Straße hinunterschaut, melden sich Zweifel, ob sie hier nicht auf verlorenem Posten stehen. Wieso sollte Kanter die Kisten ausgerechnet an diesem Ort verstecken? Doch wenn nicht hier, wo dann? Die Hausnummer 137 in einer Straße, die gar keine hundertsiebenunddreißig Nummern hat – es kann nur bedeuten, dass das Cäsium hier lagert! Doch je mehr Zeit vergeht, je fahler das Licht der Straßenlaternen wird und die erwachenden Silhouetten den nahenden Morgen ankündigen, desto unsicherer wird Rick. Die Vorstellung, sinnlos am falschen Ort zu sitzen, macht ihm zu schaffen. Nicht logische Vernunft, seine Intuition hat ihn hergeführt, und die sagt ihm: Etwas ist faul. Rick harrt eine weitere Stunde aus. Als es vollends hell wird, als Storm sich neben ihm rekelt und schließlich erwacht, kann Rick seine Zweifel nicht länger für sich behalten.

»Gibt es eigentlich nur eine Monroe Street in New York?«

»Natürlich nicht.« Sie blinzelt aus verhangenen Augen. »Ich dachte, das weißt du.«

»Was weiß ich?«

Storm räuspert sich, ihre Stimme ist noch nicht richtig da. »Ich dachte, du bist sicher, dass es um die Monroe Street in Manhattan geht.«

»Nein, Oona hat gesagt …« Rick fasst sich an den Kopf. Was hat sie denn genau gesagt? Er fühlt sich dumpf und heiß, er hat nicht geschlafen, sein Gehirn arbeitet schwerfällig. »Wo gibt es noch eine Monroe Street?«

»In Brooklyn.«

»Was?« Obwohl Storm keine Schuld trifft, sieht er sie vorwurfsvoll an.

»Woher soll ich wissen, dass du nicht Manhattan meinst?« Zwischen ihren Brauen bildet sich eine ärgerliche Falte.

»Wie lang ist die Monroe Street in Brooklyn? Etwa lang genug …«

»Ja. Die hat bestimmt eine Nummer 137.«

»Oh Scheiße.« Rick startet, braust los. Kurz darauf steht er schon wieder, steht rettungslos im Stau, Berufsverkehr in New York. Die Brücken, die Tunnel, die Verbindungsstraßen sind verstopft wie jeden Morgen. Für Rick fühlt es sich wie eine Verschwörung an. Als wäre all der Verkehr nur auf der Straße, um ihn davon abzuhalten, die Monroe Street zu erreichen. Als sie endlich dort ankommen, strahlt bereits die Sonne vom Himmel. Die Straße liegt in einer schlichten Wohngegend, Brownstone-Buildings reihen sich aneinander. Die Nummer 137 gibt es tatsächlich. Es ist ein Zweifamilienhaus mit steinernem Treppenaufgang, einer alten Holztür und Comic-Figuren an den oberen Fenstern. Hier wohnen Kinder. Ausgerechnet hier soll Kanter radioaktives Material aufbewahren?

»Scheiße.« Rick schlägt auf das Lenkrad.

»Sieht nicht danach aus, oder?« Storm ist der Sache sichtlich überdrüssig. »Wir sind wieder falsch, oder?«

»Das seh ich selbst!« Übernächtigt starrt Rick seine Freundin an. Er weiß, dass der Plan schiefläuft, sie braucht es ihm nicht noch unter die Nase zu reiben. »Ich versteh das nicht! Die müssen das Zeug auslagern. Übermorgen ist der elfte und dann ...«

»Könnte Kanters Frau nicht einfach etwas falsch verstanden haben?«

Rick hat sich das auch schon gefragt. Kann er denn sicher sein, dass Oona ihn nicht belügt? Vielleicht war das Treffen nur eine Finte, von Kanter erdacht, von Oona raffiniert ausgeführt, um Rick auf eine falsche Spur zu locken. Während er zwischen den verschiedenen Monroe Streets hin und her hetzt, transportieren die Gangster das Cäsium seelenruhig durch die Stadt.

»Könntest du mich nach Hause fahren?« Storm berührt Rick. »Ich muss meine Medikamente nehmen. Und ich möchte ins Bett.«

Rick begreift, dass er mit ihr ziemlich unsanft umgesprungen ist. Er behauptet, dass er Storm liebt? Warum benimmt er sich dann so selbstsüchtig?

»Entschuldige. Klar bring ich dich heim.« Er zeigt zu dem Haus hoch. »Hier ist doch kein Blumentopf zu gewinnen.«

Rick wendet und fährt die Monroe Street zurück. Vor ihm schert ein Bus aus und kriecht im Schneckentempo auf die nächste Ampel zu. Auf der Rückseite befindet sich ein Werbeplakat für eine Ausstellung: Es sind Fotos der jungen Marilyn. Aus rot geränderten Augen glotzt Rick das Plakat an. Eine Ausstellung in Manhattan. Eine Ausstellung in einer Einkaufsgalerie, Marilyn und ihre Fotos, die junge Marilyn.

»Sekunde mal!« Rick fährt hoch.

Storm erschrickt. »Was … Ist was?«

»Nach wem ist die Monroe Street benannt?« Er weiß es, will es sich nur von Storm bestätigen lassen.

»James Monroe, fünfter Präsident der Vereinigten Staaten.«

»Genau!«

»Jedes Schulkind weiß das.«

»Aber das ist nicht der Monroe, den wir suchen!«

»Sondern?« Sie ist nicht in der Stimmung für neue Rätsel.

Rick zeigt nach vorn. Der Bus biegt in die nächste Haltestelle ein; Rick könnte überholen, er tut es nicht. Hinter dem Werbeplakat hält er an.

»Marilyn?« Storm zuckt die Schultern. »Was hat Marilyn mit dem Präsidenten der Vereinigten Staaten zu tun?«

»Die Ausstellung! Guck doch, wo die stattfindet!«

Storm betrachtet den Namen des Einkaufszentrums. »Das ist am Hudson drüben, an der Upper Westside.«

»Ja, ja.« Rick meint etwas anderes. »Guck mal – solange die Ausstellung läuft, haben sie der Einkaufsstraße einen anderen Namen gegeben!« Mit leuchtenden Augen sieht er sie an.

»Monroe Street«, liest Storm. Liest und überlegt, betrachtet das Foto Marilyns und sieht Rick an. »Das ist es«, sagt sie ernst.

»Das ist es!« Mit quietschenden Reifen fährt er vor den Bus.

Storm lächelt und schnallt sich an. »Nicht so lahm, mein Guter. Wir werden auf der Upper Westside erwartet.«

Selten ist Rick einem Wunsch so rasant nachgekommen. »Wie Madam befehlen.« Mitten im Wohngebiet gibt er Gas.

»Vergiss nicht, du hast keinen Führerschein«, meldet sich die vernünftige Storm.

Die Ampel springt auf Rot, Rick fährt trotzdem drüber. Es gibt Tage, da braucht man einfach eine Portion Glück. Er legt den nächsten Gang ein

30

Sie sind fast da, als Storm neue Zweifel kommen. »In einer Einkaufspassage soll die Übergabe von radioaktivem Material stattfinden?«

»Warum nicht? Die vielen Leute dienen als Tarnung.« Rick fährt die 8th Avenue hoch. »Tausend Menschen und was sehen sie? Kisten mit der Aufschrift 137. Keiner kennt die Gefahr. Vielleicht soll das Zeug in der Nähe zum Einsatz kommen.«

»Auf der Upper Westside?«

Rick erwischt die grüne Welle. »Was gibt es auf der Upper Westside, das es wert wäre, gesprengt zu werden?«

»Du Upper-Eastside-Schnösel.« Sie knufft ihn.

»Mal ehrlich.« Er knufft zurück. »Kein öffentliches Gebäude weit und breit, links der Fluss, rechts der Central Park, nördlich liegt Harlem. Und im Süden …« Rick zeigt auf die Metropolitan Opera. »Wer sollte ein Opernhaus in die Luft sprengen?«

Schon von Weitem sieht man Marilyns meterhohes Poster an der Fassade des Einkaufszentrums. Es ist das berühmte Bild, auf dem ihr der Luftzug den weißen Rock hochweht. Rick nimmt eine Baseballkappe aus der Tasche und zieht sie tief ins Gesicht.

»Kanters Leute kennen mich«, erklärt er.

Er parkt mit zwei Rädern auf dem Bordstein, sie steigen aus. »Wir tun so, als ob wir die Ausstellung besuchen.« Sie gehen zum Eingang. »Wir warten. Was Besseres fällt mir im Moment nicht ein.«

Sie brauchen nicht lange zu warten, im Gegenteil. Sie kommen fast zu spät.

ZEITLOS. Der Schriftzug prangt über der überdachten Galerie, berühmte Fotografen werden angekündigt: Avedon, Warhol, Parks. Rick will weiter, Storm bleibt stehen. Durch die gläserne Wand des Gebäudes sieht man in eine Seiteneinfahrt. Dort steht ein schwarzer Transporter, davor ein ungewöhnlich aussehender Mann. Rundum sind zahllose Menschen, dieser Mann aber fällt auf. Rick hat Storm seinen Trainer nur beschrieben, doch sie ist fast sicher, er ist es. Sie packt Rick am Arm, er schaut in die Richtung.

»Semyoto.« Erschrecken und Freude spiegeln sich auf seinem Gesicht. Die Odyssee durch die City war nicht umsonst, sie haben die Täter gefunden, die Aktion ist im Gang. Rick weiß nicht, ob die Kisten in dem Transporter drin sind oder ob sie erst eingeladen werden sollen. Ist Semyoto der Lieferant oder holt er etwas ab? Auch der Fahrer des Wagens ist einer von Kanters Leuten.

Während Rick und Storm das Geschehen beobachten, ängstlich darum bemüht, nicht gesehen zu werden, läuft ein elegant gekleideter Mann an ihnen vorbei. Er trägt einen hellgrauen Anzug und teure Schuhe, sein Haar ist schwarz gefärbt, der Schnurrbart grau. Er könnte aus Italien stammen, vielleicht aus Griechenland. Er trägt einen Aktenkoffer. Der Mann verlässt die Einkaufspassage, biegt um die Ecke und erreicht die Seiteneinfahrt, als wollte er in die Tiefgarage. Er ist bereits an Semyoto vorüber, als er plötzlich stehen bleibt, den Aktenkoffer auf den Boden stellt, sein Handy nimmt und telefoniert. Das Telefon am Ohr, schlendert er weiter. Der Koffer bleibt zurück. Dieser Mann ist Shefqet Hoxha. Weder Storm noch Rick wissen das. Sie begreifen nur, dass dort gerade ein gefährlicher Deal am Laufen ist.

Semyoto lässt ein paar Augenblicke verstreichen, bevor er zum Koffer geht, er nimmt ihn, kehrt damit zum Auto zurück und öffnet ihn. Ein Blick genügt – was immer da drin ist, es ist das Gewünschte. Semyoto gibt dem Mann im Wagen ein Zeichen, der steigt aus. Fast gleichzeitig kommt Hoxha zurück. Er ist nicht allein. Ein sehniger Kerl mit pechschwarzem Haar ist an seiner Seite. Ohne ein Wort steigt der Sehnige auf den Fahrersitz, während Hoxha zu Semyoto tritt. Beide werfen einen Blick durch das getönte Seitenfenster, einen langen Blick. Hoxha nickt und weist den anderen an, loszufahren. Gesprochen wird nichts, die Gruppe löst sich auf. Hoxha kehrt in die Einkaufspassage zurück, Semyoto will auf die Straße.

»Der Deal ist abgeschlossen.« Rick wischt sich den Schweiß von der Oberlippe. »Die hauen ab. Die Kisten sind drin, sie bringen sie fort.« Fahrig schaut er sich um.

»Allein hast du keine Chance.« Storm sieht Hoxha näher kommen.

Rick hat den Transporter im Auge. »Ich muss irgendwie …« Er drückt Storms Hand. »Versuch, den mit dem Schnauzer aufzuhalten.«

»Wie?«

Rick vergisst, dass Storm keine Agentin ist. »Keine Ahnung. Der Typ darf nicht untertauchen.«

»Sieh dich vor!«

Er ist schon auf der Straße.

Rick rennt zum Range Rover und lässt Semyoto nicht aus den Augen. Gleich wird sein Lehrmeister die Hauptstraße erreichen. Im Hintergrund startet der Sehnige den Transporter. Rick erreicht seinen eigenen Wagen.

»Ist das Ihrer?« Hinter dem Fahrzeug tritt ein Straßenpolizist hervor, groß, breitschultrig, die Ärmel seines Uniformhemdes sind aufgekrempelt. Hinter verspiegelten Sonnengläsern mustert er Rick.

»Ja, Officer.« Rick bleibt nicht stehen.

»Ist Ihnen entgangen, dass Sie auf dem Bordstein

parken?« Die Hand des Polizisten ruht auf seinem Schlagstock.

»Tatsächlich?« Rick hat die Fahrertür fast erreicht.

»Ihre Fahrzeugpapiere und den Führerschein, Sir.«

»Selbstverständlich, Officer.« Rick lächelt. »Ich habe sie im Wagen.«

Der Polizist beobachtet, wie der junge Fahrzeughalter einsteigt. Doch statt zum Handschuhfach zu greifen, schließt er die Tür hinter sich.

»Moment mal.« Der Streifenpolizist macht einen Schritt.

Rick steckt den Schlüssel ins Zündschloss. Gerade kommt der schwarze Transporter aus der Einfahrt gerollt. Semyoto ist nur wenige Meter entfernt. Rick startet.

»Hey, Sir.« Der Polizist tritt an Ricks Seite.

Der lässt das Fenster einen Spalt herunter. »Officer, hören Sie genau zu. Fordern Sie sofort Verstärkung an.«

Einen Augenblick steht der Mund des Ordnungshüters vor Sprachlosigkeit offen.

»Dort in dem Transporter wird radioaktives Material befördert, das illegal in die USA geschmuggelt wurde. Ich werde diesen Wagen jetzt stoppen. Ich brauche Ihre Hilfe.« Der Polizist traut seinen Ohren nicht. Rick sagt das in einem Ton, mit dem man sonst eine kalte Suppe im Restaurant zurückgehen lässt.

»Verlassen Sie sofort das Fahrzeug, Sir«, fordert er ihn auf, als Rick den Gang einlegt. Seine Hand ruht nicht mehr entspannt auf dem Schlagstock.

Rick gibt so abrupt Gas, dass er in den Sitz gepresst wird. Der Officer springt zurück. Mit dem Höchsttempo, das auf die kurze Distanz möglich ist, schießt Rick in die Straße und auf die Einfahrt zu. Er muss den Transporter stoppen, bevor er sich in den Verkehr einreiht! Der Fahrer sieht Rick auf sich zukommen, bemerkt dessen Geschwindigkeit, kann nicht glauben, was gleich passieren wird.

Rick hält das Gaspedal auf Anschlag. Er und der Wagen seiner Mutter werden zum Geschoss, das den schwarzen Transporter rammt. Beide Fahrzeuge sind aus solidem Stahl. Sie halten was aus. Metall knirscht auf Metall, Stahl wird verbogen, verbeult, doch es gelingt Rick nicht, den Motor des anderen außer Betrieb zu setzen. Der Fahrer begreift, dass er angegriffen wird. Er ist ein Profi, auf Ernstfälle trainiert. Schneller, als es Rick lieb ist, hat er eine Waffe in der Hand. Nur die Distanz zweier Windschutzscheiben trennt die beiden. Rick schaut in brutale Augen. Der Fahrer gibt nun seinerseits Gas und schiebt den verkeilten Range Rover vor sich her. Rick bremst, doch das genügt nicht, um seinen Wagen zu stoppen. Er muss mitansehen, wie er auf die Kreuzung gestoßen wird. Er steigt von der Bremse, legt den Rückwärtsgang ein, löst sich von dem Transporter, setzt ein Stück zurück und fährt mit Wucht erneut vorwärts. Diesmal erwischt er den Transporter halb links, er donnert gegen dessen Reifen und blockiert ihn.

Hinter ihm ertönen Schreie. Im Rückspiegel erkennt

er, wie der Polizist mit gezückter Pistole auf die verkeilten Autos zurennt. Auch der Fahrer sieht den Cop und lässt seine Waffe wieder verschwinden. Rick wirft einen kurzen Blick zur Einkaufspassage. Was macht Storm? Ist sie in Gefahr?

*

»Entschuldigen Sie, Sir. Wir sammeln Unterschriften für bedrohte Tierarten in Nordamerika.« So hat Storm Shefqet Hoxha vor ein paar Sekunden angesprochen.

»Keine Zeit.« Er will weiter.

»Dauert nur eine Minute.« Selbstbewusst stellt sie sich ihm in den Weg.

»Ein andermal.« Hoxha lächelt, aber der kalte Glanz in seinen Augen macht Storm Angst.

»Wussten Sie beispielsweise, dass die kalifornische Beutelratte stark dezimiert ist?« Es gibt keine kalifornische Beutelratte, hat nie eine gegeben. Storm ist nichts Besseres eingefallen.

»Sie belästigen mich.« Mit diesen Worten will Hoxha an ihr vorbei, unter Marilyns Plakat hindurch, in die Einkaufspassage. Er kommt nicht so weit. Ein ohrenbetäubender Krach stoppt ihn, offenbar ein Verkehrsunfall. Hoxha fährt herum und sieht, wie sein eigener Mann am Steuer des Transporters zum Stehen gebracht wird. Hoxha begreift: Er ist nicht zufällig aufgehalten worden. Er muss verschwinden. Niemand darf ihn an diesem Ort erkennen, zugleich darf er ein Geschäft von solcher Wichtigkeit nicht kampflos aufgeben. Seine Pistole ist klein, fast feminin. Mit einem Griff hat er sie aus dem Halfter, reißt Storm mit der anderen Hand an sich und presst ihr die Mündung in die Rippen. »Ein Schrei und du bist tot.« Er stößt sie zur nächsten Ecke. Geschützt von zwei Glasfronten, bleibt er stehen, hält sie fest und starrt zu den verkeilten Wagen hinüber.

*

Rick kann Storm nicht gleich entdecken. Doch, dort steht sie, dicht neben dem Eingang, hinter ihr der Mann mit dem Schnauzer. Sie steht stocksteif, ihre Augen voll Angst. Tausend Vorwürfe macht sich Rick, sie in die Sache hineingezogen zu haben. Aber im Augenblick hat er keine Möglichkeit, ihr zu helfen. Nicht nur der Polizist kommt auf ihn zugestürzt, dort, im Pulk der herandrängenden Leute, nähert sich auch Semyoto. Was wird der Meister unternehmen? Wenn er eingreift, bringt er Kanter in Verdacht.

Vor allem braucht Rick jetzt einen Verbündeten. Er kann nicht den Fahrer und Semyoto gleichzeitig bekämpfen. Er ist unbewaffnet, der Polizist hinter ihm aber hat eine Fünfundvierziger. Er muss dem Officer klarmachen, dass nicht er der Feind ist, sondern der im anderen Auto.

Rick zieht die Handbremse, rutscht auf den Beifahrersitz, springt aus dem Range Rover und rennt direkt auf den Transporter zu. Er schreit, als ob er angreifen würde, fasst dabei in seine Brusttasche, als wollte er eine Knarre ziehen. Der Fahrer reagiert prompt. Er zieht seine Pistole und feuert dreimal auf Rick. Der Junge fällt zu Boden, ist aber nicht getroffen. Er geht in Deckung und rollt sich an den Transporter heran, um aus der Schusslinie zu kommen. Er schaut hoch. Der Polizist scheint verstanden zu haben, noch zögert er. Da feuert der Fahrer auch auf ihn. Rick hat ihn nervös gemacht, er begeht den größten denkbaren Fehler und schießt auf einen New Yorker Polizisten. Der Officer greift nach seinem Funkgerät und gibt den Notruf durch.

Wir sind auf der Upper Westside, Dutzende Streifenwagen sind in der Nähe im Einsatz. Der Fahrer hat sich sein eigenes Grab geschaufelt. Aber noch ist die Hilfe nicht da. Rick muss handeln. Was sind seine Optionen? Haut er ab? Rennt er in die Tiefgarage? Schießt er sich seinen Weg durch die Menge frei?

Von seiner Position aus kann Rick nicht sehen, was im Innern des Wagens passiert. Vorsichtig hebt er den Kopf. Der Fahrersitz ist leer. Wohin ist der Mann verschwunden? Hat er den Transporter auf der anderen Seite verlassen? Rick kommt auf die Beine, er sieht: Auch der Polizist ist in Deckung gegangen. Aus dem Wageninneren hört Rick ein Geräusch. Der Kerl ist in den Transportraum geklettert! Was macht er dort?

»Officer!«, schreit Rick. »Er ist hier drin! Hierher!«

Der Polizist ist es nicht gewohnt, auf die Befehle eines Teenagers zu hören, und wartet ab. Rick fährt herum, seine Augen suchen Storm. Sie steht noch am gleichen Fleck, dicht an den Mann im Anzug gepresst. Da hört Rick das *Wuiiih Wuiiih* der Streifenwagen, für ihn klingt es schöner als Engelschöre. Unter Marilyns Beinen hält das erste Fahrzeug, Uniformierte springen heraus. Rick zeigt auf Shefqet Hoxha und schreit über die Menge hinweg: »Verhaften Sie diesen Mann! Er ist ein Terrorist!«

Das gefürchtete Wort. Das Wort, das zum Albtraum wurde. Das Wort verfehlt seine Wirkung nicht. Es ist, als ob die Straßenszene einfriert. Alle bleiben stehen und starren in die Richtung, in die Ricks Finger weist. Dann rennen sie los, in alle Richtungen. Fort, nur fort von einem Platz, wo ein Terrorist ist. Terroristen tragen Bomben mit sich, Terroristen zögern nicht, sie an ihrem eigenen Leib zu zünden. Für Terroristen zählt das eigene Leben nichts, sie töten Unschuldige. Weg von hier!, ist der Gedanke, der die Menge erfasst. Sie rennen den Polizisten in den Weg. Auch die Cops folgen Ricks Fingerzeig und sehen den Mann vor der Einkaufspassage. Auf den ersten Blick wirkt er nicht gefährlich. Jetzt zieht er das Mädchen ins Innere des Kaufhauses, zieht sie in die Ausstellung mit Marilyns Bildern. Die Fotografien werden zwar angestrahlt, aber rundum ist es dämmerig – gute Lichtverhältnisse für die Ausstellung, aber schwierig für eine Verfolgung. Bevor die Polizisten die panischen Leute beiseitestoßen und den Eingang erreichen, ist der Mann mit dem Mädchen verschwunden.

Hoxha ist fort, Storm ist fort … Für einen Moment verlässt Rick aller Mut. Was hat er getan, was hat er in Kauf genommen? »Nein!«, schreit er, will hinterher, da öffnet sich neben ihm die Schiebetür des Transporters. Der Fahrer ist ihm so nahe, dass sein Atem Ricks Gesicht streift. Er ist ungewöhnlich blass, eine Narbe verläuft vom Ohr bis zum Hals. Schweißperlen stehen auf seiner Stirn. Er hat die Waffe nicht im Anschlag, er hält etwas Größeres in den Händen. Es ist schwarz und hat die Form eines Zylinders. Rick kapiert: Eine der Kisten ist offen, der Mann hat sie aufgebrochen und hält nun den Inhalt im Arm. Er weiß, das ist der Junge, der seine Pläne zunichtemacht. Ein hasserfüllter Blick, dann wirft der Mann sich hart gegen Rick. Der taumelt, stürzt hin. Der Fahrer ist über ihm, verpasst ihm einen Tritt, sagt etwas in einer fremden Sprache. Der Mann rennt los, die Abfahrt zur Tiefgarage hinunter. Das Cäsium trägt er auf seinem Arm. Rick braucht Sekunden, sich von dem Tritt zu erholen. Als er hochkommt, erreichen ihn die Polizisten.

»Dort in der Tiefgarage!«, ruft er. »Cäsium 137. Es ist radioaktiv!« Er tut einen Schritt rückwärts. Auf das Wort *radioaktiv* bleiben die Polizisten stehen.

»Sie müssen die Straße evakuieren!«, ruft Rick. Dann macht er kehrt und rennt los, die Rampe hinunter. Das Auto seiner Mutter lässt er auf der Kreuzung stehen. Sollen sich die Polizisten drum kümmern – er hat jetzt Wichtigeres zu tun.

»Hey! Junge!«, ruft der Officer. Er und die anderen heben ihre Waffen und zielen auf Rick. Aber sie schießen nicht. Sie nähern sich dem Transporter, sehen hinein, lesen die Ziffern 1-3-7. Sie sind allesamt keine großen Tiere, mussten sich in einer solchen Situation noch nie bewähren. Einer von ihnen ist ranghöher, darum gibt er den Befehl, die Umgebung abzuriegeln und die Leute fortzuschaffen. Über Funk fordert er weitere Verstärkung an und das Strahlenschutzkommando. Nur ein einziger Polizist folgt Rick, die anderen umringen den Wagen, den er zum Stehen brachte. Darin sind vier unversehrte Kisten. Dank Ricks Einsatz können vier Behälter mit dem gefährlichen Isotop Cäsium 137 sichergestellt werden. Das hat Rick geschafft. Das ist eine verflucht beachtliche Leistung für einen Fünfzehnjährigen.

Nicht weit vom Geschehen entfernt, steht ein asiatisch anmutender Mann. Er beobachtet, wie immer mehr Polizeikräfte eintreffen, bis der schwarze Transporter vollständig von ihnen umringt ist. Semyoto weiß, hier gibt es nichts mehr für ihn zu tun. Den kleinen Aktenkoffer in der Hand, dreht er um und geht langsam die Straße hinunter.

31

Rick läuft die Rampe abwärts, rennt hinter dem Unbekannten mit dem Metallzylinder her, dessen Schritte in der Etage unter ihm zu hören sind. Was tut er hier – was tut er? Storm ist in Gefahr! Er hat jetzt Wichtigeres zu tun.

Rick bleibt stehen. Draußen hört er die Schritte des Polizisten, der sich der Garage nähert. Rick dreht sich um. Am Eingang zur Rampe sieht er den Cop mit gezückter Waffe. Rick hat keine Zeit für Diskussionen oder Erklärungen. Er schlüpft durch eine Tür ins Treppenhaus, hört draußen die Schritte des Polizisten vorbeiknallen. In Gedanken wünscht Rick ihm Glück, in Gedanken sieht Rick den sehnigen Mann vor sich: Er ist wild entschlossen und fanatisch. Das macht ihn stärker als den Gesetzeshüter.

Rick rennt die Treppe hoch. Die Tiefgarage mündet in die Einkaufspassage. Es ist vielleicht zwei Minuten her, dass er Storm in der Gewalt des Mannes in der

Ausstellung verschwinden sah. Rick drosselt seinen Atem und betritt das Gebäude wie ein normaler Besucher. Unter den Leuten herrscht keine Aufregung. Das überrascht ihn. Gerade wurde eine Sechzehnjährige mit Waffengewalt hier hinein verschleppt und doch könnte die Stimmung nicht friedlicher sein. Einzeln, zu zweit und in Gruppen stehen sie vor Marilyns Fotos. Sie finden es nett, sich etwas Hübsches anzusehen, bevor sie shoppen gehen. Rick schaut zum Haupteingang. Die kreisenden Blaulichter sind bei Tageslicht kaum zu sehen, das *Wuiiih* der Sirenen geht im allgemeinen Straßenlärm unter. Jetzt tauchen Uniformierte auf. Nur keine Schießerei, denkt Rick, nicht solange Storm in der Schusslinie ist. Langsam, zugleich mit wachsamen Augen, schlendert er an den Ausstellungsstücken vorbei. In einer Vitrine hängt das Kleid, das Marilyn in einem berühmten Film trug. Wohin könnte Storm verschleppt worden sein? Vielleicht in die Toilette? Hat der Kidnapper sie in einen der Shops gezerrt?

Eine dunkle Pforte zieht Ricks Aufmerksamkeit an. Inmitten der Galerie steht ein Vorführraum. Ein Minikino, in dem Filmausschnitte gezeigt werden. Rick weiß es, ohne es wissen zu können: Dort drin wird Storm gefangen gehalten. Er zieht seine Jacke aus und nimmt die Kappe ab. Der Entführer soll ihn nicht sofort wiedererkennen. Im Hemd betritt Rick den Raum. Vier Reihen, davor eine kleine Leinwand. Gefühlsaufwallende Musik, Marilyn ist kaum wiederzuerkennen, so jung sieht sie aus. Mit gesenktem Kopf huscht Rick zur letzten Reihe. Der Eckplatz ist besetzt, er rutscht auf den Sitz daneben. Da erkennt er in der vordersten Reihe Storms Haarmähne, daneben den Schopf des Mannes. Wie Vater und Tochter sehen sie von hinten aus. Warum haut der Kerl nicht ab?, denkt Rick. In ein paar Minuten wimmelt es hier von Polizisten. Warum steht er nicht auf, lässt Storm zurück und bringt sich in Sicherheit?

Was Rick nicht weiß, Hoxha telefoniert. Flüsternd, unbemerkt. Immer noch hält er Storm mit der Waffe in Schach, zugleich gibt er dem flüchtenden Fahrer neue Anweisungen. Hoxha ist ein eiskalter Mann. Während seine Lage von Sekunde zu Sekunde brisanter wird, steigt sein Puls kein bisschen. Storm bedeutet nur ein Mittel zum Zweck für ihn. Wenn nötig, wird er sie töten, wenn es ihm nützt, lässt er sie am Leben. Er beendet das Gespräch. Auf der Leinwand nimmt Marilyn gerade einen Teller vom kalten Buffet. Sie trägt eine Brille und sagt etwas über das Essen. Die Leute in dem kleinen Raum lachen. Lautlos steht Rick wieder auf und schleicht gebückt nach vorne. Hoxha hält die Waffe in der rechten Hand, Rick kann sie nicht mit einem Griff packen. Stattdessen springt er den Mann an und reißt ihn am Oberkörper herum. Die Waffe bleibt in Hoxhas Hand, aber sie ist nicht mehr auf Storm gerichtet. Hoxha schießt. Rick spürt das scharfe Brennen in der rechten Schulter, Hitze und Kälte durchfahren ihn. Während im Kino geschrien wird, legt Hoxha zum zweiten Mal an. Er hat Ricks rechte Seite getroffen, aber Ricks gute Seite ist die linke. Er schlägt die schießende Hand weg, der Schuss geht nach vorn los, die Kugel bohrt sich in die Leinwand. Marilyn hat plötzlich ein Loch in der Wange. Hoxha begreift, sein Gegner ist kein Amateur. Er weiß allerdings nicht, dass sein Gegner ein Schüler Semyotos ist. Ricks rechter Arm baumelt leblos herab, der Schuss hat ihn lahmgelegt. Doch bevor Hoxha zum nächsten Mal schießen kann, taucht Rick unter ihm durch und kriegt ihn an den Beinen zu fassen. Er rammt den Mann im grauen Anzug vor sich her, bis er an die Leinwand gepresst wird. Plötzlich sieht es aus, als würde Shefqet Hoxha in dem Film mitspielen. Von den hellen Strahlen geblendet, schlägt er seinem Angreifer mit dem Knauf der Pistole auf den Kopf. Rick spürt einen rasenden Schmerz, er keucht, sein Griff wird schwächer. Mit dem Knie tritt Hoxha ihm ins Gesicht. Rick taumelt zu Boden. Der Mann mit der Waffe hat das gesamte Kino vor sich. Er hebt die Pistole, nimmt alle ins Visier.

»Wer sich bewegt, ist tot«, sagt er nüchtern. Die Leute gehorchen.

Alle, bis auf eine. Storm hat gesehen, wie ihr Freund sie zu retten versuchte. Hat mitangesehen, wie er zu Boden ging. Storm hat nie gekämpft, das ist für sie eine typische Männerbeschäftigung, die sie verabscheut. Aber Storm ist verliebt. Sie liebt den Jungen, der dort vor Hoxha liegt und die Hände auf den schmerzenden Kopf presst. Storm rennt los. Bevor Hoxha die Waffe auf sie richten kann, rempelt sie ihn von der Seite an. Für einen Augenblick verliert er die Kontrolle.

»Rick!«, schreit sie.

Ihre Stimme wirkt auf Rick wie Medizin. Er kann nicht liegen bleiben und sich den Schädel halten, er muss dafür sorgen, dass sie gewinnen. Was würde Semyoto, der Meister, in dieser Lage tun? Rick wird ruhig. Er sammelt sich, springt hoch, greift an, schlägt zu, wirbelt herum, tritt, er taucht ab und stößt mit dem Kopf. Rick hat nur einen Arm zur Verfügung, doch wenn man Semyotos Technik richtig anwendet, genügt das. Hoxha keucht, schießt, ohne zu treffen, Hoxha schlägt ins Leere. Rick braucht noch drei Schläge, dann tut sein Gegner einen langen Seufzer und spuckt Blut. Mit dem letzten Schlag entfernt Rick die Pistole aus Hoxhas Faust. Sie landet in der Ecke. Rick nimmt Storm an der Hand. Die Leute in den Kinoreihen sind paralysiert. Sie wissen nicht, ob sie einen Film gesehen haben oder die Wirklichkeit. Da liegt ein schwarzhaariger Mann mit Schnauzer und rührt sich nicht. Da läuft ein Junge mit blutender Schulter zum Ausgang und zieht ein Mädchen mit sich. Er lässt sie los, bückt sich und nimmt die Pistole.

»Sagen Sie der Polizei, dieser Mann ist ein gesuchter Terrorist«, ruft Rick in den Raum. »Sagen Sie, er hat das radioaktive Material gekauft, das draußen im

Wagen liegt. Sagen Sie, er wollte damit eine Bombe bauen.«

Gibt es eine vorstellbare Reaktion auf solche Sätze? Die Leute sind eher geneigt zu glauben, dass sie sich bloß in einem Film befinden. *Terrorist – radioaktiv – Bombe*... Sie müssen in einen Katastrophenfilm geraten sein. Bevor sie wirklich begreifen, was sie erleben, ist der blutende Junge mit seiner Gefährtin bereits hinausgeeilt. Rick lässt eine verdutzte Gruppe und einen bewusstlosen Verbrecher zurück.

Er greift sich die Jacke, die er vor dem Eingang abgeworfen hat.

»Leg sie mir über die Schultern«, sagt er. Storm tut es, die blutige Stelle ist nicht mehr zu sehen. Mit dem gesunden Arm umfasst Rick Storm, setzt ein harmloses Gesicht auf und zieht sie in Richtung eines Klamottenladens. Sie tun, als ob sie die Auslage betrachten. Hinter ihnen schwärmen Uniformierte in alle Richtungen aus. Sie haben die Schüsse gehört und ihre Waffen aus den Halftern gezogen. Rick wartet, bis aus dem Kino der erste Schrei ertönt. Die Polizisten sind abgelenkt, sie erreichen die dunkle Pforte. Rick und Storm schlendern ohne Hast auf den Ausgang zu und tauchen in die Gruppe derer ein, die den Polizeieinsatz neugierig beobachten.

»Weitergehen. Hier gibt's nichts zu sehen«, sagt ein Uniformierter und dirigiert die Neugierigen nach draußen. Rick und Storm tun genau, was der Ordnungshüter verlangt. Erst als sie im Freien sind, gestattet sich Rick, dem flauen Gefühl in seinen Beinen nachzugeben. Er wird kreidebleich, stützt sich auf Storm. Die Schusswunde schmerzt höllisch.

»Ich glaube, ich werde ohnmächtig«, sagt er.

Storm hält ihn aufrecht. Ruhig führt sie ihn weiter.

32

Oona ist froh, denn sie hat sich abgesichert. Durch ihre Kooperation mit Rick hat sie Verantwortung als Staatsbürgerin gezeigt. Dabei weiß sie nicht einmal, ob der Tipp, den sie Rick gab, von irgendwelcher Bedeutung ist. An dem Tag, als sie den Jungen folterten und er von der Bombe erzählte, war Oona aufgewühlt und verunsichert; sie nahm an, dass er die Wahrheit sagt. Mittlerweile sind ihr Zweifel gekommen. Der Sommer verklingt, ein prachtvoller Herbst kündigt sich an. Alles ist weicher, gemäßigter, nicht mehr so krass wie während der heißen Monate. In dieser Atmosphäre kommt es Oona unwahrscheinlich vor, dass Ricks Katastrophenszenario stimmt. Warum soll Kanter zulassen, dass in Manhattan eine Bombe hochgeht? Die Radikalen dieser Welt sollen sonstwo Radau machen und sich mit ihren bescheuerten Sprengkörpern in die Luft jagen. New York City ist heiliger Boden. Hier wird nichts passieren. Niemand ist so verrückt, ausgerechnet am sensibelsten Tag des Jahres einen Terroranschlag zu planen. Die Sicherheitsvorkehrungen sind enorm. Eine Bombe, von Kanter geliefert, am 11. September gezündet? Nein, Oona glaubt nicht länger daran. Ihr alter Wolf mag manches schräge Ding gedreht haben, radioaktive Sprengkörper kann sich Oona in seinem Sündenregister nicht vorstellen. Kanter hat Sorgen, er ist nicht mehr der Jüngste, wahrscheinlich will er wirklich nur mit ihr in Urlaub fahren.

So denkt Oona, als sie sich mit ihrem Mann unweit des Edelweiß trifft. Sie sind zum Shoppen verabredet, es gibt vor der Abreise noch viel zu besorgen. Europa! Oona wird bei der Vorstellung schwärmerisch. Was hat sie denn bis jetzt von der Welt gesehen? Sie ist jung, sie will etwas vom Leben haben. Und eines muss man dem alten Wolf lassen: Er ist großzügig. Oona will Frieden mit ihm.

Kanter scheint es genauso zu gehen. Er begrüßt sie mit einer Umarmung, sieht ihr herzlich in die Augen und küsst sie auf den Mund. »Ist das nicht ein prächtiges Wetter zum Bummeln?«, fragt er gut gelaunt.

Oona ist erleichtert. Die letzten Tage mit ihm waren ein Eiertanz. Kanter war reizbar, lustlos und aggressiv. Nie wusste sie, wie sie ihn behandeln sollte. Heute ist er wie ausgewechselt, so als hätte er alles abgestreift, was ihm seit dem Trip nach Boston auf der Seele lag.

»Für unseren ersten Abend in Paris habe ich ein

tolles Kleid gefunden.« Lächelnd hakt sie sich bei ihm unter. »Was mir fehlt, sind leichte Sachen für Italien.«

»Die kaufen wir nicht hier.« Sie laufen ein paar Schritte. »In puncto Mode ist New York Provinz. Das holen wir in Paris und Venedig nach.«

Sie kuschelt sich an ihn. »Ich habe Venedig nur in Filmen gesehen. Es ist schwer, sich das richtige Venedig vorzustellen.«

»Lass dich einfach verzaubern.« Da ist das Schmunzeln wieder, das Oona am ersten Abend auffiel, als Kanter in die Tahiti Bar kam. Er mag alt sein, aber er hat immer noch das gewisse Etwas.

»Wir fliegen übrigens nicht von JFK ab«, sagt er nebenbei.

»Warum nicht?«

»Wieso soll man sich mit etwas Gutem zufriedengeben, wenn man das Beste kriegen kann?« Sein Kinnbart zuckt, er grinst.

»Was ist das Beste?«

»Ein Privatjet natürlich.« Das kommt ihm so cool über die Lippen, als würde er sie zu einer Radtour durch den Central Park einladen.

»Du hast einen Jet gechartert?«

»Ehrlich gestanden habe ich ihn gekauft. Unterm Strich kommt mich das günstiger.«

»Theo!« Sie strahlt ihn an. »Du bist wirklich … der verrückteste Wolf, den es gibt!«

»Verrückt?« Für einen Moment verdunkeln sich seine Pupillen. »Kann schon sein.«

Sie überqueren die Avenue B, als Kanter plötzlich etwas einfällt. »Da wir gerade hier sind ... Ich brauche noch ein Papier aus dem Büro.«

»Nicht jetzt, Darling. Es ist so ein schöner Tag, ich mag nicht in die muffige Bude.«

Er lässt ihren Arm nicht los. »Dauert nur eine Minute. Komm.«

Widerwillig folgt sie ihm zum Eingang des Edelweiß. Er sperrt auf, lässt sie vorgehen, tritt ein und schließt hinter ihnen ab. Wie meistens ist das Restaurant leer. Alles wäre wie sonst, würde Semyoto nicht dort am Tresen sitzen. Oona mag den Halbasiaten nicht. Er schaut einem nie richtig in die Augen.

»Ich begleite dich ins Büro«, sagt sie, da sie nicht mit Semyoto allein bleiben will.

»Was wir besprechen müssen, tun wir am besten hier«, antwortet Kanter, geht zum Fenster und schließt die Jalousie.

Oona begreift es im selben Moment. Es ist wie ein Stromschlag, wie ein glühendes Eisen, das ihr ins Herz gebohrt wird. Kanter hat sie durchschaut. Kanter weiß alles.

»Oh nein«, sagt Oona, weil sie im ersten Moment den Schein der Lüge nicht aufrechterhalten kann.

»Du hast mich verraten«, sagt Kanter. »Du hast mich ausgeliefert an einen halbwüchsigen Jungen. Mich. Deinen Mann.«

Diese Sätze sind ohne Zorn gesprochen. Die nüchterne Unerbittlichkeit macht seine Worte noch schlimmer. Oona weiß, sie ist verloren. Trotzdem rennt sie zur Tür, rüttelt sinnlos daran. Wie ein Vogel, der einen Weg ins Freie sucht, hetzt sie zur anderen Tür.

»Du willst fort?« Kanter geht zur Bar und gießt sich von dem grünen Schnaps ein. »Keine Sorge, ich bringe dich fort von hier. Allerdings wirst du dann nicht mehr laufen können.«

Oona bleibt stehen und starrt Semyoto an. Sie weiß nicht viel über seine Praktiken, doch was sie gehört hat, genügt. Oona kriegt solche Angst, dass sie glaubt, sich übergeben zu müssen.

»Ich stelle dir ein paar Fragen und erwarte klare Antworten.« Kanter trinkt in kleinen Schlucken. »Du hast den Jungen getroffen?«

Hundert Gedanken geistern durch ihren Kopf, die meisten davon sind mögliche Lügen. Sie betrachtet ihren ruhig und entschlossen wirkenden Mann, betrachtet den Meister des Schmerzes, der Oona nicht einmal ansieht.

»Stimmt.« Oona lehnt sich an die Wand.

»Im Museum?« Oona nickt stumm. »Mein Mann war nicht sicher. Es kam ihm bloß vor, als ob du mit jemandem gesprochen hast. Was hast du Rick verraten?«

Oona überlegt, räuspert sich. »Eigentlich gar nichts. Ich weiß doch nichts.« Sie will zu ihm, eine Geste Kanters stoppt sie. »Bitte, Theo …!«

»Was hast du dem Jungen verraten?«

»Monroe Street«, flüstert Oona.

»Der Bursche ist wirklich erstaunlich.« Kanter lächelt zu Semyoto. »Unter all den Möglichkeiten findet er die richtige heraus.« Zu Oona gewandt sagt er: »Rick hat mich in eine schwierige Lage gebracht. Ich wurde für die Lieferung einer Ware bezahlt. Die Abwicklung des Geschäfts erfolgte ordnungsgemäß, bis Rick die Übergabe verhindert hat. Was soll ich jetzt tun? Das Geld zurücküberweisen? Was würdest du tun, mein Liebling?«

»Bitte tu mir nicht weh.« Sie kann die Tränen nicht länger zurückhalten. »Bitte … ich flehe dich an, tu mir nicht weh!«

»Ach, weißt du …« Er rutscht vom Barhocker und geht auf sie zu. »Der Schmerz ist nicht das Schlimmste dabei. Es ist die Unabsehbarkeit, die ihn so schrecklich macht.« Dicht vor ihr bleibt er stehen. »Die Unabsehbarkeit, dass es nie aufhören könnte. Semyoto wird nicht zulassen, dass du das Bewusstsein verlierst. Er wird nicht erlauben, dass du dich in das Glück einer Ohnmacht flüchtest.« Kanters Augen sind traurig. »Und das, meine Hübsche, ist das Entsetzliche daran.«

Oona weiß nicht, dass sie selbst es ist, die schreit. Sie hört nur diesen verzweifelten, langgezogenen Schrei. Kein Wort ist darin, kein Ausruf, keine Bitte. Es ist ein Schrei absoluter Hoffnungslosigkeit. Kanter nimmt ihren Arm und führt sie zum Tresen, während Semyoto aufsteht und seine Jacke auszieht.

33

»Du musst aus der Sache aussteigen«, sagt Storm.

»Erst, wenn es vorbei ist.« Mit dem linken Arm hält Rick sie umfasst. Den rechten hat Storm mit seinem Hemdsärmel verbunden.

»Es ist vorbei. Bitte hör auf!« Sie fleht Rick an. »Du hast die Lieferung gestoppt, hast den Deal verhindert. Du hast den Täter ausgeschaltet.«

»Der andere ist entkommen. Er hat den Inhalt der fünften Kiste mitgenommen.«

Sie sitzen in der Subwaystation unter dem Columbus Circle. Sie sitzen im Halbdunkel, aneinander geklammert, voll widerstreitender Gefühle. Rick weiß, er muss dafür sorgen, dass Storm aus der Gefahrenzone herauskommt. Sie hat am eigenen Leib verspürt, was für Menschen das sind, die er bekämpft. Sie muss weg von hier, aber er kann sie noch nicht loslassen. Er liebt sie, liebt die Geborgenheit, die er bei ihr findet. Er hat Angst.

»Ruf das Department an.« Storm streichelt sein Haar. »Die sollen das von jetzt an übernehmen. Nicht du.«

Rick nickt, verspricht es sogar und weiß zugleich, dass er es auf seine Art machen wird. »Fahr besser nicht nach Hause«, sagt er. »Bleib an Orten, wo viele Menschen sind.«

»Glaubst du, sie sind jetzt auch hinter mir her?«

»Nein, es ist … nur zu deiner Sicherheit.«

Sie erkennt an seinem Blick, dass er zweifelt. Sie will ihm ausreden, sich erneut in Gefahr zu begeben. Sein Blick sagt, es wird ihr nicht gelingen. »Wie lange noch?«

»Heute. Vielleicht morgen. Spätestens übermorgen.«

»Nine Eleven«, flüstert Storm.

»Ja.« Er versucht, Zuversicht in sein Lächeln zu legen. »Danach ist es zu Ende.«

»Und dann? Was wird, wenn du Nine Eleven überlebst?«

»So weit denke ich nicht.«

Storm reißt ihn an sich. »Ich will dich nicht verlieren!«

»Ich werde … Wir müssen …« Rick hat keine Antworten mehr, besteht nur noch aus Fragen. »Du musst gesund werden.«

Sie sieht ihn so traurig an, dass Rick den letzten Satz bereut.

»Es scheint, als ob wir von lauter unmöglichen Dingen reden.«

»Du *wirst* gesund! Es wird alles anders. Du und ich, Storm! Du und ich.«

Sie küssen sich, dass ihnen der Atem ausgeht.

»Ich liebe dich.«

Es ist das erste Mal im Leben, dass Rick das zu einer Frau sagt. Storm weint. Auch Rick spürt, die Tränen sind nicht mehr weit. Er springt auf. »Es wird gut. Wir sehen uns wieder. Alles wird gut, glaub mir.«

Die Subway kommt. Die Lichter nähern sich, bohren sich in das dunkle Versteck der Liebenden. In plötzlicher Helligkeit stehen sie da.

»Wohin fährst du?«, fragt sie, als er sich aus ihrer Umarmung löst.

»Besser, du weißt es nicht.«

»Du musst zum Arzt.«

»Nur eine Fleischwunde.« Rick schüttelt den Kopf. »Der Knochen ist unverletzt.«

Der Zug steht, die Türen gehen auf. An der Hand hält Storm ihn fest.

»Sei vorsichtig«, sagt sie und weiß, wie lächerlich das klingt.

»Bin ich nie.« Ein letzter Kuss. Er springt ins Abteil, die Türen krachen zu. Im Luftzug der abfahrenden Subway sieht er Storm draußen stehen. Das Herz droht ihm zu brechen.

Während der Zug unter den Straßen der Stadt südwärts braust, sucht Rick das tiefe Gefühl loszuwerden, er kann es nicht brauchen, es behindert ihn bei dem, was kommt.

Er hat ein bestimmtes Bild vor Augen: Semyoto, der dastand und Rick ansah. Er hat nicht eingegriffen. Er hatte den Aktenkoffer bei sich, die Bezahlung für die Ware. Rick ist sicher, dass in dem Koffer kein Geld war. Wahrscheinlich ein Laptop, auf dem nachzuvollziehen ist, dass das Geld auf Kanters Konto eintraf. Kanter bekam Geld für etwas, das nicht geliefert wurde. Durch Ricks Schuld. Semyoto muss seinem Herrn davon berichten. Rick kennt die Konsequenz und fürchtet sie: Oona ist in Lebensgefahr.

Obwohl Rick in einem Express Train sitzt, findet er die Fahrt quälend langsam. Er muss Oona warnen. Telefonisch hat er es versucht, sie geht nicht dran. Rick stellt sich vor, was mit ihr passiert, wenn sie Semyoto in die Hände fällt. Er hat selbst erlitten, wie Kanter mit Verrätern umspringt.

Am Astor Place kommt Rick wieder ans Tageslicht. Er rennt die Blocks ostwärts, zum Drachenpalast, betritt Kanters Wohnhaus. Er öffnet Türen, schleicht lautlos umher und begreift bald, dass seine Vorsicht unnötig ist. Kanters Privaträume, sonst streng bewacht, sind verwaist. Nirgendwo taucht einer der Männer auf, selbst im Penthouse herrscht Stille, in überladener Pracht liegt es vor ihm. Rick schleicht zu Oonas Zimmer, dreht den Türknauf, wirft einen Blick hinein. Die Schränke stehen offen, ihr Schminktisch ist abgeräumt. Hier wurde gepackt. Nicht, wie eine Frau packen würde; hastig und wahllos wurden die Sachen in die Koffer geworfen. Dort stehen sie.

Rick kann nicht glauben, dass Kanter seine Urlaubspläne aufrechterhält. Sein größter Deal ist geplatzt. Er kann jetzt nicht einfach zu einer Reise nach Paris aufbrechen. Außer – Rick setzt sich auf Oonas Bett –, außer er flieht. Vielleicht ist das Kanters wirklicher Plan: Er überlässt New York dem Terror und setzt sich selbst ab. Etwas an der Rechnung stimmt nicht: Kanters Liebe zum Big Apple. Die Liebe zu dieser Stadt verbindet Rick und Kanter. Nirgends auf der Welt würde sich der Boss je so wohl fühlen. Nirgends könnte er die Fäden in der Hand halten, nirgends hätte er so viel Macht.

Rick schüttelt diesen Gedanken ab, es gibt Vordringlicheres. Oona. Sie ist nicht hier, jemand wird kommen und ihre Koffer holen. Rick ruft sie ein weiteres Mal an, umsonst. Wo kann sie sein? Er muss hier raus, nachdenken kann er unterwegs. Er verlässt den Drachenpalast und läuft durch die Straßen zum Edelweiß. Er versucht, sich in Kanter hineinzuversetzen. Semyoto hat Rick vor der Einkaufspassage gesehen, vor der Monroe Street. Niemand außer Oona kann Rick den Tipp gegeben haben. Kanters Uhr tickt, Nine Eleven rückt näher. Vielleicht überlässt er sie nicht Semyoto, sondern wiegt sie in Sicherheit, nimmt sie mit nach Europa und bestraft sie erst dort.

Rick erreicht die Ecke, an der sich Kanters Hauptquartier als bedrohlicher Block erhebt. Das Haus ist seine Machtzentrale, das Restaurant zu ebener Erde wirkt wie ein zynischer Witz. Als Rick davor steht, begreift er seine Hilflosigkeit, erkennt, wie lächerlich und selbstmörderisch es ist, auf eigene Faust zu handeln. Er kommt sich wie ein winziger David vor, das Gebäude vor ihm ist der haushoch überlegene Goliath. Endlich tut Rick das einzig Vernünftige: Er meldet sich im Department.

Ich bin mit der Aufarbeitung von Ricks letztem Geniestreich beschäftigt: Gemeinsam mit der Strahlenschutzbehörde haben wir auf der Upper Westside den schwarzen Transporter sichergestellt. Die vier Kisten kommen in unsere Obhut, die Spezialisten isolieren das Cäsium-Isotop. Ich selbst befinde mich in der Tiefgarage. Shefqet Hoxhas bleicher Begleiter hat den Polizisten erschossen. Der Officer war dem Terroristen mit der gefährlichen Ladung auf der Spur, der hatte ihm aufgelauert und schoss ihm ins Gesicht. Der Polizist war sofort tot. Mit dem Cäsium ist der Terrorist auf der Flucht. Ein zu allem entschlossener Verbrecher ist mit radioaktivem Material in New York City untergetaucht. Das ist der aktuelle Stand, als Rick mich anruft.

»Sie müssen Kanters Haus stürmen«, sagt er mit einer Selbstverständlichkeit, als ob er eine Pizza bestellt.

»Wo bist du?«

»Genau dort.«

»Unternimm nichts.« Wieso weiß ich im Augenblick, als ich es sage, dass Rick sich nicht darum kümmern wird?

»Haben Sie das Cäsium?«

»Ja.«

»Haben Sie den Mann im Kino?«

»Ja.«

»Jetzt können Sie Kanter verhaften.«

»Wir müssen ihm die Verbindung zum Cäsium erst nachweisen, sonst ist er in null Komma nichts wieder auf freiem Fuß.«

»Semyoto hat den Deal gemacht. Ich war dabei, ich habe ihn gesehen.«

Rick ist sauer über meine Zögerlichkeit, ich kann ihn verstehen. Aber diesmal muss meine Vorgehensweise wasserdicht sein. Einen zweiten Fehler kann ich mir nicht leisten. Ich würde nur Kanters Anwälten in die Hände spielen.

»Semyoto hat die Bezahlung für das Cäsium entgegengenommen«, setzt Rick nach, als ich nicht reagiere. »Ich bin Zeuge. Storm ist Zeuge! Genügt das nicht, um Kanter auffliegen zu lassen?«

»Woher weißt du, dass er gerade im Edelweiß ist?«

»Daheim ist er nicht. Wo soll er sonst hin?«

»Du warst im Drachenpalast?« Einen Augenblick verschlägt es mir die Sprache. Der Wagemut des Jungen grenzt an Tollkühnheit, dennoch empfinde ich Hochachtung.

»Kanter packt«, sagt Rick ins Telefon. »Er will abhauen.«

»Wir kennen Kanters Abflugszeit. Er hat auf der Air France erster Klasse nach Paris gebucht. Ich habe Leute auf dem Flughafen. Dort fangen wir ihn ab.«

»Kanter wird seinen Plan ändern.« Die Stimme des Jungen klingt gehetzt. »Würde mich wundern, wenn er am JFK auftaucht.«

»Hör zu.« Ich versuche, ihn zu beruhigen. »Du hast die Würfel ins Rollen gebracht. Du hast etwas Unglaubliches geleistet, dafür danke ich dir. Jetzt lass uns das machen. Kanter muss gestellt werden. Die Indizien reichen aus, ihn festzusetzen. Unternimm nichts. Geh da nicht rein, geh nicht ins Edelweiß! Hörst du?«

Er hört. Aber er ist nicht meiner Meinung.

»Verstehe«, sagt er und hat im nächsten Moment aufgehängt. Ich bin sicher, Rick tut das Gegenteil von dem, was ich ihm rate. Und ich kann es nicht verhindern.

34

Zum ersten Mal entsichert Rick eine Waffe im Ernstfall. In Hoxhas Pistole sind höchstens noch zwei Schuss. Mit zwei Schuss Munition dringt Rick in Kanters Hauptquartier ein. Er öffnet die Tür zum Edelweiß, das alte Schloss macht einen Heidenlärm. Rick übertritt die Schwelle und ahnt, es könnte das letzte Mal sein. Auch hier ist es so still wie sonst nie. Wo sind die Jungs, die Dealer, die Schläger und die, die hier sonst noch herumlungern? Hat Kanter sie ausbezahlt? Versammeln sie sich woanders, um gemeinsam loszuschlagen? Rick achtet darauf, dass die Tür hinter ihm nur angelehnt bleibt. Die Waffe im Anschlag, sieht er sich um. Wo soll er zu suchen beginnen, wo könnte der Boss Oona hingebracht haben?

Im Spiegel bemerkt er das Lächeln Semyotos. Rick fährt herum, im weißen Hemd sitzt Semyoto da und lächelt. Rick hebt die Waffe, Semyoto tut nichts zu seiner Verteidigung. Rick schießt. Die Kugel bohrt sich in den Spiegel, der splitternd zusammenbricht. Semyoto ist verschwunden.

»Was dir scheint, nicht wirklich ist.« Plötzlich steht Semyoto links. Rick könnte ein zweites Mal schießen. Er weiß, so wird er Semyoto nicht treffen, er sichert die Waffe. Er steht dem Mann gegenüber, der ihn gefoltert hat. Jemandem im Schmerz so nahe zu sein, ist ein intimes Erlebnis. Rick spürt keinen Hass, im Gegenteil: Auf perverse Weise fühlt er sich mit diesem Mann verbunden.

»Wo ist Kanter?«

»Zu tun hat viel.« Semyoto steht da, die Arme entspannt an der Seite. Der Meister könnte eine Woche lang so stehen, ohne einen Muskel zu bewegen, und dann blitzschnell zuschlagen.

»Und Oona?«

»Ist gesorgt auch für sie.«

»Lebt sie noch?«

»Gibt viele Arten zu leben.« Das undurchdringliche Gesicht zeigt keine Häme. Grausamkeit bedeutet für Semyoto nicht Lust, sondern den Übergang zu einer anderen Ebene. »Ein Andenken lässt sie für dich.«

Der Meister hält etwas Glitzerndes in der Hand.

»Was ist das?« Rick macht nicht den Fehler, näher zu gehen. »Ihre Halskette?« Trotz des Halbdunkels erkennt er das Collier. »Sie war gar nicht verschwunden?«

»Verschwunden ja, nicht gestohlen.« Semyoto legt das Geschmeide auf den Tresen. »Merkwürdig Ding tun Frauen für dich.« Er legt den Kopf schief. »Kein Mann noch und bist doch ein Mann.«

»Es ist vorbei, Semyoto.« Rick lässt die Luft ausströmen, die Anspannung macht ihn steif. »Eure Lieferung ist verloren, die Polizei ist unterwegs.«

»So.« Der Meister macht eine winzige Geste. »Ist ein Haus nur. Leeres Haus.«

Rick lauscht, es ist unwirklich still. »Kanter gibt sein Hauptquartier auf? Das glaube ich nicht.«

»Groß Geschäft macht man heute mit klein Koffer.«

»Der Koffer, den du auf der Upper Westside übernommen hast? Was verdient man mit fünf Kisten Cäsium?« Rick steckt die Waffe in seine Tasche. Er braucht sie nicht. So wird es nicht enden.

»Dein Arm, was ist?« Semyoto ist das schmerzliche Zucken nicht entgangen, als Rick die rechte Schulter bewegt.

»Unwichtig.«

Mit Bedauern breitet Semyoto die Arme aus. »Zu Ende bringen müssen.«

Rick geht in Kampfstellung. »Sag mir nur eins: Wo habt ihr Oona hingebracht?«

»Du glaubst, gewinn du kannst?« Semyoto tut nichts, als einen Fuß vor den anderen zu stellen. »Du glaubst, entkommen wirst, Oona retten wirst?«

Rick ist sicher, der Angriff passiert im nächsten Moment. Rick kommt dem Meister zuvor, springt und schlägt zu. Semyoto fängt den Schlag ab, doch das Manöver hat ihn überrascht. Rick hat ihm den Vorteil der Attacke genommen. Semyoto kämpft nur mit den Beinen, so treibt er Rick vor sich her. Der Junge wehrt ab, taucht weg, er kriegt keine Chance zu kontern. Rick spürt die Wand in seinem Rücken, spürt die Gefahr.

Es ist wie im Training: Wird die Gefahr mit kühlem Kopf erkannt, ist der Gedanke zu ihrer Überwindung da. Rick weicht der Wand aus, erreicht die Tür zum Korridor, springt hinein, wirft sie zu. Semyoto tritt die Tür auf. In schmalen Räumen ist das Kämpfen schwerer. Rick schnellt empor, zieht sich am Auslass der Sprinkleranlage hoch und tritt Semyoto gegen die Brust. Ein Vorteil, der ihm zum Nachteil wird. Der Meister braucht kürzer, um sich zu sammeln. Bevor Rick wieder auf den Beinen steht, trifft ihn das gestreckte Bein des anderen. Der erste Stoß sitzt. Rick spürt die unfassbare Kraft des Meisters, sieht sich rückwärts durch den Korridor fliegen, zwei Meter, fünf, bis die nächste Tür ihn krachend aufhält. Er ist benommen. Semyoto folgt ihm und beginnt, systematisch zu schlagen.

Kein Ausweg. Wegrennen unmöglich. Rick versucht, an die Pistole zu kommen, Semyoto braucht den Bruchteil einer Sekunde, sie ihm zu entwinden. Semyoto schießt nicht, das Ding ist für ihn keine Waffe. Rick deckt sich, blockt ab, wendet sich hin und her und weiß zugleich, er ist dem Gewitter dieser Schläge nur noch kurz gewachsen. Hier trifft ihn die Handkante, da rammt sich das Knie in seine Flanke, er stöhnt.

Semyoto hält inne, der Meister hat den Schüler zur Schlachtbank geführt. »Du hättest gemacht Glück«, sagt er, sein Atem geht ruhig. »Alte Mann ist Vater für junge Mann. Man verrät nicht Vater.«

Semyoto holt aus. Rick schließt die Augen.

»Kanter war nie mein Vater«, antwortet er gepresst. »Ein Vater lässt seinen Sohn nicht foltern.« Mit dem Sprechen ist es vorbei. Der Meister muss den Schüler nun richten. Rick weiß nicht, wo der letzte Schlag ihn treffen wird.

*

Unnötiges Gerede hat schon manchem Kampf eine überraschende Wendung gegeben. Wäre Semyoto tatsächlich der weiseste aller Kämpfer, der Meister, der sämtliche Geheimnisse kennt, er hätte die Klappe gehalten und nicht mehr mit Rick gesprochen. Er hätte vielleicht auch darauf geachtet, dass Rick die Tür ins Edelweiß nur angelehnt hat.

Es ist eine ziemliche Strecke von der Upper Westside nach Alphabet City. Aber wenn man das Blaulicht einschaltet und die Sirenen auf Hochtouren laufen lässt, wenn man den Fuß auch bei Rot nicht vom Gas nimmt und die eine oder andere Schramme am Dienstfahrzeug hinnimmt, kann man den Weg bis zum Edelweiß in ein paar Minuten schaffen.

Selbst wenn ihr ein anderes Bild von mir habt, bin ich nicht der Abteilungsleiter, der einen jungen, tollkühnen Agenten zum zweiten Mal in sein Verderben rennen lässt. Ich breche sämtliche Gesetze der Straßenverkehrsordnung, um rechtzeitig bei Rick zu sein. An der Kreuzung vor Kanters Hauptquartier schalte ich das *Wuuiih* ab, poltere mit den Reifen auf den Bordstein, halte schlingernd, springe mit einem Schwung raus, den man mir bei meinem Gewicht nicht zutrauen würde, und ziehe meine Fünfundvierziger aus dem Halfter. An der Schwelle stolpere ich, dass es mich fast auf die Fresse haut, halte mich am Türknauf fest, gewinne das Gleichgewicht wieder und bin im Edelweiß drin.

Ich kneife die Augen zusammen, um sie an das Schummerlicht zu gewöhnen. Hier ist keiner. Ich höre, draußen im Flur ist ein Kampf im Gang. Ich setze meine fassdicken Schenkel in Bewegung, renne zur Tür und begreife die Situation am anderen Ende des Korridors sofort. Hätte Semyoto gleich zugeschlagen, wäre es mit Rick vorbei. Aber der Meister muss noch einen dieser berühmten letzten Sätze sprechen und sagt: »Alte Mann ist Vater für junge Mann. Man verrät nicht Vater.«

Erstens ist das grässliche Grammatik, zweitens kostet es Zeit. Während Rick die Antwort gibt: »Ein Vater lässt seinen Sohn nicht foltern«, und so weiter, senke ich den Lauf meiner Waffe auf Semyoto. Ich habe es mit den Schießübungen in letzter Zeit nicht so genau genommen, ich bin aus der Übung. Meine Augen lassen erschreckend nach, ich bin außer

Atem. Die Distanz beträgt mindestens zehn Meter. Ich sehe Semyoto ausholen, erkenne, dass Rick sich in sein Schicksal fügt. Wenn nichts geschieht, ist Rick im nächsten Moment tot.

Ich drücke ab. Im Halbdunkel ist der Feuerstoß zu sehen. Die Kugel ist aus dem Lauf, sie dringt in Semyotos Hinterkopf ein und kommt eine Hundertstelsekunde später vorne wieder heraus. Bei einer Fünfundvierziger ist die Austrittswunde beachtlich. Das Blut färbt die Treppenstufen, die Wand und Rick, der vor Semyoto liegt, rot. Der Großmeister im Nahkampf sackt zusammen wie eine Comicfigur, kraftlos sinkt der Arm herab, der Rick den Garaus machen wollte. Der Halbasiate hat sein letztes Kauderwelsch abgelassen und fällt auf seinen verblüfften Schüler. Ich bin mit dem Schuss nicht unzufrieden, so einen Treffer soll mir mal einer in meinem Alter nachmachen. Die Waffe im Anschlag, schleiche ich näher und sehe, wie mein Agent sich unter dem mausetoten Semyoto hervorarbeitet. Aus dessen Kopfwunde sprudelt es wie aus einem Trinkbrunnen. Semyotos Gesicht wirkt missmutig, als ob er sich noch im Tod ärgern würde, Mist gebaut zu haben. Er hat seinen Schüler nicht fertiggemacht, hat Kanter den lästigen Jungen nicht vom Hals geschafft. Rick und ich können endlich zum Gegenschlag ausholen. Jetzt hat der alte Wolf nichts zu lachen, denn zum ersten Mal stehen unsere Chancen nicht schlecht.

»Geht's?«, frage ich.

Rick reibt sich die schmerzenden Stellen und das sind ziemlich viele. »Geht schon.«

»Was ist, willst du dich ausruhen oder was?« Ich helfe ihm auf. Er ist von oben bis unten blutbesudelt. »Wir müssen los.«

»So kann ich nicht auf die Straße.« Er wischt sich übers Gesicht.

»Duschen kannst du ein andermal.« Ich baue mich vor ihm auf und schüttle ihn so, wie man es macht, wenn man sehr stolz auf jemanden ist. »Jetzt wird die Sache zu Ende gebracht.«

»Einverstanden.« Rick weiß nicht, was ich vorhabe, er sieht bloß ziemlich erleichtert aus, dass er nicht tot ist.

Ich zeige die Treppe zu Kanters Büro hoch. »Ich nehme an, der Wolf hat den Bau verlassen.«

Rick nickt. »Sie sind alle fort.«

»Und ich habe eine Ahnung, wohin.« Auf Ricks neugierigen Blick lächle ich geheimnisvoll. Der Junge braucht nicht zu glauben, dass er den Fall im Alleingang löst. Das Department war nicht untätig. Wir brechen auf.

35

Rick und ich sitzen im Transporter. Rund um uns ist Nacht. Unsere Richtung heißt Westen. Es ist der Abend des 9. September. Die Uhr tickt gegen uns. Shefqet Hoxha schweigt. Seit Stunden ist er dem Bombardement meiner Männer ausgesetzt, meine Besten verhören ihn. Er macht sich darüber nur lustig: »Es ist schön, zuzusehen, wie machtlos der Riese Amerika ist.« Er rückt nichts heraus. Wir sind eine Demokratie; in unserem Land wird niemand mit Gewalt dazu gezwungen, etwas auszusagen. Und doch gab es Momente während dieser Stunden, in denen sich meine Männer wünschten, dem Verbrecher sein Geheimnis mit härteren Mitteln zu entlocken. Wo ist sein Komplize mit dem Cäsium hin? Was hat er damit vor? Wie viel Zeit bleibt uns?

Der Wagen fährt über eine Bodenwelle, wir werden durchgerüttelt. Ich sehe den Jungen an, fast muss ich lachen. Da sein Anzug hinüber war, haben wir ihm in der Eile einen Overall unserer Einsatztruppe verpasst, das Ding ist ihm drei Nummern zu groß. Ricks Schulter ist immer noch mit dem blutgetränkten Hemdsärmel verbunden. Er hat von Semyoto schlimme Prügel bezogen, aber sein Feuereifer lässt nicht nach. Dieser Fall ist jetzt sein Fall, er will ihn um jeden Preis lösen.

»So wie Hoxha wird auch Kanter uns wahrscheinlich nicht sagen, wo der Anschlag passieren soll«, sage ich.

»Wenn wir ihn verhaften, versucht Kanter bestimmt, einen Deal mit Ihnen zu machen.«

Wenn, denke ich, schweige aber. Zuversichtlich schaut Rick aus dem Rückfenster, hinter uns schimmert die Lichterkette des Konvois. Ich habe eine starke Einsatztruppe zusammengestellt, trotzdem ist der Ausgang des Unternehmens ungewiss.

»Eine Sache macht mich stutzig.« Im Auto zu rauchen, ist eine Zumutung, aber ohne Glimmstängel halte ich es nicht länger aus. »Meiner Erfahrung nach findest du in jedem Haus, bei jeder Familie irgendetwas Belastendes, selbst wenn es so etwas Harmloses ist wie ein Luftgewehr gegen Spatzen.« Ich paffe. »Und ausgerechnet das Haus eines stadtbekannten Gangsters ist so clean wie ein Nonnenkloster. Keine Indizien, keine Unterlagen, nichts.«

»Was wollen Sie damit sagen?«, fragt Rick.

»Dass Kanter alles vernichtet hat. Dass er sich in seinem Bau nicht mehr sicher fühlt. Es sieht wirklich so aus, als wollte er abhauen. Er tarnt seine Flucht als

Urlaubsreise, damit er nach einiger Zeit zurückkehren kann.«

»Einige Zeit … nachdem das Verbrechen geschehen ist?«

Ich seufze. »Wir wissen nicht mal mit Sicherheit, ob es ein Verbrechen geben wird.«

»Jetzt machen Sie aber einen Punkt!« Der Junge schlägt mit der Faust in die flache Hand. »Wozu ist Ihr ganzer Apparat denn gut? Um Verbrechen zu verhindern! Sonst hat der Geheimdienst überhaupt keinen Sinn!«

»Wir leben in einem Rechtsstaat. Jeder kriegt die Möglichkeit, seine Unschuld zu beweisen.«

»Drauf geschissen«, ruft er unbeherrscht. »Kanter könnte in dieser Minute das Land verlassen. Hoxhas Terrorist kann das Cäsium jederzeit in die Atmosphäre pusten! Und Sie erzählen mir was von Rechtsstaat?«

Ich könnte noch mehr darüber erzählen, könnte anführen, dass es große Kriminalfälle gibt, die wegen eines lächerlichen Formfehlers vor Gericht gescheitert sind. Schwerverbrecher gingen straffrei aus, weil sie den besseren Anwalt hatten. Überall auf der Welt erfreuen sich Kriminelle ihrer Freiheit, leben in Wohlstand, weil man ihnen nichts nachweisen kann. Das gilt für Verbrecher im Stile Kanters genauso wie für politische Übeltäter oder Leute, die Verbrechen gegen die Menschlichkeit begehen. Auch wenn es uns, die sogenannten Ordnungshüter, gibt, ist die Wahrheit, dass böse Taten nicht auszurotten sind. Habgier,

Neid und Dummheit sind im Menschen genauso angelegt wie Moral, Hoffnung und der Wille zum Guten. Es bedarf mehr Anstrengung, das Richtige zu tun, als es Gewissenlosigkeit braucht, um dem Bösen zu erliegen. Mit fünfzehn willst du diese Realität nicht wahrhaben. Du klammerst dich an den Gedanken, dass bei entsprechendem Einsatz das Gute siegt. Darum erwischt Rick mich mit der folgenden Frage eiskalt:

»Haben Sie mir nicht versprochen, dass Sie der Sheriff mit dem weißen Hut sind, der immer gewinnt?«

Ich starre die glimmende Spitze meiner Zigarette an. »Ich wollte dich unbedingt überzeugen, dass es sich lohnt, für den weißen Hut zu kämpfen.«

»Und jetzt, wo wir fast am Ziel sind, gilt das nicht mehr?«

Rick gelingt es, mich mit seinem Optimismus anzustecken. »Du hast recht. Wir sind haarscharf dran, den alten Wolf zu fangen.«

Nervös sieht Rick aus dem Fenster. »Wieso geht das nicht schneller!«

Wir sind über Springfield und New Providence hinaus, es ist nicht mehr weit bis Basking. Wir fahren mit Blaulicht, ohne Sirene, eine Kolonne von schwarzen Wagen.

Zehn Minuten später erreichen wir den Privatflughafen. Der Air-France-Flug, mit dem Kanter ursprünglich nach Paris wollte, hat mittlerweile von JFK abgehoben. Weder Oona noch Kanter waren an Bord. Er kann es nicht riskieren, von einem anderen öffentlichen Flughafen abzureisen; daher haben wir die angekündigten Privatflüge gecheckt und wurden fündig. Obwohl Kanter seinen Learjet 40XR durch einen Mittelsmann kaufen ließ, stellten wir fest, dass er der Eigner ist. Die Maschine steht in Basking, 50 Meilen westlich von New York. Auf unsere Anfrage meldete der Flughafenbetreiber den geplanten Abflug des Privatjets. Sein Ziel: Mexico City. Ich vermute, von da wird der Wolf mit einer größeren Maschine weiterfliegen.

Basking Airport wird umstellt. Drei Fahrzeuge am Ende der Rollbahn, zwei vor dem Eingang, drei weitere an den Seitengebäuden. Die Ortspolizei unterstützt uns. Aus diesem Flughafen wird nun keine Maus mehr herauskommen. Rick und ich lassen uns zu dem Learjet bringen. Der Pilot hat ihn bereits auf das Rollfeld bewegt, der Abflug soll in zehn Minuten sein. Rick läuft in seinem Overall neben mir her, wie ein Mechaniker sieht er aus. Meine Leute folgen. Über Funk wurde der Pilot aufgefordert, die Triebwerke abzustellen und die Maschine zu öffnen. Er erwartet uns an der Gangway.

»Wie viele Passagiere haben Sie an Bord?«, rufe ich hoch.

Der Pilot ist ein junger, schneidiger Typ. »Derzeit?«

»Natürlich derzeit.«

»Keinen Einzigen.«

»Was soll das heißen?« Ich zeige meinen Dienstausweis. »Wollen Sie mir weismachen, dass Sie leer nach Mexico City fliegen?« Ich laufe die Treppe hoch.

»Ich sage nur, was Sie wissen wollten.« Am Eingang tritt er zurück.

»Wozu starten Sie, wenn keiner mitfliegt?« Ich gehe an Bord.

»So lautet mein Auftrag.«

Rick ist dicht hinter mir, wir mustern die Kabine. Der 40XR hat Platz für sechs Passagiere. Elegante Ledersitze mit kleinen Tischen, ein Ledersofa. Alle Sitze sind leer.

Rick wendet sich zum Piloten. »Sollen Sie von Mexico aus nach Europa weiterfliegen?«

Der Schneidige in der Maßuniform mustert den Grünschnabel im Overall herablassend.

»Antworten Sie«, fahre ich ihn an.

»Kein Weiterflug ist geplant.«

»Mr Theodore Kanter, der Besitzer dieser Maschine, sollte mit Ihnen reisen, nicht wahr?«

Er schüttelt den Kopf. »Ich weiß nichts von einem Mr Kanter. Ich wurde gebucht, um diesen Vogel zu fliegen.«

»Durchsuchen«, rufe ich meinen Leuten zu.

Sie kommen an Bord. Einer der Männer verhört den Piloten weiter, die anderen checken das Innere der Maschine. Rick und ich steigen aus.

Meine Laune ist auf dem Tiefpunkt. Ich taste nach den Zigaretten. »Kanter muss was spitzgekriegt haben. Jemand hat ihn gewarnt.« Mir fällt ein, dass man auf einem Rollfeld nicht rauchen darf.

»Bestimmt nicht!« Rick läuft auf die andere Seite

des Flugzeugs. »Es macht keinen Sinn, eine Maschine nach Mexico zu fliegen, wenn niemand drin ist!« Er bleibt stehen. »Der Laderaum. Wir müssen in den Laderaum!«

Ich weise den Piloten an, den Laderaum zu öffnen. Die hydraulische Klappe senkt sich, im Inneren geht Licht an. Rick klettert hinein, ich folge ihm bis an den Rand der Luke.

»Da sind zwei Gepäckstücke.«

Die Männer helfen ihm beim Ausladen. Das erste ist eine weiche Reisetasche mit Reißverschluss. Es wäre besser, sie mit dem Strahlendetektor zu checken, aber Ricks Ungeduld ist nicht zu bremsen. Er zieht den Reißverschluss auf. Es ist eine Tasche voll Geld. In großen Packen wurden Dollarbündel in Plastik verschweißt. Es müssen Millionen sein. »Fluchtgeld«, sage ich.

Jeder Gangster von Format hat so eine Tasche in Reserve. Die Tatsache, dass Kanter, der hundertfache Millionär, diesen vergleichsweise kleinen Betrag mitnehmen will, beweist, er fühlt sich in den Vereinigten Staaten nicht mehr sicher.

»Und der andere?« Wir heben einen großen Koffer mit Nummernschloss heraus. »Wollte er etwa noch mehr Geld mitnehmen?«

Das Schloss ist leicht zu knacken, die Verschlüsse schnappen auf. Ich trete zurück, Rick öffnet den Deckel. Der Anblick ist schlimm und traurig. Der Anblick beweist, dass wir rechtzeitig kamen, und doch zu spät.

»Oh nein.« Rick wendet sich ab.

In dem Koffer liegt Oonas Leiche. Sie wurde nicht verhüllt. Halb entkleidet, mit aufgerissenen Augen, liegt ihr Körper da, verrenkt, offenbar mit Gewalt in den Koffer gezwängt. Das Entsetzlichste an ihrem Tod kann ich bereits erkennen: Sie war noch am Leben, als sie in diesen Koffer gesteckt wurde. Die blauen Lippen, der aufgerissene Mund bezeugen, Oona ist erstickt.

Fassungslos sieht Rick mich an. »Er wollte die Leiche unbemerkt außer Landes schaffen?«

»Ja.« Ich nicke und atme tief durch. »Jetzt haben wir ihn. Das reicht für eine Anklage wegen Mordes. Das reicht, um die Großfahndung rauszugeben.« Ich entdecke Tränen in Ricks Augen.

Neben dem Koffer kniet er nieder und zwingt sich, das erbarmungswürdige Bild zu betrachten, das von der wunderschönen Frau geblieben ist. Er streckt die Hand nach ihr aus, als würde er ihr Haar streicheln. »Ohne sie hätten wir das Cäsium nicht aufgespürt«, sagt er. »Dafür musste sie büßen.«

»Kanter wird dafür büßen.« Ich lege dem Jungen die Hand auf die Schulter.

»Das wird er.« Er sieht zu mir hoch. Seine Augen sind wieder hart und klar.

Ich brauche unbedingt eine Zigarette.

36

Wir sind spät aus Basking ins Department zurückgekommen. Der Notfallarzt hat Rick einen Verband angelegt, dann haben wir uns beide ein paar Stunden aufs Ohr gelegt. Erholt habe ich mich dabei nicht. Zu viel ist mir durch den Kopf gegangen, und wenn ich mir Ricks bleiches Gesicht ansehe, dürfte es ihm nicht anders gehen. Nun ist die Nacht vorbei, der 10. September bricht an. Ich habe die Nationalgarde alarmiert und die Luftabwehr. In mehreren Helikoptern ist das Strahlenschutzkommando aufgestiegen, um mit Detektoren zu messen, ob irgendwo in Manhattan ungewöhnliche radioaktive Strahlung messbar ist.

Irgendwo. Das Wort ist der Horror für jeden Ermittler. Ganz New York könnte Angriffspunkt sein, zumindest ganz Manhattan. Wir haben keinen Hinweis darauf, was der bleiche Begleiter von Shefqet Hoxha vorhat, wo er zuschlagen will und ob überhaupt. Vielleicht wurde die Tat fürs Erste verschoben, vielleicht ist dem Terroristen die Sache zu heiß geworden, vielleicht geht er mit dem Cäsium auf Tauchstation und schlägt zu einem späteren Zeitpunkt zu. Die Aussichten, einen solchen Anschlag zu verhindern, sind erschreckend gering. Es ist unmöglich, eine ganze Stadt zu überwachen. Neun Millionen Menschen, zahllose Straßen, Häuser, Stockwerke, Wohnungen – es ist die Suche nach der Nadel im Heuhaufen.

Ich schicke Rick nach Hause. Er hat genug geleistet, er kann jetzt nichts mehr tun. Nichts, um Kanter aufzuspüren, nichts, um auf die Fährte des Terroristen zu gelangen. Er wurde gefoltert, angeschossen, er ist am Ende seiner Kräfte. Rick soll nach New Jersey fahren und sich ausschlafen.

Wir kennen Rick. Wenn er nach Hause und sich ausschlafen soll, tut er das Gegenteil. Er hat keine Lust, seinem Vater Rede und Antwort zu stehen, keine Lust, sich Ausreden für seine Verletzung einfallen zu lassen. Und noch weniger will er erklären müssen, weshalb er, der nicht mal einen Führerschein besitzt, das Auto seiner Mutter genommen und schrottreif gefahren hat.

Rick fährt zu Storm. Sie sollte aus Sicherheitsgründen nicht heimgehen, aber Storm kann nicht mehr. Sie liegt flach, sie hat ihre Medikamente genommen, sie braucht Erholung. Ihre Mutter ist zur Arbeit gegangen.

Storm ist in rasender Sorge um Rick. Darum ist sie überglücklich, ihn angeschlagen, aber lebend wiederzusehen, und begrüßt ihn so stürmisch, dass er gleich mal kräftig aufjault. Sie hat ihn an der Fleischwunde gepackt.

»Entschuldige, tschuldige! Komm, ich seh mir das an.«

Sie zieht ihn ins Bad. Vorsichtig nimmt Storm den Verband ab und säubert die Wunde. Rick sieht sie dabei verliebt an, von niemandem auf der Welt würde er sich lieber verarzten lassen. Trotzdem muss er in einem fort daran denken, dass der 11. September unerbittlich näher rückt. Irgendwo streicht der bleiche Mann durch Manhattan und hat eine Bombe im Gepäck. Auch wenn es tausend schönere Dinge zu besprechen gäbe, muss Rick wieder davon anfangen.

»Sie verhören Hoxha seit gestern Mittag. Er sagt ihnen nicht, was am 11. September passieren wird.«

»Das tut jetzt ein bisschen weh.« Storm betupft die offene Stelle mit Jod.

»Au!« Rick beißt die Zähne zusammen. »Das tat mehr als ein bisschen weh.«

Als Wiedergutmachung küsst sie sein Gesicht von oben bis unten ab. »Besser?« Sie steht auf und wirft den Wattebausch in den Müll. »Bevor ich dich frisch verbinde, solltest du baden.«

Rick spürt jeden Knochen im Leib. Er will keine Anstrengungen mehr, nicht einmal die Anstrengung, sich auszuziehen. Er möchte nur so dasitzen und sich von Storm küssen lassen.

»Keine Lust zu baden.«

Sie duldet keine Widerrede. »Das verstehe ich, aber ehrlich gestanden … riechst du etwas streng.« Sie schält Rick vorsichtig aus dem Overall. Gleichzeitig lässt sie Wasser in die Wanne. Er sieht zu, wie sie seine Schuhe aufbindet, er ächzt und keucht und steht schließlich in Boxershorts vor seiner Freundin.

»Was ist eigentlich passiert, nachdem Hoxha dich ins Kino geschleppt hat?«, fragt er, um den peinlichen Moment zu überspielen, als er aus der Unterhose schlüpft.

»Nichts ist passiert.« Sie prüft mit der Hand, ob das Wasser nicht zu heiß ist. »Der Typ brauchte lediglich eine Nachdenkpause, darum zerrte er mich in den Vorführraum. Und er musste telefonieren.«

»Mit wem hat er gesprochen?«

»Bin ich Hellseher?« Sie grinst. »Der Kerl hat eine Pistole in meine Rippen gepresst. Vor uns lief ein Film mit lauter Musik.«

Rick fasst in die Seitentasche des Overalls und zieht Hoxhas Pistole hervor. Beide betrachten das Ding mit gemischten Gefühlen.

»Ist sie geladen?«

»Ein Schuss ist noch drin.«

»Tu sie weg.« Sie nimmt den Schwamm und wäscht Ricks Rücken.

Die wohltuende Wirkung des heißen Wassers durchströmt ihn, er spürt, wie unendlich müde er ist. Tage, Wochen liegen hinter ihm, in denen die Spannung nicht abriss. In diesen Minuten in Storms Badewanne sehnt Rick sich nur nach Erholung. Er schließt die Augen und genießt es, wie der Schwamm über seinen Hals, die Schultern gleitet und beginnt, wohlig hinüberzudämmern.

»Er sagte was vom Big Apple.«

»Mhm …« Rick lässt den Atem ausströmen.

»Er hielt das Handy zwar auf der anderen Seite, aber ich glaube, er sagte was vom Moment der Enthüllung.«

»Hmhhm.« Ricks Kopf sinkt auf die Brust, er gähnt. Er ist in dem Zustand, in dem Gedanken und Gefühle vor dem Einschlafen zu verschmelzen beginnen. Wenn wir nicht mehr nüchtern denken, sondern uns die Eindrücke nur noch als Bilder erreichen. Rick hat ein Bild vor sich – wo war das? Im Laden seiner Mutter. Montgomery und Melissa saßen beisammen, sie hatten Süßigkeiten von Mallorey gegessen und waren bester Laune. Sie sprachen von einem Apfel. Rick erinnert sich, er hat das Bild dieses Apfels auch in der Zeitung gesehen. Der Apfel ist aus Glas. Nein, nicht aus Glas, ein Stein vielmehr, ein Edelstein, rosa schimmernd, der zur Form eines Apfels geschliffen wurde. Rick hat gelesen, dass New York ein neues Wahrzeichen bekommt: einen *Big Apple* aus Rosenquarz. Über die Enthüllung dieses Wahrzeichens haben Melissa und Monty sich unterhalten und gesagt, dass sie gemeinsam hingehen wollen. Wo sollte das sein? Im Herzen der City, auf dem Times Square. Der Bürgermeister wird die Enthüllung in einem Festakt vornehmen. Rick hat es seine Eltern sagen hören, wann das sein soll.

»Es ist heute!« Sein Oberkörper fährt so hektisch hoch, dass Storm und das halbe Badezimmer vollgespritzt werden.

»Entspann dich.« Prustend wischt sie sich Wasser aus dem Gesicht.

»Was hat Hoxha gesagt … von der Enthüllung?«

»Wie, was?«

»Hoxha, im Kino! *Der Moment der Enthüllung!* Was meinte er damit?«

»Weiß ich nicht …« Storm kennt Rick gut genug, um zu begreifen, dass er auf etwas gestoßen ist. Ihn zu beruhigen, bringt nichts. »Er sagte …« Sie schüttelt den Kopf. »Es war zu laut im Kino, ich hatte Angst …«

»Erinnere dich! Du musst dich erinnern!«

»Er sagte: *Wenn der Big Apple enthüllt wird, nicht früher.*«

»Oh Scheiße!«

Noch nie hat Storm jemanden so schnell aus der Badewanne schießen sehen. Rick springt heraus, schlittert auf nassen Füßen, hält sich am Handtuchhalter fest.

»Es ist nicht am elften September!«, schreit er währenddessen. »Es passiert heute! Wie spät haben wir?«

»Ungefähr halb zwölf.« Sie beobachtet seinen hilflosen Versuch, mit nassem Körper in den Overall zu steigen.

»Genauer!«

Storm schaut auf die Uhr im Wohnzimmer. »Elf Uhr dreiunddreißig.«

»Oh Scheiße, Scheiße!« Rick zerrt am Hosenbein.

»So wird das nichts.« Mit dem Badetuch kommt sie ihm zu Hilfe. Sie reibt und rubbelt, ohne Unterwäsche schlüpft Rick in den Overall.

»Ich muss dich erst verbinden.«

»Keine Zeit.« Er vergewissert sich, dass sein Handy in der Brusttasche steckt. »Schalt den Fernseher ein. Sie übertragen es bestimmt.« Er schlüpft in die Schuhe.

»Was sollen sie übertragen? Deine Schnürsenkel …« Sie läuft ihm zur Tür nach.

»Die Feierlichkeiten von der Enthüllung. Ruf die Polizei an.« Er ist schon im Treppenhaus. »Nein, das mach ich selbst!« Er poltert die Stufen hinunter, fällt beinahe über die offenen Schnürsenkel, erreicht den Ausgang.

»Sag mir die Nummer, dann rufe ich schnell an!«, schreit Storm ihm nach.

Rick hört sie nicht mehr. Er rennt. Rennt breitbeiniger als sonst, weil er nicht auf die dämlichen Senkel treten will. Rennend denkt er, dass Kanter ihm schon wieder einen Zug voraus ist. Während Rick und das Department glaubten, der Anschlag würde am 11. September stattfinden, haben Kanter und Hoxha den Termin still und heimlich vorverlegt. Hoxhas Helfershelfer wird nicht am 11., sondern schon am 10. September angreifen. Heute, gleich, in wenigen Minuten, um Punkt zwölf Uhr mittags!

Für den Anschlag wäre die Enthüllung eines neuen New Yorker Wahrzeichens die perfekte Möglichkeit – praktisch ein Volksfest! Die halbe Stadt auf dem Times Square. Würde die Bombe dort gezündet, könnte der Terror nicht größer sein. Das Herz der City fliegt in die Luft und wird in eben dem Augenblick verseucht, wenn sich Hunderttausende Menschen dort aufhalten. Und die Medien kriegen es live und hautnah mit. Sekunden nach der Tat weiß bereits die ganze Welt davon. Oh Himmel, der Plan ist einmalig! Er ist so heimtückisch und gemein, dass einem übel davon werden kann.

Dort nähert sich ein Taxi, Rick hebt die Hand. Aber Rick kennt seine Stadt, mit dem Taxi hat er keine Chance: Über die Brooklyn Bridge in die City, das dauert zu lang.

Rick lässt die Hand sinken, schlägt einen Haken und läuft die eiserne Treppe zur Subway hinunter. Gesegnete alte Untergrundbahn, mit ihr ist man in New York immer am schnellsten. Rick nimmt sein Handy heraus, will mich verständigen und die Polizei – da hört er den Expresstrain anrollen. Das Handy in der Hand, hetzt er auf des Drehkreuz zu, nimmt Anlauf und hechtet darüber.

»Hey!«, schreit der Mann hinterm Ticketschalter. »Hey!« Er kommt aus seinem Kabäuschen.

Rick rennt weiter. Der Sog des anrollenden Zuges wirbelt Luft auf, Papier flattert hoch, die Kleider der wartenden Frauen wehen. Der Zug kommt in die Station gedonnert, die Türen rauschen auf. Ein Blick zurück, der Ticketmann ist hinter Rick her. Der Junge springt ins Abteil, zieht sich in die letzte Ecke zurück und betet, dass der Zug abfährt, bevor der Beamte einsteigt. Aus dem Lautsprecher dröhnt eine unverständliche Ansage. Vor Rick gleiten die Türen zu, draußen schimpft der Mann. Rick atmet auf. Der Expresstrain zieht an, hinein geht es ins Schwarze.

Obwohl Ricks Atem nach der Rennerei in Stößen geht, tippt er meine Nummer und hält das Handy ans Ohr. Er wartet, bemerkt, dass ihn andere Fahrgäste mustern. Rick blickt an sich herunter. Wie sieht er aus? Der Overall ist nur bis zum Bauch geschlossen, der Stoff klitschnass, die Laschen hängen aus seinen Schuhen. Wieso geht niemand dran? Ungeduldig starrt Rick das Display an. Da ist kein Display. Das kleine Telefon ist dunkel.

»Nein, nein, bitte nein«, murmelt er und bemerkt den Riss, den das Plastik gekriegt hat. Als er über die Absperrung sprang, hat er sich mit dem Handy abgestützt, dabei muss es den Knacks gekriegt haben. Er schüttelt es, versucht es mit Ein- und Ausschalten. Es flackert, die Tastenbeleuchtung geht an, geht wieder aus. »Komm schon, mach schon!«

Der Expresstrain hat Brooklyn verlassen, rast unter dem East River durch, die nächste Station ist in Manhattan. Das Kreischen der Türen, Rick wird gegen die Wand geworfen. Er hält das Telefon so vorsichtig fest, als hätte er einen kleinen Vogel in der Hand. Leute steigen ein, die Fahrt geht weiter. Noch drei Stationen bis zum Times Square.

»Kann mir jemand sein Handy leihen?«, ruft Rick in die Runde. »Meins ist leider …« Er hebt es hoch, es flackert.

Die New Yorker reagieren, wie sie gewohnt sind, auf die Spinner in ihrer Stadt zu reagieren: Sie behandeln ihn wie Luft. Sie blicken nicht von ihren Büchern und Zeitschriften auf, sie starren aus dem Fenster. Einer, der gerade noch ein Telefonat machen wollte, steckt sein Handy rasch weg.

»Sir, bitte, es ist verdammt wichtig …« Rick springt auf den gut gekleideten Mann zu. Wieder kommen ihm die Schnürsenkel in die Quere, aber zum Zubinden fehlt ihm die Zeit.

»Es ist immer verdammt wichtig«, antwortet der Business-Typ mit verschlossener Miene. »Keinen Schritt näher, Junge.«

In diesem Moment macht Ricks Handy einen fiependen Ton. Hoffnungsvoll hält er es vors Gesicht. Die Beleuchtung ist wieder da, er tippt meine Nummer zum zweiten Mal. Der Expresstrain bremst und hält, es wird tierisch laut. Der Zugfahrer bellt seine Ansage ins Mikro, es blubbert und quäkt aus den Lautsprechern. Rick presst das Telefon ans Ohr. Als sich die Türen schließen, kriegt er mich endlich an die Leitung. Viele sind zugestiegen, das Abteil ist brechend voll. Rick ist umgeben von Körpern und Ohren.

»Ja?« Ich erkenne Ricks Nummer auf meinem Display.

»Rick hier«, flüstert er. »Es ist nicht morgen, es passiert heute.«

»Was? Du musst lauter sprechen.«

Donnernd rast der Expresstrain Richtung Norden, geradewegs auf das Zentrum Manhattans zu.

»Big Apple!«, schreit Rick über den Lärm hinweg. »Es findet heute statt, jetzt gleich!«

Ich verstehe nur die Hälfte. »Wo bist du?«

»Big Apple, Big Apple«, wiederholt er.

»Ja, ja, was ist damit?«

»Die Enthüllung am Times Square! Die Bombe!«

So laut es im Zug ist, dieses Wort versteht jeder. Dutzende Augenpaare wenden sich zu Rick. Er lächelt vertrauenerweckend in die Runde. Was er am allerwenigsten brauchen kann, ist, dass die Leute ihn für einen Bombenleger halten. Sein Overall steht halb offen, er zeigt auf die nackte Haut: Da ist keine Bombe. Rick presst das Handy ans Ohr. »Haben Sie mich verstanden?«

Inzwischen habe ich mir die Bruchstücke zusammengereimt. »Times Square, heute, zwölf Uhr?«

»Ja!«, zischt er.

»Woher weißt du das?«

»Storm hat es aufgeschnappt – von Hoxha.«

Der Zug bremst.

Ich sehe auf die Uhr. »Die Enthüllung am Big Apple ist … in zehn Minuten!«

»Ich weiß«, antwortet er. »Ich bin fast da.«

»Wie soll ich in zehn Minuten …?« Einen Augenblick wird mir übel, ich reiße mich zusammen. »Okay. Ich tu, was ich kann.« Ich lege auf und greife zum anderen Telefon. Ich rufe das Rathaus an, den Security-Dienst des Bürgermeisters. Währenddessen wird die Nationalgarde alarmiert.

Der Expresstrain hält unter der 34th Street. Rick will aussteigen.

»Officer, der Junge hat irgendwas von einer Bombe gefaselt.« Es ist der Business-Typ, der spricht.

Rick ist fast an der Tür. Beim anderen Eingang steigt ein NY-Police-Officer ein und wirft einen neugierigen Blick auf den seriös wirkenden Mann, dessen Finger auf Rick zeigt.

»Halten Sie ihn fest«, sagt er.

Rick springt aus dem Zug.

»Halt, Junge!«, ruft der Polizist.

Rick hat keine Zeit für Diskussionen. Andererseits ist ein Police Officer genau das, was er braucht. Rick bleibt stehen, der Uniformierte folgt ihm auf die Plattform. Der Zug setzt sich in Bewegung.

»Alarmieren Sie sofort Ihr Kommando«, sagt Rick im Befehlston.

»Immer langsam«, antwortet der Polizist. »Dein Name, deine Adresse.«

»Bitte glauben Sie mir, es ist wichtig, dass Sie sofort …«

»Zeig mir mal deinen Ausweis.« Der Officer bleibt

cool, aber Rick entgeht nicht, dass er seine Hand auf das Halfter mit der Dienstwaffe legt. Rick verflucht seine Idee, die Polizei einzuschalten. »Entschuldigung, war nicht so wichtig.« Er will weiter.

»Sekunde, Kleiner.« Der Officer hält ihn am Arm fest. Am verwundeten Arm. An der Stelle, die unverbunden unter dem Overall steckt. Der Officer greift in Blut. Jetzt bemerkt auch Rick, dass die Wunde wieder zu bluten begonnen hat. Der Polizist betrachtet seine Hand.

»Hände über den Kopf!«, brüllt er. »Auf die Knie und keine falsche Bewegung!«

Rick weiß, der Mann tut nichts als seine Arbeit. Sie sind nur noch wenige Blocks vom Times Square entfernt. Dort oben findet die große Feier statt, die Straßen sind weiträumig abgesperrt. Rick würde dem Officer seine Arbeit gern erleichtern, aber im Augenblick geht es nicht. Es können nur noch ein paar Minuten bis Mittag sein. Er muss sich benehmen, als wäre er nicht der Sheriff mit dem weißen Hut, sondern der Böse, der Terrorist, der Mann mit der Waffe.

»Schnauze«, sagt Rick. In seiner Hand ist Hoxhas Pistole. Er bedroht einen New Yorker Cop. Es gibt kaum ein Vergehen, das schwerer wiegt. Der Officer ist paralysiert. Mehr wollte Rick nicht. Er zieht sich zwei Schritte zurück, macht kehrt und rennt. Er springt durch die Masse der Menschen. Manche haben mitgekriegt, was passiert ist, andere nicht. Rick schert sich nicht darum, er nimmt die Beine in die Hand. Er hört den Polizisten *»Stehenbleiben!«* schreien, er kann ihm den Gefallen nicht tun. Er hört nur noch das Hecheln seines Atems, das Knallen seiner Schuhsohlen auf dem Boden. Seine Schnürsenkel springen auf und ab. Rick rennt durch die Unterführung auf die Treppe zu. Dort ist das Tageslicht, dort muss er hin.

37

Die Menschenwüste. Sie kleben aneinander. Wo es etwas zu sehen gibt, scheut der New Yorker den Körperkontakt nicht, da will er dabei sein. Während Rick drängt und schiebt, tausendmal *sorry* sagt, erinnert er sich daran, dass sein Vater seine Mutter fragte, ob sie mit ihm zu der Feier geht. Es durchfährt Rick wie ein Schock: Bis jetzt waren die Leute nur ein Hindernis für ihn, eine schwerfällige Masse, die verhindert, dass er seinen Job tut und dem Fürchterlichen zuvorkommt. Auf einmal sieht er in jedem Gesicht seine Eltern, die hier irgendwo stehen könnten. Rick rettet nicht mehr New York, er beschützt seine Eltern.

Er arbeitet sich den Broadway hoch, hat die 42nd erreicht. Vor ihm tut sich das Auge des Taifuns auf, dort ist der Event, der Ort, auf den sich alle zubewegen, auch wenn es längst weder vor noch zurück geht. Nur wer so schmal ist wie ein Fünfzehnjähriger, so charmant und zugleich rücksichtslos wie Rick, kann sich dem Geschehen stückweise nähern. Rund um die Verkehrsinsel auf dem Times Square wurden Bildwände installiert, so bekommen auch die Entfernteren mit, was geschieht. Der Bürgermeister ist bereits da, kräftige Männer in schwarzen Anzügen bilden einen Sicherheitswall um ihn. Davor haben sich Polizeieinheiten formiert. Es geht nicht darum, den Bürgermeister auszuschalten, denkt Rick und sieht sich nach einem erhöhten Aussichtspunkt um. Der Terrorist braucht die Bombe nicht einmal in dessen unmittelbarer Nähe zu zünden, aber er wird es versuchen – wegen der Wirkung. Ja, Rick ist sicher, der bleiche Mann hält sich irgendwo rund um den Polizeikordon auf. Von der Straße kann ihn Rick nicht entdecken, vom Vordach des Plattengiganten dort drüben wäre es schon eher möglich. Auch wenn die Sicherheitskräfte bestimmt alles getan haben, diese Punkte zu räumen, sind die Plattformen über den Eingängen der Shops dicht besetzt. Über Rick drängt sich eine Gruppe junger Leute; sie sind so zahlreich, dass die Äußersten fast vom Rand des Vordachs fallen.

»Habt ihr noch Platz dort oben?« Seine Stimme ist im Tumult kaum zu hören. Ein Junge mit Rastalocken zeigt ihm den Vogel, ein schwarzes Mädchen ist nicht so abweisend. Sie sieht den hübschen Burschen im Gewühl, er klettert auf einen Mauervorsprung und schaut bittend hoch. Einer mehr oder weniger macht wohl kaum einen Unterschied. Sie stößt ihre Freunde an, sie sollen dem Typen helfen. Zwei Arme strecken sich Rick entgegen, er wird emporgezogen. Er will sich bedanken, doch ein Blick auf die Times-Square-Uhr lässt ihn erstarren. Es ist eine Minute vor zwölf. Auf der Bildwand erkennt er, dass der Bürgermeister auf das Mikrofon klopft, jeden Moment wird er zu sprechen beginnen. Wo ist die Bombe, wo der bleiche Mann? Schlägt er um zwölf Uhr los oder erst, wenn der Edelstein enthüllt wird? Noch ist das neue Wahrzeichen von einem weißen Tuch verdeckt.

»Hello, New York! Liebe Mitbürgerinnen und Mitbürger!«, ruft der Bürgermeister ins Mikro. Die Menge antwortet und applaudiert. »Unsere Stadt hat schon so viele Wahrzeichen, dass man sich fragt: Brauchen wir wirklich noch eines?«

Sie lachen und klatschen wieder. Rick lacht nicht, er klatscht nicht. Quer übers Flachdach drängt er sich näher an die Szene heran. Seine Augen durchforsten die Menge darunter. Reihe um Reihe gleitet sein Blick die Zuschauer ab. Vor seinem inneren Auge sieht er den Mann mit den sehnigen Zügen vor sich; er wird, er muss ihn wiedererkennen! Was aber, wenn der Terrorist sich verkleidet hat, wenn er eine Kapuze trägt, unter der Rick das Gesicht nicht sieht? Was, wenn es nicht derselbe ist wie der, der mit dem Cäsium abgehauen ist?

Der Bürgermeister fährt mit seiner launigen Ansprache fort, er ist beliebt, die Leute hören ihm gern zu. Die Unruhe hat nachgelassen, sie wollen verstehen, was er sagt. Sie schauen zu den Bildwänden, sie stehen still. Die Aufmerksamkeit schafft Ruhe, alle Köpfe sind erhoben.

Nicht alle. Dort, unter dem nächsten Vordach, kaum drei Meter von der Polizeiabsperrung entfernt, bewegt sich einer. Nicht auffällig, doch seine Richtung ist klar. Er will zum Bürgermeister. Rick durchfährt es eisig und siedend heiß zugleich. Das ist er! Das ist der Fahrer, dem er gestern auf der Upper Westside Aug in Aug gegenüberstand. Der Mann, der das Cäsium im Arm hielt, der Mann mit der Narbe. Äußerlich ist ihm nicht anzusehen, dass er etwas bei sich trägt, nur der weite Parka verrät ihn. Unter dieser Jacke lässt sich so manches verstecken. Rick kombiniert nüchtern: Wurde die Bombe mit einem Zeitzünder präpariert? Dann müsste der Täter sie irgendwo ablegen, um sich selbst in Sicherheit zu bringen. Das hätte er längst tun und verschwinden können. Angesichts so vieler Securityleute ist das zu unsicher. Nein, er braucht keinen Zeitzünder, er löst die Bombe am eigenen Körper aus. Er wird es tun, wenn es am wirkungsvollsten erscheint: im Moment der Enthüllung. So wie Hoxha es ihm befohlen hat.

»Soll ich Sie noch länger auf die Folter spannen?«, ruft der Bürgermeister und tritt an das kleine Gerüst heran. Die Menge antwortet mit gut gelauntem Applaus. Der Künstler, der den Big Apple aus Rosenquarz gestaltet hat, überreicht ihm das Ende der Schnur, an der der Bürgermeister ziehen soll, um das kleine Denkmal zu enthüllen.

Rick bleiben nur noch Sekunden. Vom Vordach des Plattenlabels ist es unmöglich, den Mann zu erreichen. Aber die nächste Plattform schiebt sich weit in die Straße hinaus. Rick drängt und stößt, kennt keine Rücksicht mehr, erreicht den Rand. Die jungen Leute sind sauer, Unruhe kommt auf. Die Polizisten schauen nach oben. Einer sagt etwas ins Funkgerät. Rick schätzt die Distanz, die Vordächer liegen mehrere Meter auseinander, er kann keinen Anlauf nehmen. Wenn er springt, werden alle auf ihn aufmerksam.

»Also dann, New York, ich präsentiere Ihnen …« Der Bürgermeister tritt zurück, hält die Schnur auf Spannung.

Rick springt. Jede Sehne, jeder Muskel sind auf Erreichung seines Zieles eingestellt. Er sieht seine Schnürsenkel durch die Luft schwirren. Seine Schuhsohle kommt auf der Kante auf, rutscht ab, Rick stürzt, mit den Armen fängt er sich. Ihm entgeht nicht, dass Polizisten hochsehen und zu ihren Waffen greifen. Rick zieht sich wieder hoch. Er steht. Rempelt die überraschten Leute beiseite, erreicht die Vorderkante. Pistolen werden aus Halftern gezogen, Arme in Uniform heben sich. Ricks Augen sind auf den Mann unter sich gerichtet. Er öffnet den Parka. Seine Hand gleitet darunter.

Rick denkt nicht, er handelt. Wie ein Raubtier stürzt er sich auf den Feind. Es ist ein Sprung aus fünf Metern Höhe. Er prallt auf den Gegner, beide werden zu Boden gerissen und verschwinden im Gewühl. Rick kriegt die Hand des Mannes zu fassen, dessen Gesicht dicht vor ihm ist. Seine Augen sind schmal, überrascht, wild entschlossen. Er will ziehen, will den Auslöser betätigen, mit äußerster Kraft versucht Rick, es zu verhindern. Er ist schwächer als dieser Mann. Er muss dessen Arm mit der rechten Hand wegstoßen, mit seinem verletzten Arm. Er schafft es nicht, er kann es nicht schaffen. Über ihm Rufe, Schreie, die Leute kapieren, hier geschieht etwas, das nicht zum Programm gehört. Millimeter um Millimeter schiebt die Hand des Manns Rick beiseite. Jetzt kann er den Auslöser wieder fassen, jetzt wird er draufdrücken.

Weiches besiegt Hartes, denkt Rick. Semyoto hat es ihm beigebracht. Semyoto, der Rick töten wollte und nun selbst tot ist. Rick schließt die Augen, braucht nicht zu sehen, was er tut. Er lässt den Arm des Bombenlegers los, das Nachlassen der Spannung wirft beide zurück. In derselben Zehntelsekunde schiebt sich Ricks linke Hand, die starke Hand, in seine Tasche und zieht die Waffe hervor. Rick wirft sich herum, presst den Lauf der Pistole an die Schläfe des Feindes und drückt ab. In all dem Lärm ist der Schuss kaum zu hören. Der Mann mit der Narbe sieht Rick an, es ist kein Leben mehr in diesem Blick. Der Tod ergreift ihn, bevor er sein tödliches Handwerk zu Ende bringt. Er sinkt zurück. Behutsam, zärtlich fast, berührt Rick die Hand des Toten am Auslöser. Die Finger lassen sich öffnen, der Mechanismus ist in Ricks Händen.

Die Meute ist über ihm. Sie haben keine Ahnung, dass er der Sheriff mit dem weißen Hut ist. Sie wollen ihn überwältigen. Polizisten sind da, Security-Leute, sie wollen ihn zurückreißen. Mit aller Kraft wirft Rick sich über den Leichnam, spürt das Harte, Unförmige am Körper des anderen und weiß, er liegt auf einer radioaktiven Sprengladung. Rick klammert sich fest, seine Faust umschließt den Auslöser. Sie ziehen und zerren, sie bedrohen ihn mit Waffen, sie brüllen Befehle.

Bis zu dem Moment, als Detective Arnold Snyder den Punkt erreicht. Das bin ich. Spät, aber nicht zu spät, treffe ich auf dem Times Square ein. Ich zeige meinen Ausweis dem ranghöchsten Polizisten. Ich sage den Satz, der Klarheit schafft. Ich kann sie beruhigen, kann sie überzeugen. Für einen Moment tritt Stille ein.

»The Big Apple!«, ruft eine bekannte Stimme.

Aus zehntausenden Kehlen ist ein lang gezogenes »Yeaah!« zu hören. Ein Blick zur Bildwand. Der Bürgermeister zieht am Seil, das Seidentuch fällt, darunter kommt das Objekt zum Vorschein. Es ist unscheinbar und trotzdem bejubeln die New Yorker ihren Little Big Apple ausgiebig. Währenddessen helfe ich einem fünfzehnjährigen Jungen im Overall auf die Beine. Als er mich erkennt, ist unendliche Erleichterung in seinem Gesicht. Nur zögernd lässt er den tödlichen Mechanismus los und legt ihn auf die Leiche des Terroristen. Ricks Hand zittert. Die Polizei schafft Platz.

Dahinter tauchen Männer vom Strahlenschutzkommando auf, wie Astronauten sehen sie aus. Ich lege meinen Arm um den Jungen und ziehe ihn hoch. Strubbelig steht sein Haar zu Berge, er ist bleich, verwirrt. Er begreift nicht, dass er gerade einer ganzen Stadt das Leben gerettet hat. Es wird einige Zeit brauchen, bis er es vollkommen versteht. Ich nicke ihm zu. Ich bin unsagbar stolz.

38

Der 11. September ist vorübergegangen und nichts ist geschehen. Auch der 12. und 13. September sind vorübergegangen. Was die Zeitungen schreiben, was die Medien bringen, kümmert uns nicht. Manches ist die Wahrheit, manches wurde erfunden. Von einem geistig verwirrten Attentäter ist die Rede, der den Bürgermeister umbringen wollte. Von einem kleinen Explosivkörper ist die Rede, einer *minderen Gefährdung* für die Allgemeinheit. Es ist nötig, von minderer Gefährdung zu sprechen, weil es den Menschen das Gefühl gibt, dass sie sicher sind in ihrer Stadt. Das Böse gibt es, aber in den meisten Fällen wird das Böse von den Sicherheitskräften überwältigt. Niemand braucht zu erfahren, wie nahe das Böse diesmal dran war, einen katastrophalen Schlag zu landen. Niemand weiß, dass sich *Nine Eleven* beinahe wiederholt hätte.

Ich habe den Jungen aus dem Trubel rausgehalten. Sein Foto tauchte in keiner Zeitung auf, sein Name wurde nirgends erwähnt. Rick Cullen blieb unentdeckt. Ein fünfzehnjähriger Highschool-Schüler wird nicht mit der Rettung New Yorks in Verbindung gebracht. Das ist mein einziges Dankeschön für Rick. Er kann weiterhin ein normales Leben führen, das ihn nicht dem Druck der Öffentlichkeit aussetzt. Auch wenn sein Leben in den letzten Monaten chaotisch, irrsinnig war, darf er jetzt zurückkehren in die Welt, die er kennt und im Grunde mag. Er darf ein Junge sein. Kann er das? Wird es ihm gelingen, nachdem er seine Außergewöhnlichkeit so oft unter Beweis stellte?

Die Antwort darauf erhalten wir vielleicht, wenn wir Rick an diesem 14. September nach Brooklyn begleiten, ins Methodist Hospital. Die Immunologie ist kein Ort, an dem man Freude erwarten würde, und doch ist sie für zwei Menschen ein kleines Paradies. Zwei junge Leute haben sich wieder, sind innig vereint, sie haben sich unsagbar lieb. Storm ist an die Apparate angeschlossen, die ihr Blut waschen, wie immer kämpft sie gegen den Dämon in ihrem Körper. Aber um wie viel leichter wird es ihr heute, denn sie ist nicht allein. Ihr Freund sitzt bei ihr, ihr Geliebter, ihr Ein und Alles. Rick sitzt an Storms Bett, hält ihre Hand, nichts daran ist ungewöhnlich. Nur das Gefühl. Das Gefühl dieser beiden ist stark, ohne Worte sagt es: Ich stehe zu dir. Wenn wir all das überwunden haben, was hinter uns liegt, wie soll uns das Kommende schrecken? Da ist deine Krankheit, aber wir glauben an die Heilung. Da sind Sorgen und Schmerzen, aber wir schauen weit darüber hinaus. Für uns gibt es eine Zukunft, gemeinsam werden wir sie genießen.

Es ist spät in der Nacht, als Rick das Methodist Hospital verlässt. Er ist noch schwach auf den Beinen. Die unsägliche Mühe sitzt ihm in den Knochen, er braucht Schlaf. Er denkt an die Menschen, die ihm lieb sind; keiner von denen weiß von Ricks Leistung. Sein Vater, der mit dem Mut der Verzweiflung gegen den Pleitegeier kämpft, und der nur einen kleinen Teil von dem ahnt, was Rick erlebt hat. Seine Mutter, die sich nach etwas Neuem im Leben sehnt und zu ahnen beginnt, dass sie dabei etwas Wunderbares aufs Spiel gesetzt hat. Rick denkt auch an Kanter. Nicht als blutrünstigen Wolf, sondern als verwundetes Tier, das gezwungen wurde, sich in ein Versteck zurückzuziehen. Als Rick die Subway nach Norden nimmt, spürt er den Drang, noch einmal auszusteigen. Etwas zieht ihn, vielleicht ein letztes Mal, nach Alphabet City, dorthin, wo alles begann. Zu Fuß erreicht er den Laden, in dem er Kanter zum ersten Mal begegnete. Ein alter, zorniger Mann lag dort auf dem Boden und steckte Rick ein Messer zu.

Er läuft weiter zum Edelweiß. Die schwarzgelben Plastikbänder, die Siegel der New Yorker Behörde, zeigen an, der Zutritt in dieses Haus ist gesperrt. Tagsüber arbeiten hier die Ermittler. Rick will seinen Gang durch die jüngste Vergangenheit nicht beenden, ohne dem Drachenpalast einen Besuch abzustatten. Als er durch den Tompkins Square Park trottet, wird ihm schwer ums Herz. Das letzte Bild von Oona ist nicht so leicht abzuschütteln, ihr Ende war unwürdig und grausam. Rick hebt den Blick. Durch diese Garageneinfahrt kam sie hochgeschossen, hielt den Ferrari punktgenau vor Rick an. »Ich dachte, du lässt mich hängen«, sagte sie zu ihm. Rick hat sie nicht hängen lassen, und doch ist er untrennbar mit ihrem Tod verbunden. Er versucht, sich an die freudige Oona zu erinnern, Oona, deren leichtes Kleid sich im Nachtwind bewegte.

Die Hände in den Hosentaschen, bleibt Rick vor dem Drachenpalast stehen. Sein Blick gleitet nach oben, Stockwerk für Stockwerk. Die abbröckelnde Fassade, die verrosteten Ventilatoren der Klimaanlagen – niemand würde in dieser Bruchbude das Luxusapartment eines Gangsterbosses erwarten. Hoch oben im Penthouse ist so viel passiert.

Dort brennt Licht. Kein gewöhnliches Licht, wie es normalerweise aus einer Wohnung dringt. Eine Taschenlampe geistert umher. Schatten, Silhouetten tauchen hinter dem Fenster auf. Rick vergisst zu atmen, starrt, überlegt. Kanter wurde nicht gefasst. Man vermutet ihn an vielen Orten, niemand vermutet ihn im Drachenpalast. Rick tut einen Schritt zurück, als ob er fortlaufen würde. Er will nicht, dass es weitergeht. Er freut sich auf sein Zuhause, auf sein Bett, auf das nette, normale Leben in New Jersey. Das Licht dort oben gefällt ihm nicht. Es bedeutet, dass es noch nicht zu Ende ist. Es ist nicht zu Ende. Oh nein, zu Ende ist es noch lange nicht.

****

Leseprobe aus

Michael Wallner

SECRET MISSION

Das Drogenkartell

cbt 16122

»Storm!«, schreit Rick.

Der Name ist eine Insel für ihn, auf die er flüchtet. Aber näher und näher kriecht der Schmerz heran und droht, die Insel zu verschlingen.

»Lass es aufhören!«, schreit Rick mit aufgerissenen Augen. »Ich weiß nichts! Nicht das Geringste! Mein Name ist Rico Torres! Ich stamme aus Madrid, ich bin als Tourist hier! Ein harmloser Tourist!«

Durch den Schmerz hindurch denkt Rick, dass er es nicht mehr lange aushalten wird. Gleich muss er zugeben, dass er nicht Torres heißt und auch kein Tourist ist, sondern dass er mit seinen sechzehn Jahren als Geheimagent arbeitet, dessen Aufgabe darin besteht, die Drogen-Pipeline aufzudecken – den Weg, über den die Drogen aus Südamerika in die USA gelangen.

Du machst es mir nicht gerade leicht, seufzt der Schmerz. Oder spricht jemand anders zu Rick, jemand, der Elektroden an seinen Körperteilen befestigt hat und ihn mit stärker werdenden Stromstößen zu der Antwort zwingen will: Ist der Transport in Gefahr?

Rick sieht von diesem Menschen nur seine Silhouette. Langes weißes Haar schimmert im Licht einer Lampe, die auf Rick gerichtet ist. Sein Peiniger hantiert an einem simplen Gerät: Strom an, Strom aus, Strom stärker, mehr kann das Gerät nicht. Es reicht, um die Minuten für Rick zum Albtraum werden zu lassen.

»Bitte nicht mehr!« Rick wimmert nur noch. »Storm …«

»Wer ist Storm?«, fragt der mit dem weißen Haar.

»Meine Freundin.« Das ist nicht gelogen.

»Wo ist sie jetzt?«

»In Madrid!«

Das ist gelogen. Ricks Freundin, das Mädchen, dem seine Liebe gehört, lebt in New York. Auch Rick ist ein waschechter New Yorker, er wäre bestimmt nicht von dort weggegangen, hätte sein Auftrag es nicht verlangt. Sein verfluchter Auftrag, der ihn möglicherweise das Leben kostet. Alles würde Rick dafür geben, noch einmal mit Storm durch die Straßen von Brooklyn zu streifen, an einem Hotdog-Stand etwas zu essen, abends vielleicht ins Kino zu gehen. Es ist unwahrscheinlich, dass ihm das vergönnt sein wird, denn egal, ob Rick die Wahrheit sagt oder etwas Erfundenes, hinterher werden sie ihn umbringen. Der Grund, weshalb er noch lebt, ist, dass sie rauskriegen wollen, ob man den Transport gefahrlos losschicken kann.

Dabei hat Rick die Drogen-Pipeline noch gar nicht

entdeckt. Seine Spurensuche hat ihn lediglich bis hierher gebracht, ans Meer, an die Nordküste Kolumbiens. Hier ist der Umschlagplatz. Welchen Weg die Drogen von hier in die USA nehmen, ist Rick unklar. Er kann die Frage seines Peinigers nicht beantworten, darum schickt der Weißhaarige immer neue Stromstöße durch Ricks Körper, darum ist Ricks Lage so ausweglos. Er klammert sich an die guten und schönen Dinge, die seinen Geist aufrechterhalten und den Schmerz zurückdrängen. Die Erinnerung an seine Eltern, als sie noch zusammen waren, als die ganze Familie noch in dem Townhouse in Manhattan lebte. Rick denkt an den ersten Kuss von Storm.

Am Ende werde ich siegen, lächelt der Schmerz.

»Du kannst mich mal«, keucht Rick und stellt sich Storms wunderhübsches Gesicht vor. Storm lächelt ihn durch den Schmerz hindurch an. Das gibt ihm Mut …

Erscheint im August 2012

Michael Wallner
Die Zeit des Skorpions

320 Seiten, ISBN 978-3-570-30669-7

Europa in naher Zukunft. Unerbittlich breitet sich die Wüste als Folge der Erderwärmung aus und hat bereits den Südrand der Alpen erreicht. Dort schließt sich die 14-jährige Tonia, als Junge verkleidet, einer Gruppe von Tuareg an, die in geheimer Mission unterwegs sind: Sie sollen ein gewaltiges Wasserreservoir freisetzen, das sich in 3000 Metern Tiefe befindet. Doch der mächtige Herrscher des Nordens, der skrupellose Finsøkker, will dies unbedingt verhindern ...

Michael Wallner

Blutherz

320 Seiten ISBN 978-3-570-16046-6

Die sechzehnjährige Samantha Halbrook verliebt sich in Taddeusz Kóranyi, doch ahnt nicht, dass er einem jahrhundertealten Vampirgeschlecht entstammt. Vergeblich versucht sein Bruder Richard, Samantha vor Taddeusz' gefährlichem Einfluss zu schützen, aber als sie dem dunklen Geheimnis der Kóranyis auf die Spur kommt, ist es bereits zu spät. Samantha ist nicht bereit, sich in die Klauen des mächtigen Vampirclans zu begeben. Sie beschließt, den Kampf gegen Taddeusz und seine Familie aufzunehmen. Dazu bedarf es jedoch der Kraft des kostbaren Bariactar-Elixiers – und das findet man nur an einem Ort: in Transsylvanien, der Heimat aller Vampire...

cbt

www.cbt-jugendbuch.de